紫禁城

传奇文物书系

窦忠如 著

北京出版集团
北京出版社

图书在版编目（CIP）数据

紫禁城传奇 / 窦忠如著. — 北京 : 北京出版社，2024.5
（中华传奇文物书系）
ISBN 978-7-200-18284-2

Ⅰ.①紫… Ⅱ.①窦… Ⅲ.①纪实文学—作品集—中国—当代 Ⅳ.①I25

中国国家版本馆CIP数据核字（2023）第189344号

中华传奇文物书系
紫禁城传奇
ZIJINCHENG CHUANQI

窦忠如　著

*

北 京 出 版 集 团
北 京 出 版 社　出版
（北京北三环中路6号）
邮政编码：100120

网　　址：www.bph.com.cn
北 京 出 版 集 团 总 发 行
新　华　书　店　经　销
北京华联印刷有限公司印刷

*

170毫米×240毫米　17.25印张　250千字
2024年5月第1版　2024年5月第1次印刷
ISBN 978-7-200-18284-2
定价：68.00元
如有印装质量问题，由本社负责调换
质量监督电话：010-58572393

目录 contents

■ **向世界开放的皇家禁宫** 1
　北京城肇建之初 1
　谁是故宫的设计者 7
　风水与紫禁城 13
　二十四帝囿一所 20
　打开厚重的历史之门 29

■ **历史赋予的命运抉择** 34
　洪武皇帝的失算 34
　燕王的唯一选择 39
　蒙古骑兵逼迁都 46
　明景帝的悲哀人生 50
　"夺门之变"惹祸端 56
　宪宗的"畸形之恋" 61

患从宦生 ·· 66
　　嘉靖朝的"宫婢之变" ······························ 71
　　荒唐的"明末三案" ································· 77
　　景山绝唱 ·· 83

■ 清朝入关十帝的多彩人生 ·························· 90
　　江山美人易抉择 ·· 90
　　少年英主的"阴谋" ································· 96
　　"正大光明"的背后 ······························· 100
　　"古稀天子"千叟宴 ······························· 107
　　刺客进了紫禁城 ······································ 112
　　首开先河的心痛 ······································ 118
　　"战乱皇帝"忙享乐 ······························· 124
　　万千粉黛无颜色 ······································ 130
　　大婚之后也孤寂 ······································ 133
　　末代皇帝的"宫廷爱情" ······················· 142

■ 多事之秋的民国故园 ································ 152
　　差点儿毁于一旦 ······································ 152
　　筹建博物院始末 ······································ 158
　　卷入"盗宝案"的第一任院长 ··············· 161
　　文物南迁坎坷路 ······································ 170
　　三处故宫属一家 ······································ 176

■ 中外名流与紫禁城 ··································· 182
　　毛泽东：我们决不当李自成 ··················· 182

蒋介石：能不能进去看看……184
少帅与宫廷书画……188
任职故宫的"文化斗士"……192
徐志摩再别皇宫……193
"洋博士"进宫……196
京剧大师来到紫禁城……200
一代名伶演绎珍妃泪……202
庄士敦与"紫禁城的黄昏"……206
泰戈尔在皇家御花园……211

解说禁宫之谜……216
为什么龙成了故宫里的主角？……216
紫禁城为什么是红墙黄瓦？……218
乾隆选定宝玺为什么是25方？……219
三大殿名称出自何处？……221
东华门、西华门错位为哪般？……223
泥砖为何称为金砖？……224
后三宫的作用有哪些？……225
后宫门槛为什么是活动的？……227
西洋小楼何以落户紫禁城……229
欹器为什么成为皇家必备之物？……230
为什么坤宁宫挂"囍"字宫灯？……231
乌鸦为何栖居黄昏紫禁城？……233
独角兽为何蹲坐乾清宫的宝座前？……234

故宫里为何摆放许多大缸？ ……………………………235
皇家宫殿里为什么摆放如意？ …………………………236
太和殿为什么又叫金銮殿？ ……………………………237
皇宫前为何要竖立华表？ ………………………………238
皇家宫殿前为什么要设置狮子？ ………………………238

- **五百年的文化载体** ……………………………………241
  - 中路 ………………………………………………………242
  - 西六宫 ……………………………………………………253
  - 东六宫 ……………………………………………………259

- **珍宝无限** ………………………………………………260
  - 古物馆 ……………………………………………………261
  - 图书馆 ……………………………………………………264
  - 文献馆 ……………………………………………………267

向世界开放的皇家禁宫

对于故宫，人们是熟悉的，又是陌生的。熟悉，是说世人几乎没有谁不知道它；而陌生，是因为其中有那么多不为人知的秘密或无法解释清楚的谜题。徜徉在无比恢宏而巍峨的皇家禁宫里，人们尽可以展开联想的翅膀，把辉煌、森严、华丽、堂皇、精致、巧妙等形容词运用到极致。因此，作为中国首批世界级的人类文化遗产，它与万里长城被列入《世界文化遗产名录》，是理所当然的事。

昔日的紫禁城，如今的名字叫故宫。它已经向世界人民敞开了厚重的宫门，展现的自然不仅仅是那金碧辉煌的殿宇建筑和无限珍宝，还有中国数百年封建王朝的诡秘政治和被权力扭曲了的人性，以及人们传说了很久还想继续传说下去的秘闻。面对如此深邃的历史命题，想通过有限的文字来诠释清楚，实在是一个无法形容的难题。那么，为此竭尽所能应该是也只能是我们的职责了。

◎ 北京城肇建之初

北京作为国际化的大都市，也是世界少有的历史文化名城。北京城的悠久历史可以追溯到3000多年前的西周初年，这从北京琉璃河商周遗址的考古发现中已经得到证实。历史上的北京城，从西周的蓟丘，到春秋中期被燕国灭亡而成为燕都，再到唐代的幽州城、辽代的南京城、金代的中都城，3000多年里一直绵延不绝。不过，那时的北京城城址在今天北京城西南广安门一带，

还称不上是什么规范化的城市。后来，蒙古人消灭金王朝时舍弃了金中都原来的地盘，重新选址、修建新的城市，并使之成为当时世界上最知名的城市——元大都，今天的北京城就是在元大都基础上建设起来的。所以，从某种意义上说，北京真正成为城市应该从元大都算起。那么，当时营建元大都又是何情形呢？

据元史书《析津志》上记载：

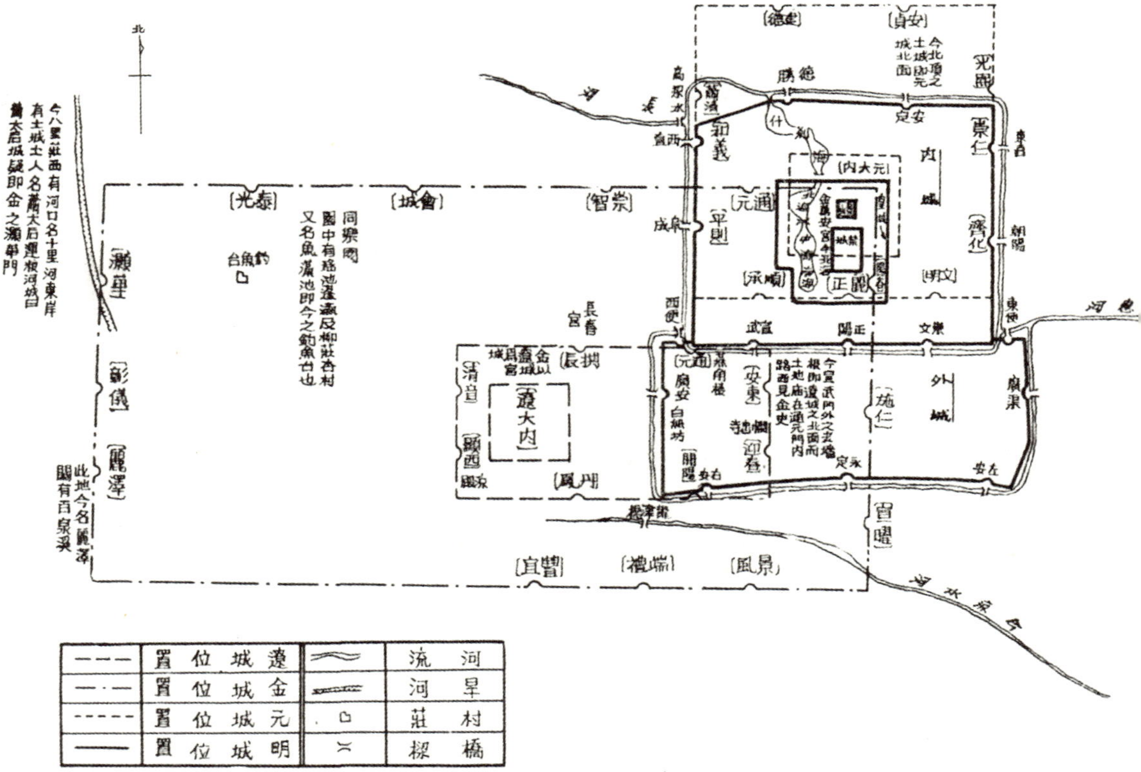

民国时期绘制的辽、金、元、明北京城址变迁图

（大都）内外城制与宫室、公府，并系圣（指元世祖忽必烈）裁，与刘秉忠率按地理经纬（即风水理论），以王气为主，……先取地理之形势，生王脉络，以成大业。

这就是说，当年元世祖忽必烈在建造大都城时，命令刘秉忠和他的弟子郭守敬、赵秉温等负责城市和宫殿的规划设计。旧时，风水理论十分盛行，特别是在建筑实践中运用得更是广泛，虽然它往往被赋予一种神秘的迷信色彩，但绝对不应该否定其含有的科学成分。在元大都的营建中，刘秉忠等人就曾进行过城市的全面堪舆，并从"地理形势"上取燕山山脉的聚结和引用西山玉泉山水的通惠，使元大都初步具备了"风水宝地"的都城建设基础。

城址确定之后，元世祖忽必烈把整个城市的建筑设计工作交给了茶迭儿局诸色人匠总管府（元朝机构名称，相当于今天建筑工程部的技术局）。当时在茶迭儿局主持工作的是回回人亦黑迭儿丁和历史名人张柔，但张柔参与元大都设计建设后不久就病故了，所以亦黑迭儿丁是元大都的真正建造者。著名土木建筑专家亦黑迭儿丁，专门从事元朝宫殿建筑事务数十年，经验丰富，所以承担元大都的建造工作他是责无旁贷的，当然也是成竹在胸的。亦黑迭儿丁受领任务后，"夙夜不遑，心讲目算，指授肱麾，咸有成画"。就是说，亦黑迭儿丁对营建元大都工作十分重视，经常进行实地考察，还从早到晚在心里默默筹划，为都城建设付出了大量的心力和智慧。

不知道亦黑迭儿丁是否受到过汉学的影响，但从他对元大都的总体设计规划中，完全能够感受到他是严格遵循中国儒家传统建筑营造模式的。在亦黑迭儿丁的规划中，正方形的大都城，四面都有城门，城内街道笔直坦荡，城中正前方是皇宫，后边则是钟楼、鼓楼，东面是太庙，西面是社稷坛，周围还有商业市场，这是典型儒家建筑中讲求的"前朝后市，左祖右社"模式。当然，这种规划性很强的大都市建设，还充分体现了封建王朝统治的威严和等级秩序。

元世祖忽必烈像

孛儿只斤·忽必烈（1215—1294年），成吉思汗之孙，拖雷第四子，元宪宗蒙哥之弟，元朝开国皇帝。至元四年（1267年）下诏迁都大都（今北京）。

作为城市建设方面的专家，亦黑迭儿丁还注意到了城市的环境建设。他在基本完成都城硬件设施建设后，又着手在城里修建琼华岛（今北海），除修整岛上原有的广寒宫外，还栽种青松翠柏，并从江南移植了几百株奇花异草。每当春草返青之时，红墙碧瓦隐现在鲜花绿树丛中，那种清幽和飘逸实在是美不胜收，而所有这些又倒映在碧波湖水之中，更添江南水乡的妩媚柔情。当然，这些措施不但美化了城市，还起到净化空气的作用。

遗憾的是，在中国建筑史上留下如此辉煌范例的元大都，却没能留下详细的规划设计经验，无法确定亦黑迭儿丁对于元大都建造的历史功绩。虽然在《永乐大典》中收录有一卷《元内府宫殿制作》著作，对元大都建造有比较详细的介绍，但据说此书文字冗长累赘，且没有作者署名，如今此书又已失传，更无法考证其与亦黑迭儿丁之间是否有关联了。

短短不足百年的元王朝，城市建设初具规模，统治者还没来得及领略元大都的风采，就被朱元璋建立的大明王朝所取代了。接管元大都的是被朱元璋

向世界开放的皇家禁宫

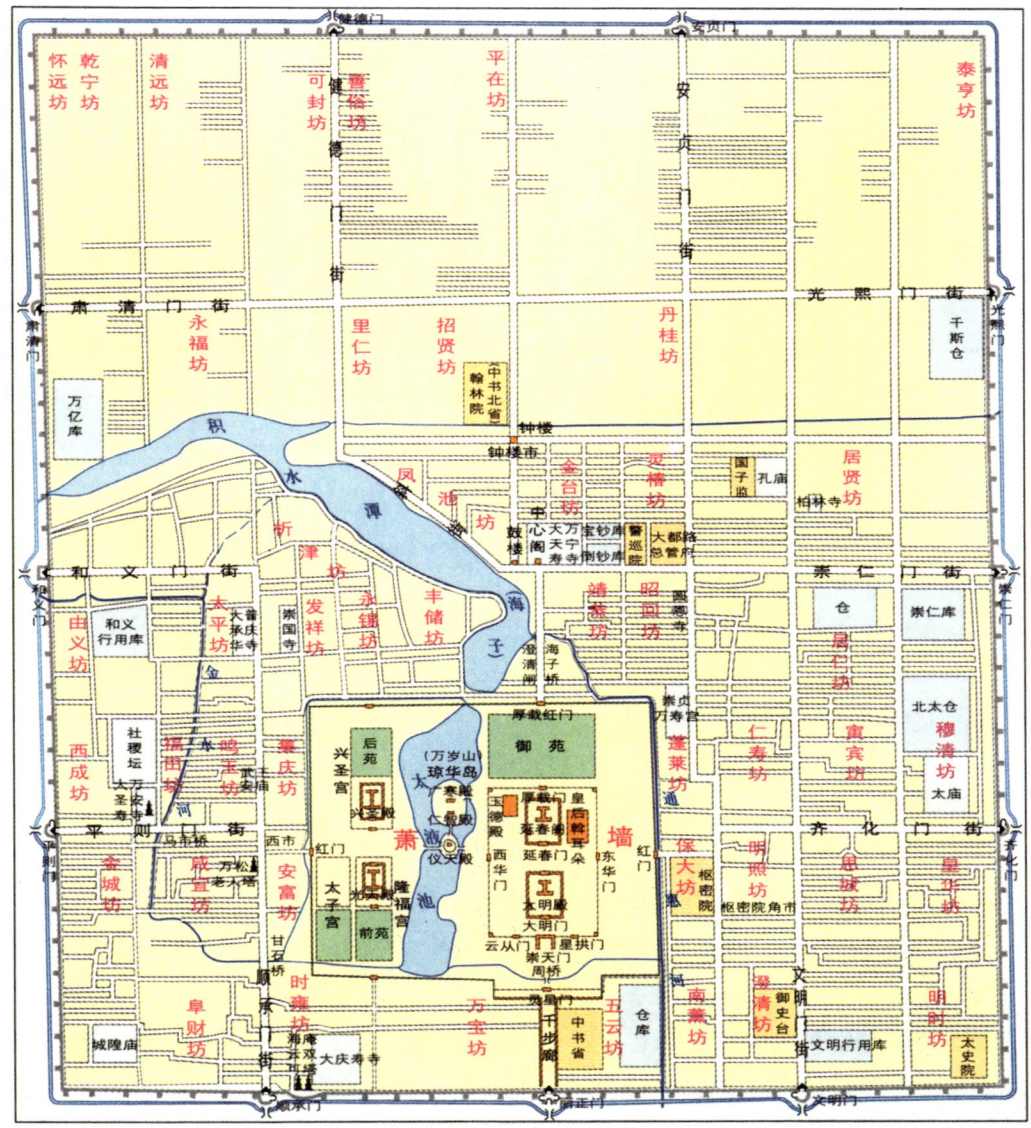

元大都平面图

　　亦黑迭儿丁是元大都的主要设计者。元大都北至现在的元大都土城遗址,南至长安街,东西至二环路,其街道布局奠定了今日北京城的基本格局。明、清北京城北城墙向南移至现在的北二环路,南城墙向南移至南二环路。

北京城东南角楼

北京城东南角楼建成于明正统四年（1439年）。为加强防御能力，嘉靖皇帝在位时开始修筑外城，并于外城四角各建箭楼一座，名曰城角箭楼，简称角楼。北京城的平面由此从正方形变成"凸"字形。外城东南角楼是北京唯一保留下来的明代外城角楼。

分封为燕王的儿子朱棣，这位后来成为明成祖的一代枭雄，对遗存的元大都营建十分用心，特别是当他从侄儿建文帝手中夺过皇位后，便一心想着要迁都北京。为了把北京建成世界一流大都市，明成祖朱棣汲取以往朝代都城建设中的经验，首先对城市做了通盘规划，用几条干线和支线把整个市区划成许多四四方方的小块，然后再在各方块中做细致规划，所以明朝的北京城内街道十分整齐，兼有比较完整的下水道系统。

不过，明王朝的北京城并不是元大都旧有规制，而是进行了很大程度的改建。如元朝时北京的南城墙在今天东西长安街，而明朝就往南扩展了许多；如德胜门外土城遗址是元朝的北城墙，而明朝时则往南收缩了 2500 米；如北京外城的建筑，则是明朝为了抵御蒙古人进攻而后建的。还有北京的紫禁城，也不是原先的元朝皇宫，而是朱棣重新选择地点进行建造的。当然，明成祖朱棣修建的紫禁城也并非原封未动地保留到现在，而是经过多次改建和扩建。至于为什么要不断地进行改建和扩建，传说是因为紫禁城过去经常着火，而着火原因则是太监们偷盗后毁灭证据故意放的火。确实，太监偷盗而烧毁宫殿的恶习一直延续到清王朝结束，特别是光绪年间更是达到了疯狂的地步，就连光绪帝大婚的前夕，还有一些宫殿被烧毁了。

如果有机会从空中鸟瞰今天的北京城，单不说那极具现代化国际大都市特征的建筑规模和风格，仅从北京城风水格局来说也是十分奇特的。记得古代描述北京的地理形势时，往往用"东临辽碣，西依太行，北连朔漠，背扼军都，南控中原"等语言来形容，其中的辽碣、太行、朔漠、军都和中原，在特定时代都被赋予了特别含义，如"碣"就是秦始皇所指的东部国门碣石。由此可见，北京城的格局大势是极不寻常的。确实，你看那巍巍太行从南向北奔腾而来，与浩浩燕山相交、聚结，形成了风水学中所谓的"龙脉"；那来自黄土高原的桑干河与来自蒙古高原的洋河汇成的永定河，没有简单直接地穿城而过，而是蜿蜒地滋润着北京城里的生灵，这完全符合风水学中最佳的风水格局。

当然，奇特的北京城还有巍巍紫禁城雄踞在正中心，那可不是简单的风水学所能解释的。

◎ 谁是故宫的设计者

古时，历代新建王朝都要大肆建造宫殿，供皇帝自己办公和享乐，也是一种至高无上权力的象征，诸如秦王朝的阿房宫、西汉的未央宫、唐朝的兴庆

故宫全景

从景山眺望故宫。故宫是明、清两朝的皇宫,当时叫紫禁城,位于北京城的中轴线上,是世界上现存规模最大、保存最为完整的土木结构古建筑群。

宫、宋朝的汴梁宫殿和元朝的大都皇宫等。不过,这些宫殿如今早已毁坏无余,只有明、清两代的紫禁城还巍然雄踞在北京城的正中央。紫禁城,也就是今天人们所熟知的故宫,为什么叫紫禁城呢?又是何人设计建造出如此精妙绝伦的宫殿建筑群呢?

封建时代,皇帝自称天子,也就是上天玉皇大帝的儿子,而玉皇大帝居住的地方被叫作"天宫",也称"紫微宫",因而皇帝便把自己居住的皇宫也比喻为"紫微宫"。既然是皇帝居住的地方,那自然是戒备森严的"宫禁之地",绝对不是人们能够随便进出的,所以又称其为"紫禁城"。按照中国古代的星相学说,紫微星也就是位于中天的北极星,故有"紫微正中"的说法。那么,明王朝把象征权力中心的紫禁城建在当时北京城的正中位置也就可以理解了。在紫禁城中,有象征天地的乾清宫和坤宁宫,也有象征日月的后三宫中的日精门和月华门,还有象征十二星辰的东西各六宫。总之,所有这些象征日、月、星辰的对称建筑群,都供奉着象征紫微星的中宫。

为了建造好紫禁城,明成祖朱棣是颇费了一番心思的。因为既然是皇宫,就应该有"龙脉",这是关系皇位是否正统和能否绵延万世的根本。其实,所谓龙脉也就是今天所说的中央子午线。所以,在朱棣决心要迁都北京时,就专门派遣礼部尚书赵羾和堪舆家廖均卿等人多次到北京勘察,后来他又亲自到现场验看,最终确定把北京昌平的黄土山作为皇陵祖地,并把黄土山改名为"天寿山"。如此,天寿山也就成为明王朝所认定的龙脉源头了。从源头天寿山引至京城的龙脉当然不能也不应该与元朝的相重合,所以明王朝的中央子午线

明成祖永乐皇帝像

明成祖朱棣(1360—1424年),明太祖朱元璋第四子,年号"永乐"。初为燕王,"靖难之役"中打败建文帝即皇帝位,后营建北京宫殿并迁都北京。

比元朝中央子午线东移了大约150米，将元朝的中央子午线向西方推移，使其处于主杀的"白虎"位置，也就是表示其灭亡的意思，这当然是风水学说中所讲究的。

龙脉确定之后，永乐五年（1407年）明成祖朱棣就派泰宁侯陈珪主持北京宫殿的修建，而实际上主管工程的则是朱棣的亲信太监阮安和工部尚书吴中，主要设计人员有杨青、蒯福、蒯祥、蒯义、蒯纲、蔡信等。整个宫殿设计是以南京宫殿为蓝本，在元朝皇宫旧址基础上进行大规模兴建而成。在紫禁城设计建造中，设计人员严格遵循中国传统建筑理论和风水学说，使其具有鲜明的皇家宫殿建筑特点，对前朝后寝、三朝五门、左祖右社、中轴对称、前宫后苑等礼制丝毫也不敢逾越。最有寓意的是，在紫禁城的所有建筑中都特别注重对数字"九"的运用。据说，古人把九看作阳数的极数，也就是单数中最大的数，而皇帝是人之至尊，那么"九"也就是"数之至尊"了。皇帝在各个方面都要显示出自己的至尊地位，因而对于"九"这个数字自然也就不会放过了。如紫禁城里的房屋共有9999间，天安门的城楼面阔9间，皇极门照壁上的龙是9条（九龙壁），太和殿内的巨柱是8个"九"共72根，紫禁城大门装饰用的是"九路灯"，每扇门的门钉也是纵横各为9个，共九九八十一颗钉……

讲求迷信的封建帝王们对风水问题十分重视，像紫禁城这样最重要的建筑自然是不会忽视的。明成祖朱棣营建紫禁城时就特别要求在紫禁城的北门外堆筑一座镇山为后靠山，也就是今天的景山。镇山的作用，自然是风水理论中讲究的"藏风"。而与镇山遥相呼应的，还有紫禁城前面的金水河，其作用同样是风水理论中讲究的"聚水"。不管紫禁城的风水运用得如何，单从地理形势和作用上来讲，景山这座东西伸展、两端略向南拢抱的五峰形笔架山，确实为紫禁城起到了一种防风防沙的作用。而金水河不仅是紫禁城的前方屏障，而且其净化、美化环境的作用也是显而易见的。在紫禁城如此庞大的建筑群周围

向世界开放的皇家禁宫

明宫城图

　　明代绘制,南京博物院藏。描绘了丽正门(后改为正阳门)至玄武门(今神武门)的主要建筑。画面中可见一位着红衣的官员站立于承天门(今天安门)东侧,有人推测此人为蒯祥。

还筑有高大厚实的宫墙,其在风水理论中表示的是"拢气"。其实,厚重的宫墙不仅"拢气",还有着很好的防卫作用,同时也显出紫禁城壁垒森严、恢宏磅礴的气势。

当然,在紫禁城的设计建造中,设计人员还考虑到皇家宫殿建筑的特点,既要富丽堂皇和均衡对称,还要体现出那个时代的最高建筑技术水平和艺术成就。就其建筑群体而言,要有庞大的规模、对称的布局、森严的防卫、严格的等级和庄重的建筑环境等;就单体建筑来说,它的庄重庞大、富丽堂皇和显赫威势都不能有丝毫折扣。所以说,皇家宫殿建筑既有中国传统建筑的共性,又有皇家建筑的个性,其个性体现在上面所说的那些内容上,在建

太和殿仙人、走兽

紫禁城的琉璃仙人、走兽安装在屋顶檐角部位,每个构件都有着美好的寓意,周身挂满琉璃釉,形态各异、纹饰雕刻精美,又对建筑屋顶起到了很好的装饰和保护作用。

筑用料上的要求也是十分严格的,处处都要精美绝伦、绝无仅有。而至于紫禁城的建筑艺术,更是无与伦比。

在世界建筑史上具有极其重要地位的故宫,是中国建筑艺术的经典之作,还集中体现了中国古代建筑艺术的优秀传统和独特风格。那红墙黄瓦、雕梁画栋,那中轴布局、左右对称,那高台基、大屋檐、多圆柱,那屋顶多样、等级分明,那屋脊上的仙人和走兽等装饰,无不体现出中国皇家宫殿建筑的威严宏大和富丽堂皇。

当然,在紫禁城中我们记住的不仅有那精妙高超的建筑艺术,还有为此付出无数智慧和心血的中国古代工匠们。因为在那近乎原始的生产力水平下,能建造出如此恢宏的庞大建筑群,在今天人们眼里依然是一个奇迹,一个无法想象的奇迹。

◎ 风水与紫禁城

风水,是中国最古老的特有传统学说之一。虽然其被赋予浓厚的迷信色彩,但不能掩盖它的科学价值,这一点已经被广泛地运用到中国古代建筑实践当中。今天,我们不妨以明、清两代的紫禁城为例进行解析。

前面我们提到明成祖朱棣决定迁都北京并营建皇宫后,曾专门指派礼部尚书赵羾和堪舆家廖均卿等人到北京勘察地势,并首先确定了祖陵所在地天寿山。那么修建皇宫与确定祖陵有什么联系呢?按照古老的风水理论,主山—基址—案山—朝山,是宫殿、陵寝等建筑中轴线的基本格局。也就是说,营建皇宫首先要确定龙脉,才能表明其皇位正统和保证江山稳固。朱棣选定北京昌平天寿山为皇陵所在地,也就确定了主山龙脉的走向,其在北京城里营建皇宫就必须与皇陵在同一条中轴线上,这一点我们今天已经得到了确认。紫禁城的基址已经确定,那么其营建的宫殿又是如何体现风水学说的呢?据《礼

记》和《考工记》记载，故宫里的建筑处处都是按照传统礼制和阴阳五行学说来布置的。

传统礼制，无非是前面讲的"前朝后寝""左祖右社""中轴排列""对称均衡"等体现皇家威严和尊崇儒学的做法。那么，什么是"五行"呢？五行，是中国先民在劳动中总结出的，把天地万物起源归纳为金、木、水、火、土五种基本物质的一种远古理论。早在战国时，五行学说就已相当流行，后来通过战国时著名五行学家邹衍等人潜心研究，发展衍生出"五行相生相胜"，其基本原理是，以木为生化的基本物质，木主生，火主大，土主化，金主收，水主藏。而木能生火，火能生土，土能生金，金能生水，也就是"比相生"。而金胜木，中隔水；水胜火，中隔木；木胜土，中隔火；火胜金，中隔土；土胜水，中隔金，说的就是"间相胜"。正是因为有了五行的相生相胜，才有了春夏秋冬和东南西北，才有了世间的万物生灵和所有一切。如在《尚书·益稷》中用五

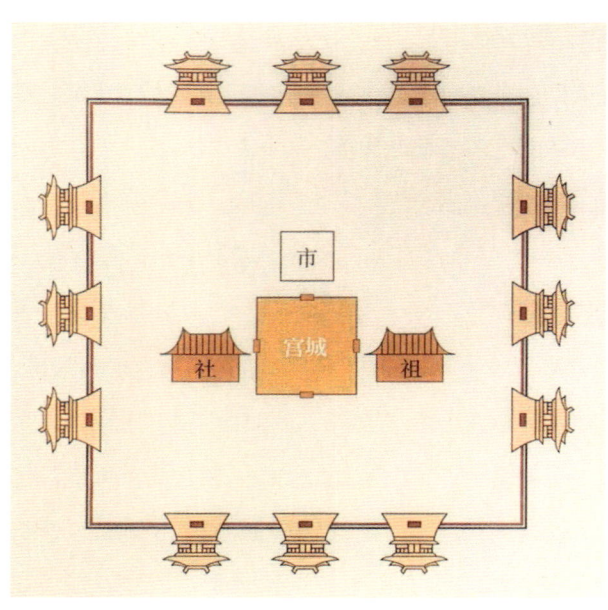

《周礼》王城营建平面图

《周礼·考工记》营建国都规制："匠人营国，方九里，旁三门，国中九经九纬，经涂九轨，左祖右社，面朝后市。"

行原理诠释色彩、音调和性情，就有青赤黄白黑、宫商角徵羽和怒喜思爱恐，其他的还有五位、五兵、五宗、五官、五服、五味和五量等，不胜枚举。

如此玄妙的五行思想，在紫禁城布局和建筑中表现得十分明显而突出。

首先，从总体布局上来说，紫禁城分为前朝和后寝两大部分，而前则表示的是南方，从火，主大，所以前朝的建筑宽敞高大，作为处理朝政大事的地方；而后表示的是北方，从水，主藏，所以后寝的建筑紧凑狭小，是后妃们生活起居的场所。其次，从单体建筑的方位来看，紫禁城里凡是用于文治和读书学习等方面的宫殿建筑，多数设置在东侧，从木，从春；而属于兵刑和武备方面的宫殿，就多在西侧，从金，从秋。最典型的就是文华殿和武英殿的布局设置，文东、武西拱卫着中央三大殿，而文华殿还是皇帝御经筵讲学的地方，殿后的文渊阁则是贮存《四库全书》和《古今图书集成》的场所。就连皇帝在中央太和殿举行朝会大典时，文武百官也是按照文东、武西的序列站立在御道两侧。再如太和殿广场东西两侧的体仁阁和弘义阁，在明朝则被称作文楼和武楼。而御花园里的万春亭，也是一东一西，分列在中轴线两侧。中央政府机构的内阁或后来设置的军机处，原先分别为文职衙门和武职衙门，所以在乾清门外的东西两侧。如果从北京城的布局来看，同样也有体现五行原理的地方。如天下举子进京参加科举考试时，就得从京城前方东侧的崇文门入城，然后在位于现在北京东城区的全国最高学府国子监里进行考试；而军队出师征战时，则从京城前方西侧的宣武门出城。如此等等，不一而足。

左祖右社，是《周礼》中确定宫殿规划的传统模式，千百年来中国的宫殿建筑始终遵循不悖。但是，中国经学大师们却对《周礼》中这一理论解释得混乱不堪，搞不清周朝人到底是以左为尊还是以右为尊，也就是说社稷和宗庙应该如何排列。而如果用五行理论来解释就显得非常简单明了：左即东方，在五

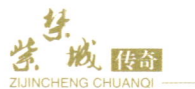

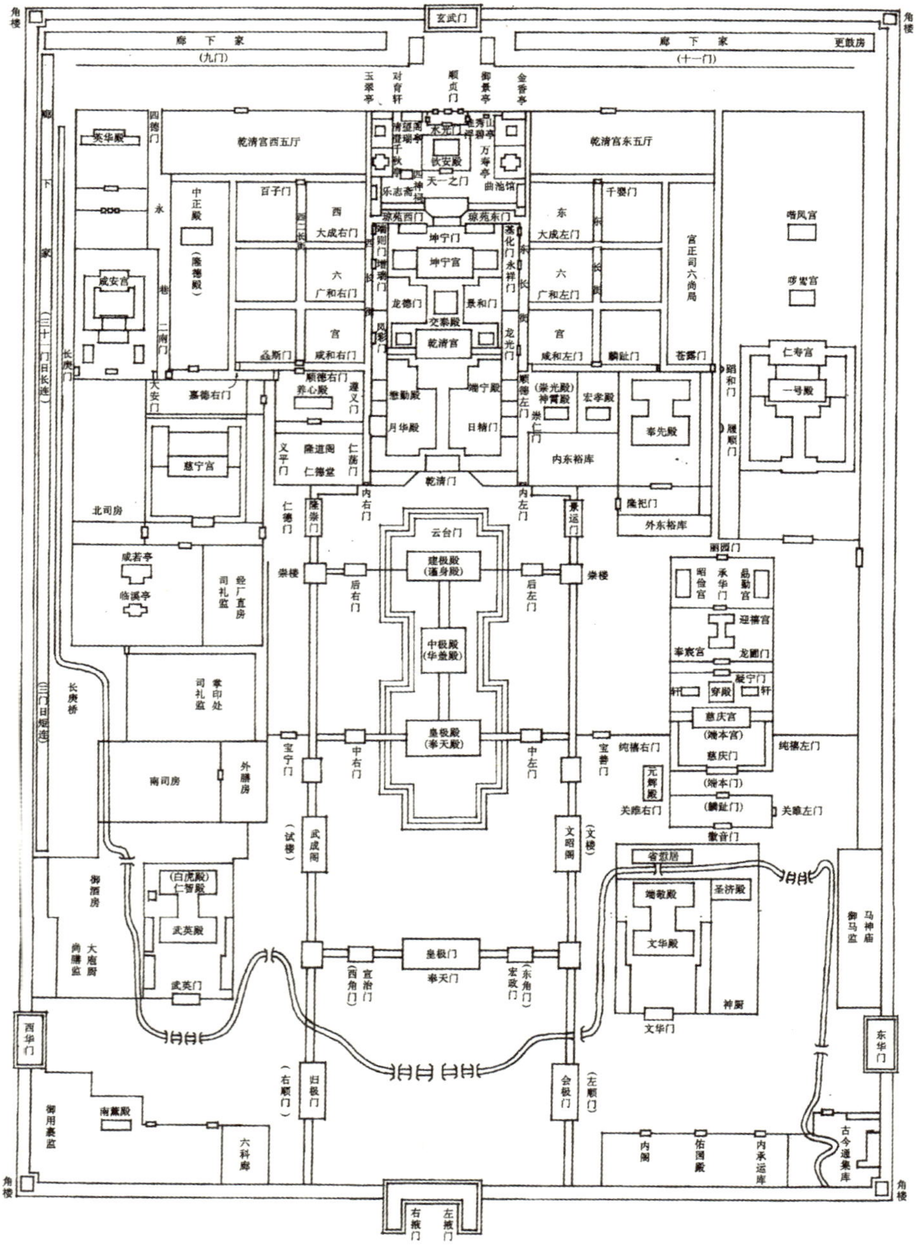
玄武门
角楼
廊下家
(九门)
(十一门)
更鼓房
玉翠亭
对育轩
顺贞门
御景亭
金香亭
英华殿
四德门
乾清宫西五厅
钦安殿
天一之门
万寿亭
曲池馆
乐志斋
乾清宫东五厅
千婴门
中正殿
(隆德殿)
百子门
西
大成右门
六
广和右门
宫
咸和右门
琼苑西门
琼苑东门
坤宁门
坤宁宫
龙德门
景和门
交泰殿
乾清宫
东
大成左门
广和左门
咸和左门
麟趾门
宫正司六尚局
苍震门
哕凤宫
哕鸾宫
仁寿宫
一号殿
咸安宫
长庚门
嘉德右门
顺德右门
养心殿
遵义门
懋勤殿
端宁殿
月华殿
日精门
(崇光殿)
神霄殿
宏孝殿
奉先殿
内东裕库
慈宁宫
隆道阁
仁德堂
乾清门
内右门
内左门
北司房
隆宗门
景运门
隆祀门
外东裕库
云台门
建极殿
(谨身殿)
崇楼
后右门
后左门
咸若亭
临溪亭
司礼监
经厂直房
中极殿
(华盖殿)
昭俭宫
承华门
励勤宫
迎禧宫
奉宸宫
龙韬门
凝宁门
穿殿
慈庆宫
(端本宫)
慈庆门
司礼监
掌印处
长庚桥
皇极殿
(奉天殿)
中右门
中左门
宝宁门
宝善门
纯禧右门
纯禧左门
元辉殿
关雎右门
关雎左门
南司房
外膳房
武成阁
(试楼)
文昭阁
(文楼)
徽音门
省愆居
御酒房
(白虎殿)
仁智殿
武英殿
大庖厨
尚膳监
端敬殿
圣济殿
文华殿
马神庙
御马监
皇极门
奉天门
宣治门
(西角门)
宏政门
(东角门)
武英门
神厨
文华门
西华门
东华门
御用监
南薰殿
(右顺门)
归极门
会极门
(左顺门)
六科廊
内阁
佑国殿
内承运库
古今通集库
右掖门
左掖门

明代紫禁城殿宇位置图

向世界开放的皇家禁宫

行当中为木,主生化,而人类都是由祖先繁育的,所以把宗庙设置在东方,正好显示了祖宗诞育子孙的德行。而社稷是国家、社会涵载君臣、人民,属收,正应了"金"德,所以应该是"右社",把社稷坛设置在西方。

我们都知道紫禁城的主色调是红和黄,这从五行相生来说也是有一定依据的,即红属火,火主光大;黄属土,土居中央;而红、黄并用,就表示皇家的至尊至大,并居天下中心。而从紫禁城建筑色彩搭配上来看,针对各处建筑用途不同,按照五行、五色也有适当调整。如皇子生活居住的南三所不但地处皇宫东侧,就连瓦顶也是绿色的,这

文渊阁

文渊阁位于紫禁城东华门内文华殿后,两层重檐,面阔六间,黑色琉璃瓦顶,绿色琉璃瓦剪边,寓意黑色主水,以水压火,确保藏书楼的安全。

与历代所称"青宫"相一致，在五行中这从木，从春，表示皇子们正处在青春年少、蓬勃成长的时候。如文渊阁这座建筑不用黄瓦红墙，而用黑瓦青砖墙壁，就是因为黑色代表水，红色代表火，水克火，这样可以使易燃的书籍免于火灾，所以书库是万万不能使用红色的。再如位于紫禁城最南端的午门，是属于火的方位，所以一改青绿等冷色调，而用充满热烈气氛的红色为主。

在五行学说发展的同时，古人还把上天二十八宿分作四组，分别配以龙、鸟、虎、武（龟）四种动物形象，也就是所说的"四象"，并把其与五行、五方和五色相结合，即东方表示青色，属青龙（或苍龙）；南方表示红色，属朱鸟（或朱雀）；西方表示白色，属白虎；北方表示黑色，属玄武。青龙、白虎、朱雀、玄武四象确立后，也就成了四方的象征。如此，北京紫禁城的设计采用五行思想，而其城池的四周则运用了四象原理。如南面的午门，又称五凤楼，凤为鸟类，实为朱雀。北门原名玄武门，康熙年间因避讳玄烨的名字而改为神武门，玄武、神武，意义相同。五凤、玄武南北定位，则四方正位，完全符合四象原理。

在风水学说中除了五行之外，还有古老的阴阳理论，其最初含义大约是指日光的向背，向日的为阳，背日的为阴，而中国古代思想家们却用阴阳来解释自然界中两种对立或相互消长的物质。就连《国语》和《老子》这样古老的著作中也含有这种思想，可见其影响之深远。后来，阴阳学说同样经过战国末期邹衍等人的研究和发展，一直流传在整个中国的古代社会。甚至有人说，阴阳学说就是中国文化的鼻祖。这话的可考性姑且不论，但阴阳学说本身对整个东方文化所产生的重大影响也是十分明显的，特别是在皇家宫殿紫禁城中，更是得到了充分发挥。如在前朝与后寝、东六宫与西六宫、宁寿宫区与慈宁宫区，以及各组建筑中造成的对比错落、抑扬有致、明暗结合、强弱得当的效果，就处处体现了阴阳的和谐性。如紫禁城之阳的前朝，其殿堂普遍比对应的后寝部分要高大，明显地表现出了阳刚之美；而后寝处在紫

向世界开放的皇家禁宫

禁城之阴,其宫殿就小于对应的前朝殿堂,空间组合也显得紧凑而低小,表现出了特别的阴柔之美。再如东西各六宫的布局,则鲜明体现了两两相对、对称和谐、完整统一的审美思想,也就是阴阳结合之美。阴阳理论表现在数字上,即单数为阳,双数为阴,所以紫禁城前朝所有殿堂的面阔、进深都是阳数开间,而后廷东西各六宫的进深多为阴数开间。

中轴线上的紫禁城

中轴线是指自元大都、明清北京城以来北京城东西对称布局建筑物的对称轴。通过中轴线,能够了解中国人如何通过规划布局来表达对政治理念、文化象征和生活空间的认识。

无论世人对五行还是阴阳学说，或是风水学说承认与否，都不能抹杀其在紫禁城中的完美运用。特别是，因此而造就的紫禁城那无与伦比的建筑美，确实值得传承和发展。

◎ 二十四帝匝一所

紫禁城500年间共接纳了明、清两朝24位皇帝，他们分别是明朝的成祖、仁宗、宣宗、英宗、代宗、宪宗、孝宗、武宗、世宗、穆宗、神宗、光宗、熹宗和吊死在景山上的思宗14位，以及清王朝的顺治、康熙、雍正、乾隆、嘉庆、道光、咸丰、同治、光绪和后来埋葬在河北易县私家陵园中的末代皇帝宣统10人。在这些帝王中，既有创建不朽功业的一代英主，也有毫无建树的平庸之辈；既有执政达数十年之久的长命皇帝，也有在位仅几个月的短命帝王；既有勤勉处理政比较英明的，也有多年不朝十分昏庸的，等等。不过，无论他们演绎出怎样的多彩人生，都没有脱离过紫禁城。因此，我们仅选取其中极具代表性的人物进行剖析。

有雄才大略的明成祖朱棣迁都北京后，对自己营建的紫禁城还是十分满意的。不过，他却没能在其间享受什么太平盛世，而是先后5次亲自领兵深入漠北，对元朝残余进行彻底征剿。不知是因为他多年在外征战已经习惯了戎马生活，还是那蒙古骑兵真的搅扰得他心头不安，反正在北京当皇帝这20来年，他没有清闲过，基本上都是在寻求使北方边疆长治久安的良方。所以，从一定意义上来说，朱棣应该属于"马上皇帝"。"马上皇帝"朱棣虽然没能享受紫禁城里的太平奢华，却为其子孙赢得长期相对稳定的发展机会。

任何机会都不可能是长久不变的，经历了仁宗和宣宗两朝后，大明王朝航船驶进明英宗的历史航道。这位虽名为英宗实际上却十分昏聩的皇帝，不仅理政没有什么骄人业绩，还被一个名叫王振的太监哄骗出了紫禁城。英宗出紫禁

向世界开放的皇家禁宫

明成祖5次北征沙漠之战示意图

城不久就当了蒙古兵的俘虏,还因此失去了紫禁城里的皇帝宝座。那是正统十四年(1449年)的事,面对已经跃马长城的蒙古骑兵,许多人主张一边固守北京,一边派兵将前往抗击,而没有点滴军事常识的明英宗,在亲信太监王振的怂恿下竟然也想效法明成祖御驾亲征,结果被蒙古骑兵包围在今天河北省怀来县境内一个土墩子上。最后,不仅50万军队被击溃,连皇帝英宗也被抓走当了俘虏。这就是历史上有名的"土木之变"。

明英宗正统（天顺）皇帝像

明英宗朱祁镇（1427—1464年），明宣宗朱瞻基长子，正统元年至正统十四年（1436—1449年）和天顺元年至天顺八年（1457—1464年）两次在位。"土木之变"中被俘，"夺门之变"后复位。

成了俘虏的英宗，也成了蒙古骑兵与大明王朝做政治交易的重要筹码。但大明王朝没有上当，而是在于谦等大臣的主张和策划下，重新立了一个皇帝主持大明江山。蒙古骑兵见手中的英宗没能为他们赢得什么利益，还得供奉着他，就想方设法把他送还给大明王朝。重新回到北京紫禁城里的明英宗，面对坐在原先属于自己位置上的兄弟景帝，尴尬得无话可说，只好在紫禁城一角的偏僻小院里住了下来，当然那些伺候他的人，也就是监视他的人。然而，英宗过了8年幽禁生活后，在明景帝不明不白死去后，又重新当上了紫禁城的主人，于是，曾经显赫一时的于谦被首先砍了头。至此，紫禁城算是第一次见证了这种人生无常的命运。

对于英宗之后的两位皇帝，似乎没有什么特别要说的。明武宗朱厚照却是一个非常有个性的人。说起明武宗的个性，一是他不愿接受紫禁城里条条框框的约束，经常私自跑出京城去玩耍；二是他在寻花问柳中看中别人老婆后，竟然对其宠爱不移。关于明武宗的荒淫，正史和野史中多有记载，后人还根据他的事编写过一些虽然荒诞却颇能吸引人的文艺影视作品，使他成了一个比较"出名"的皇帝。

年仅15岁就当上了皇帝的明武宗，也许是因为此前受到太多束缚，所以他一登基就像脱缰的野马一样，根本不管什么朝政事务，整天和太监们游戏闲混。专门琢磨主子心思的太监们，为了让武宗皇帝玩得畅快，总是变着花样去引诱他，甚至还建议在皇宫里建"豹房"。起了如此奇怪名称的地方，其实并不是饲养虎豹等动物的园囿，而是一个专门供武宗皇帝淫乐玩耍的场所。在"豹房"里，太监们还建了一个市场，其中有商店，有酒楼，也有妓院，做生意的都是宫中太监和从全国各地征来的妙龄少女，武宗皇帝在其间可以尽情玩耍，经常一喝醉酒就随便找一个地方住下来，那些妙龄女子也就随时供他淫乐。

在"豹房"里玩耍腻了，太监们还怂恿武宗皇帝到北京附近一些州府去游乐。一次，武宗皇帝听信太监江彬说宣府（今河北宣化）美女多，还可以骑马在草原上奔驰。于是，武宗皇帝等人悄悄地出了皇宫，不料到居庸关却被守将挡了回来，不甘心的武宗皇帝几天后又一次出了紫禁城，并成功地通过居庸关来到宣府地界。

在宣府的那些日子里，武宗皇帝纵情游乐，毫无顾忌，经常深更半夜跑到老百姓家强迫性地"宠幸"民女，搞得当地人心惶惶，鸡犬不宁。后来，当地官员通报到紫禁城才把武宗皇帝接了回去。可第二年，他又故伎重演，出紫禁城后先从大同到了偏头关，后又来到太原，一路上武宗皇帝更加荒淫无度，大肆征召乐女，还任意召幸当地女人。就在武宗皇帝玩耍得正起劲儿的时候，他遇到一个叫刘氏的乐女，并且被她迷得神魂颠倒。这位乐女刘氏是晋王府乐工杨腾的妻子，而武宗皇帝硬是把她带回了紫禁城，并对她给予特别宠幸，人称其为"刘娘娘"。一次，武宗皇帝带兵南征造反的宁王朱宸濠，因为祖宗旧制规定帝王在征战时不准携带后妃，于是武宗皇帝便提前派人把刘氏送到潞

河（今北京通州），并以刘氏头上一枚簪子为凭证，约定时间提前接她到军营中。但武宗皇帝在行军中不慎把簪子丢失，找了几天没找到后，只得悻悻而去。等到了与刘氏的约定时间，武宗皇帝派人去接刘氏，却因没有凭证而没能把刘氏接来。为此，武宗皇帝竟然不顾数十万军队和数百里路程，亲自跑到潞河去接刘氏。由此可见，武宗皇帝的行为简直是荒谬到了极点。体现武宗皇帝个性的还有一件事：一年元宵节时宫中失火，包括乾清宫在内的宫殿被烧毁大半，紫禁城里火光冲天，而在"豹房"里淫乐的武宗皇帝竟然笑着对那些太监和女人说："那真是一棚大烟火。"

严嵩像

严嵩（1480—1567年），今江西分宜人，明世宗时的重要权臣，专擅国政达20年之久，大力排除异己，吞没军饷，废弛边防，贪污纳贿，激化了当时的社会矛盾。

武宗皇帝因为南巡时落水，一病不起，31岁时就死了，且没有留下子孙后代。于是，他的皇位被叔伯兄弟朱厚熜继承，这就是历史上有名的长达27年不上朝理政的明世宗。一生迷信道教的明世宗，整天和一帮道士混在一起，不仅给自己封道号，还在紫禁城里大肆炼丹修道。为了炼制长生不老的丹药，昏聩的明世宗还要求用8到14岁宫女身上的"物件"做药引子，导致宫女杨金英等人趁他熟睡时用绳子差点儿把他勒死，这实在是紫禁城中罕见的荒诞事情。

荒诞的明世宗，把所有朝政大事都交给中国历史上有名的奸臣严嵩，其他大臣许多年不曾见到过皇上，凡有事需要奏报的，就只能通过严嵩

明世宗嘉靖皇帝像

明世宗朱厚熜（1507—1567年），明孝宗朱祐樘之侄、兴献王朱祐杬之子，明武宗朱厚照的堂弟。

转达、处理。把持朝政达20年之久的严嵩，虽没有什么过人本事，可有一个精明奸猾的儿子叫严世藩，每次世宗皇帝有什么事情需要严嵩出主意的时候，严嵩就让儿子严世藩代为拟奏，且往往都能符合皇帝心意。于是，严嵩干脆让儿子到皇宫里替自己当值，以至于有人说皇帝一天离不开严嵩，而严嵩也一天离不开儿子。当然，为了每次奏报都能使世宗皇帝满意，严嵩还收买皇帝身边亲信，让他们把皇帝所有的喜怒哀乐等表现都详细地告诉他，以便他能提前揣摩出皇帝心思，从而获得皇帝长久宠幸。不料，有一年严嵩的老婆死了，按封建旧制必须由儿子负责把灵柩送回祖地安葬，虽然经过严嵩奏报世宗改由其孙子代行，但身戴重孝的儿子严世

藩依然是不能入内当值的。没有了儿子代拟奏书，严嵩行事往往不能让世宗满意，渐渐地就失去了皇帝宠幸，于是有人趁机弹劾严嵩父子的不法行为，终于使其父子一个被砍头，一个抑郁而死。当然，严嵩父子弄权误国的责任，其根源是世宗皇帝多年不上朝理政的昏聩造成的，这种现象在中国数千年间极为少有。

与明朝皇帝多荒诞不同的是，清朝帝王们却各有特点。首先，不妨来看一看被称为"千古一帝"的清圣祖康熙皇帝的功绩。年仅8岁就在孝庄皇太后辅助下登上龙庭的康熙大帝，堪称少年英主，自幼胸存鸿鹄大志，在14岁亲政时就智擒图谋篡政的当朝第一辅政大臣鳌拜。随后，少年天子康熙大帝独揽朝纲，先后削平"三藩"、收复台湾、平定

《康熙南巡图》之"回京图"（局部）

清王翚等绘制，故宫博物院藏。画面中是康熙皇帝南巡回京进午门时的卤簿仪仗。午门巍城壮观，两边各列大象5头，卤簿仪仗严整，一直排到端门，尽显皇家威严。

噶尔丹，对黄河等江河的水患进行根治，使社会经济得到了很大发展，人民生活也日益富足。不过，自康熙大帝时期始逐渐形成的"南巡"制度，尽管说在他的身上还带有体察民情、考察官员的意图，似乎也不排除他有迷恋江南美景的心态，否则他何以不惜耗费巨资进行6次"南巡"呢？关于这一点，在他的孙子乾隆皇帝身上体现得尤为明显。而从另一方面来说，康熙大帝也不愿意终日拘囿在紫禁城里，这应该能够说得通。

与父亲康熙大帝所不同的是，一生操劳政务、防范政权颠覆的雍正皇帝就不得不固守皇宫了。素来就流传有因篡改遗诏而当上皇帝的雍正，面对的不仅有这方面的流长蜚短，还有那几位未能登上皇位而又心怀觊觎的手足兄弟谋算，还要根治康熙大帝晚年留下的弊政。如此，雍正皇帝审时度势地要推行新政，而改革必然会触及清朝特权阶层的切身利益，这就使他的新政在推行过程中处处受到阻碍。殚精竭虑的雍正皇帝在位的时间虽然只有短短13年，可在朝臣奏折上留下的批语竟达数百万言，平均每天有万言之多。如此勤政而劳心的雍正皇帝，又有何心情离开紫禁城到全国各地去逛呢？

而号称"十全天子"的乾隆皇帝，也不愿一生待在紫禁城里，没事就想着去江南游山玩水，于是"乾隆皇帝下江南"便成了当时和后世文人们创作的好题材。附庸风雅的乾隆皇帝对文人喜好的事物都很感兴趣，特别是他一生不仅收藏有大量孤本秘籍，还写下了许多吟风弄月的诗歌，总计有4万多首，只是没有一首能让人们熟记罢了。

不愿困在皇宫里的乾隆皇帝，还可以自由地到处去闲逛，而到了末代皇帝溥仪时，却由不得他了。年仅3岁就被抱着登上龙庭的溥仪，在刚刚明白点儿事理的时候就下了台，此后却依然在紫禁城里住了10多年。其实，溥仪并不喜欢紫禁城，但那时的他既无处可去，又被那些遗老遗少们控制着无法出去，直到冯玉祥将军逼迫其搬出宫，他才得以脱离紫禁城这个藩篱的限制。从未见

溥仪复辟

民国六年（1917年）6月，张勋利用黎元洪与段祺瑞的矛盾，率5000名"辫子兵"，借"调停"为名于6月14日进北京，拥戴已退位的清末代皇帝溥仪复辟帝制，通常称为"张勋复辟"。这次复辟闹剧仅12天就宣告失败。图为复辟时溥仪坐在乾清宫宝座上。

识过外面世界的溥仪，虽然早就渴望逃出紫禁城，可当他真的走出来时却成了没头苍蝇，任凭分成两拨的遗老遗少们摆布，最后被日本人当作招牌诓骗到中国东北后，又成了那里所谓皇宫中的一只鸟。被日本人豢养10年后，溥仪成了苏联军队俘虏，再往后他便开始了在囚徒、犯人、公民、政协委员等多种身份间转换的人生，直到1967年10月17日病死在北京。

成长或生活在紫禁城里的皇帝们，在物质上得到了人间最高等的享受，而在精神上却多有囚徒感觉，就连极会调节生活情趣的乾隆皇帝也禁不住多次

"下江南"。但是，他们所处的地位、环境和历史赋予的特殊身份，让他们又不能享受普通平民的快乐和自由，难怪末代皇帝溥仪说，他一生4次当皇帝，只有成为中华人民共和国公民中的一员时，他才感到最快乐和最自由。这话，可以相信。

◎ 打开厚重的历史之门

如果说游览故宫是人生中的一大幸事，也许人们会认为这实在是故弄玄虚。确实，今天经历过越洋过海、翱翔太空的人们，岂能把花上几十元人民币就可以徜徉故宫当作什么了不起的大事？不过，时间上溯到1925年之前的那500年里，面对宽宽金水河边那高高的红色宫墙，以及宫墙内那金黄的琉璃瓦建筑，人们只能远远地观望，犹恐被厚重宫门上闪烁着耀眼光芒的金色门钉所威慑。是的，紧紧关闭长达500多年的紫禁城，那时绝对属于禁绝之地，别说见识其间珍藏的无限瑰宝和宫廷秘事，就连那宫殿是什么模样也只能留在梦中去妄想了。但是，历史赋予我们自由进出紫禁城的这种幸运，因为它的名字已经叫作故宫了。

作为世界现存规模最大的宫殿式建筑群，故宫在1925年10月10日就已经打开了厚重宫门，开始迎接来自四面八方的客人。不过，最先揭开紫禁城神秘面纱的还是北京的市民们，他们得知故宫博物院开放后就纷纷涌向紫禁城，全家出动，扶老携幼，简直可以说是万人空巷。人们兴致勃勃地慢慢行走在长长御道上，似乎在体味当年皇帝们通行其上的滋味。还有那或站或坐在屋脊上奇形怪状的脊兽，它们整天那么昂首挺立着到底在观望什么呢？最令人们兴趣盎然的是观看帝王后妃们生活的居室，那些精美无比的生活用品，他们真的就是随手使用吗？在感到可惜的同时，人们还对那御花园里的奇石假山和苍松古柏，以及恢宏的宫殿建筑表现出惊叹和羡慕，他们不知道

故宫博物院开幕典礼

1925年10月10日,故宫博物院开幕典礼在乾清门内隆重举行。典礼由清室善后委员会监察员、故宫博物院临时董事会董事庄蕴宽担任主席,宣告故宫博物院成立。

世界上还有如此精妙绝伦的建筑和艺术。在展览陈列室里,面对宫廷收藏的书画、雕刻、文具、法器、珐琅、烟壶、如意、碑帖、朝珠、雕漆、象牙、花盆、织绣、兵器、图书等从未见识过的物件,人们除了大张着嘴巴之外,似乎不知到底该如何表示震惊了。

然而,这欣喜的惊叹并没能持续多久,因为军阀混战过后就是日军的天下了。他们一点儿也不懂得中国人的善良,到处烧杀抢劫。在中国东北那白山黑水天地间烧杀抢劫感到不过瘾之后,他们便想到了比邻的华北大地,想到了中国500年历史的紫禁城。对此,敷衍潦草地抗击日本人的中国国民党政府,却对如何安置收藏在紫禁城里的万千文物珍宝费尽心机。为了不使这些珍宝遭到日本人的抢劫,国民党政府又一次关闭了紫禁城那厚重宫门,只留下故宫博物院里的成员和他们聘请的文物专家们,开始长达半年的文物挑选装箱工作,因为他们要把这些珍宝搬迁到他们认为安全的地方去。为了确保文物装箱搬迁工作顺利进行,国民党政府不仅紧闭故宫厚重宫门,还派遣大批军警担负警卫保障工作,使紫禁城重新成为一片禁地。当然,这个时候人们朝不保夕,哪里还有心情去逛紫禁城呢?

1945年8月15日日本人投降后,国民党磨刀霍霍一心想置中国共产党于死地，于是战争阴云依然笼罩在中国人头上，故宫也就不再开门迎客了。不过，一厢情愿的国民党并不是已经壮大起来的中国共产党的对手，辽沈、平津和淮海三大战役国民党兵败，最终只能退守台湾。新中国接手时的故宫博物院，因为久经战火熏染，已经失去昔日的恢宏气派，变得破烂不堪，寂寥荒芜。最初几年里，由于国家百废待兴，事务繁杂，没有足够精力去修整故宫博物院，更不可能考虑应该把它建成什么样的博物院，所以，这个重任就落到了一个叫吴仲超的人肩上。1954年6月，吴仲超被中国政务院任命为故宫博物院院长。

南迁文物箱件集中在太和门广场

1933年1月3日山海关失陷后，故宫博物院理事会决定将故宫部分文物分批运往上海。1933年2月6日晚，首批故宫文物2118箱由午门出天安门，运送至正阳门西车站。2月7日晨，文物运离北平，火车经平汉，转陇海，回津浦线南下。

吴仲超

吴仲超（1902—1984年），上海市浦东新区人。曾任中共华东党校副校长兼华东人民革命大学副校长，中华人民共和国文化部部长助理，故宫博物院院长兼党委第一书记等职。

就是这么一个久经战争考验的革命家，在他走马上任故宫博物院院长时，面对故宫的杂乱同样感到惊讶。确实，当时故宫依然面临着许多困难和问题，特别是其陈旧、落后的管理体制，严重束缚了故宫文物保护和研究工作的开展。当时，吴仲超先生面临的还有年久失修的古建、脏乱不堪的环境、底数不清的藏品、尚未规范的文物展览、急须更新的陈列设备和严重滞后的服务水平，对于文物研究工作更是无从谈起。为此，吴仲超先生在带领故宫人整理了中轴线上三大殿、后三宫和西六宫等建筑后，又开辟、筹建展示宫廷文物珍品和艺术的珍宝馆、钟表馆、绘画馆、青铜馆、陶瓷馆、铭刻馆和雕塑馆等陈列馆室。

解决这些问题之后，吴仲超先生对建设一个什么样的故宫博物院的问题，开始了长期的研究和探索。为此，他积极征求郭沫若、郑振铎、夏鼐、容庚、沈从文、刘开渠、王朝闻、吴作人、王逊、阎文儒等知名专家学者们的意见，然后把故宫博物院初步定位为集历代艺术、古建和宫廷三大体系于一体的综合型古代艺术博物馆。当然，这一建院方针

向世界开放的皇家禁宫

与今天故宫博物院已经是世界上最大的历史博物院的现实并不一致，但在当时背景下却起到了维护故宫完整性的作用。特别是在"文革"时期，当有人提出要把故宫博物院建成"故宫人民公社"时，吴仲超先生带领故宫人机智处理，并在时任中宣部部长陆定一、文化部部长周扬和文物局局长郑振铎、王冶秋等人的支持下，终于使故宫得以完整地保留了下来。

今天的故宫，已经告别过去的云谲波诡，迎来了灿烂春光。1961年，故宫被国务院批准为全国第一批重点文物保护单位；1987年，故宫又作为中国首批世界文化遗产被联合国教科文组织列入《世界文化遗产名录》，得到了世界人民的认可和保护。

1973年的太和殿

历史赋予的命运抉择

与明朝开国皇帝朱元璋相比，中国历代统一王朝的帝王们没有谁的出身比他还要卑微低贱。确实，原本出身市井无赖的孤儿朱元璋，后来还被迫出家当了和尚。然而，就是这个四处游食的和尚，竟开创了统治中国长达276年的大明王朝，这实在是一个不可想象的奇迹。在创造这个奇迹的过程中，相伴而生的自然还有那么多可歌可泣、可悲可颂的经典故事，如果要将每一个经典故事都尽数讲个透彻明白，那绝对不是简单的文字能做到的。尽管如此，在此还是选择与紫禁城有着千丝万缕关联的，但应该不是演绎的故事写出来，只为了让世人在咀嚼他们各色命运的同时，也好从中认识和把握自己的命运走向，不至于步了前人后尘。当然，无论是朱元璋的失算，还是燕王的唯一抉择，抑或是明景帝的悲哀结局，还是那奏响景山绝唱的崇祯皇帝，甚或是"夺门之变"惹下的祸端，还是皇宫里的谋杀案等，也许都应该给我们以教益。关于这一点，还是从下面文字中来体味和感悟好了。

◎ 洪武皇帝的失算

《白话二十五史》中，对中国第一个布衣皇帝朱元璋的评价是非常之高的，不仅列举有汉、唐、宋3代开国皇帝们的功绩与他相比而略显逊色的事实，还把他的文治武功解析得十分高妙，如对于他处在陈友谅与张士诚两大势力夹缝中所采取的战略，就有这样一段文字：

历史赋予的命运抉择

我遇上战乱的年代,在乡间起事时,本来只想保全身家性命。至渡江以后,我看到各路起事首领的所作所为,只能给百姓带来祸患。而张士诚、陈友谅尤其是罪魁祸首。张士诚凭借他的富有,陈友谅凭借他兵力强盛,而只有我没有任何凭借。我只是不好杀人,讲究信义,推行节俭,和诸位同舟共济。起初和张、陈对峙,尤其张士诚与我军相距甚近,有人认为应该先进击张士诚。我认为陈友谅意气骄横,张士诚器量狭小,意气骄横必然好生事端,器量狭小则没有深谋远虑,因此先进攻陈友谅。鄱阳湖一战,张士诚终于没有离开姑苏城一步去支援陈友谅。假若先进攻张士诚,浙西必然凭险坚守,陈友谅会倾巢前来,就形成我腹背受敌之势了。

明太祖洪武皇帝像

明太祖朱元璋（1328—1398年）,安徽凤阳府人,中国明朝开国皇帝,年号"洪武"。

从这段自述中,我们不难看出在艰难创业时,朱元璋能如此沉着机警地观察和分析天下形势的变化,从而坚定不移地执行这一谋略,简直称得上是运筹帷幄、决胜千里了。朱元璋实在是一个具有雄才大略的人。

确实,朱元璋创业时最大的特点就是不好杀

人，且特别懂得体恤民间疾苦，所以老百姓都很拥戴他。但是，朱元璋定都南京当皇帝后就不一样了，虽然他依然关切民生和大力惩治腐败，但也出现了胡惟庸案、郭桓案、空印案和蓝玉案等冤狱，牵连被杀者达12万人之多。除此之外，他还在任用勋臣和皇族问题上，犯下了一个致命错误，那就是排除勋臣而任用分封自己的儿孙为王并派驻在边疆的做法，这实在是他一生中最大的失算。

洪武元年（1368年），朱元璋和他的战友们经过10多年浴血奋战，终于在南京建立了大明王朝。其实，朱元璋在南京当皇帝的时候，元朝蒙古人在全国范围内的统治势力还没有被完全歼灭。虽然元顺帝逃到漠北后不久就死了，但由蒙古分裂出来的三大部落势力依然十分强盛，即便他们之间也不断进行厮杀和兼并，可对大明王朝的袭扰还是频繁而猛烈的。

为了抗击剽悍蒙古骑兵的骚扰，巩固大明王朝北方边疆的防守和刚刚建立起来的政权的稳定，洪武皇帝朱元璋审时度势，积极准备把都城搬迁到北方来，以便坐镇指挥边疆的战事。关于迁都的事，朱元璋心态是十分矛盾的，因为他既要保持他那爱恤民众的民本思想，又很在乎历代建都南京的都是短命王朝的过去。朱元璋在召集群臣商讨选择建都地点时，有人建议说关中地势险要而坚固适宜作都城，也有人说洛阳是天下中心，还有人列举宋朝都城汴梁和元朝都城北京等，但都被朱元璋一一否决。他说："大家说的都有一定的道理，只是时代已经不同了，长安、洛阳、汴梁等都是周、秦、汉、魏、唐、宋的旧都，可现在天下刚刚平定，老百姓还没有从战乱中恢复过来，如果在这些地方建都，物资和劳役的供给都要仰仗江南，这就会加重人民的运输之苦。而如果借助北京的宫殿，也不能不有所改建。南京是龙盘虎踞的地方，前有长江作为天堑，后有淮河为漕运的保障，足可以建都立国。"

然而，在南京建都不久，朱元璋又派太子朱标巡抚陕西，太子回朝后就献上陕西地图，上疏表达迁都方案。可第二年四月太子朱标病故，致使朱元璋迁

都计划落了空。

在朱元璋谋划迁都的同时,他还先后把自己的儿孙们分封为秦、晋、燕、代、肃、辽、庆、宁、岷、谷、韩、沈、安等藩王,分别镇守在北方长城沿线各重要关塞,其镇守的地区大约是今天的甘肃、陕西、山西、河北及辽宁等省份。在朱元璋分封的这些藩王中,秦王、晋王和燕王分别是朱元璋的第二、三、四子,由于他们年岁较长,又参与过对元朝残余势力的征战,所以册封藩王时间较早,且其军事势力也比其他藩王要强大得多。后来,在太子朱标死后不久,秦王和晋王也先后死去,封藩在北京的燕王朱棣便成为诸王中年龄最长、势力最强的一位。按照朱元璋的规定,这些藩王权力很大,手握重兵,有征战杀伐的权力,还可以对朝廷

琉璃云龙纹勾头

南京明故宫遗址出土,南京博物院藏。勾头,元代以前称"瓦当",明清时改称"勾头"。瓦当纹样的时代特征是比较明确的,因而也就成了判别年代的重要依据,明清时期的勾头除延续兽面纹之外,又出现了龙纹、凤纹等,其使用受严格的建筑等级规范的约束。

中出现的奸臣予以惩罚。

洪武三十一年（1398年）朱元璋驾崩后，按照他所规定的制度，皇位应由嫡长子来继承，当时既然太子朱标已经死去，于是就由皇长孙朱允炆登基做了皇帝，这就是大明历史上的建文帝。个性懦弱的朱允炆，面对大权在握的众多叔父，感到将来势必难以控制，也许还会闹出什么祸患来。对此，他曾经向伴读的翰林编修黄子澄询问过，当时黄子澄说："此事不难，诸王府的护卫军士仅足以自守，朝廷兵多将广，若诸王有变，临之以六师，他们岂能抵挡？"黄子澄这一番纸上谈兵，让朱允炆心里似乎有了点儿底气。于是，等到朱允炆登基做了皇帝后，便依靠大臣齐泰和黄子澄的削藩计划，首先对那些势力较为弱小的藩王进行"开刀"，一年后开始将矛头指向了势力最强也是削藩重点的燕王朱棣。

关于燕王朱棣，民间早有"燕王扫北"的传奇，其早年曾跟随太祖朱元璋效命沙场，在东征西战中已锤炼出英武秉性。明王朝建立后，朱棣对朱元璋立嫡做法早就怀有不满情绪，对皇位可谓是垂涎已久，只是太祖在位时他没有胆

明初藩王就藩图

明太祖有26个儿子，除最小的儿子朱楠因年幼早夭没有封王之外，其他25个儿子都分封了诸侯王，其中被封在边塞的称塞王，权力地位很高。建文帝即位后在一年内连废五王，各诸侯王人人自危。

量和能力去和朱元璋的崇高威望相抗衡罢了。而这时，自幼性格懦弱的侄儿朱允炆不仅当了皇帝，还对当年打江山的叔父们下了狠手，这岂是雄才伟略的燕王所能甘心的。于是，燕王朱棣决定先下手为强，在北京首先举兵起事，以剿灭皇帝身边奸臣为号召，开始了长达3年的皇位争夺战。在堂皇"靖难"旗号招引下，驻守在承德的宁王把手下数万蒙古骑兵全部借给燕王，为朱棣取得历史上所谓"靖难之役"的胜利奠定了基础。燕王以强大武力击败侄儿建文帝后，最终夺得皇位自己做了皇帝。这恐怕不是朱元璋当初分封藩王并赋予其极大权力的初衷吧？

然而，历史虽然已经不再是朱元璋的时代，但他无意中的失算却造就了明王朝一段新的辉煌。因为英武非凡的燕王朱棣绝非建文帝朱允炆所能比，他不仅高瞻远瞩地把都城迁到北京，完成了太祖朱元璋的遗愿，还多次亲自领兵深入茫茫沙漠截击蒙古骑兵，使困扰明王朝数十年的边患得以解决，为全国经济发展创造了一个稳定的社会环境。

◎ 燕王的唯一选择

建文元年（1399年），驻守北京的燕王朱棣心里一直是忐忑不安的。因为刚刚登基当了皇帝的侄儿朱允炆的"削藩"计划已经开始施行，在周、代、湘、齐、岷五位亲王相继被剥夺兵权后，势力最大的他将成为下一个重点打击对象。面对制人还是受制于人的抉择，雄心勃勃的朱棣早就有自己的主意，只是以往在父亲朱元璋的控制下不能肆意显露罢了。朱棣的主意，其实就是一个选择，一个生死攸关的选择——争夺皇位。

对于皇位的垂涎，是在太子朱标和秦王、晋王相继死后，才在燕王朱棣心中日夜膨胀起来的。当年，运筹帷幄的明太祖朱元璋分封儿孙们为王防守边疆的时候，秦王、晋王和燕王是册封最早的几位藩王，由于他们参加过当初打

明惠帝建文皇帝像

明惠帝朱允炆（1377—？年），明太祖朱元璋之孙，懿文太子朱标次子，明代第二位皇帝，年号"建文"。即位后用齐泰、黄子澄之计削藩，以加强中央集权，燕王朱棣借口"清君侧"起兵，发动"靖难之役"。

江山的各种战役，拥有丰富的战斗经验，所以被分封到北方长城一线，当时被称为"塞王"。这些塞王虽然远离南京的权力中心，但他们时刻关注着朝廷的一举一动，还经常以看望太祖为名回到京城亲自探询，所以他们在政治上是耳聪目明的。了解了政治权力中心的一切，特别是自幼懦弱的侄儿朱允炆轻易就当上了皇帝，这让昔日为建立大明王朝立下汗马功劳的塞王们更加感到心里不平衡。塞王们在身边的能人志士的谋划下，常常在心中构想起要争夺皇位的事，再加上因为长年身处边塞已经形成属于自己的权力网，他们似乎感到拥有了争夺皇位的资本和条件。于是，在建文帝朱允炆已经向他们举起"削藩"屠刀的时候，手握重兵又有太祖赋予"清君侧"特权的燕王朱棣便只能选择反击了。于是，一场在堂皇"清君侧"旗帜掩盖下的皇位争夺战就不可避免地发生了。这场征战一共进行了3年，最终以当朝皇帝朱允炆下落不明、燕王朱棣获胜而宣告结束。

取得皇位争夺战胜利的朱棣，自从取代侄儿当

历史赋予的命运抉择

了皇帝后却一直心中不安。因为旧时世人看重皇位传承正统与否,且在那场攻陷南京的血战中朱棣未能亲眼见到建文帝尸首,这可是让他最为心神不宁的事。朱棣明白,如果建文帝没死而卷土重来的话,不仅能获得旧臣和全国民众的支持,也会动摇自己身边的一些人,这样一来他的皇位就岌岌可危了。

关于建文帝朱允炆是死是活,至今还是历史留给我们的一大悬案。流传最广的说法就是:当燕王朱棣率军攻陷南京城时,一位太监提醒建文帝说,太祖在临终前曾经留下一只铁匣,要求孙子朱允炆在最危难时刻打开。于是,建文帝急忙派人把铁匣取来,当他亲手打开铁匣时,只见里面放有一把剃刀、一套僧人的衣物和用具。建文帝立即就明白了太祖朱元璋的用意,随即扮成和尚模样,从皇宫水道逃走了。后来,当朱棣攻

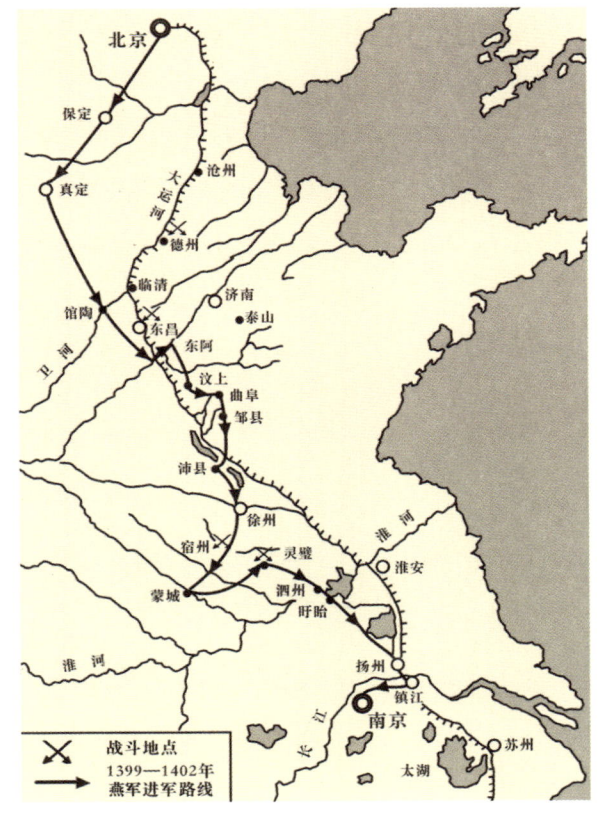

"靖难之役"燕王进军路线图

入皇宫时,手下人只将一具已经被烧得面目全非的尸体指认给燕王朱棣,并说这就是建文帝尸体。再后来,朱棣便听到建文帝并没有死,而是逃走了的传闻,到底逃向何处则众说纷纭,有的说其云游在国内的云南、四川和江苏等地,也有的说已经远遁海外了。对此,已经成为皇帝的朱棣心中深感不安,便一次次地派人到全国各地去秘密搜寻。于是,民间关于皇帝寻找神仙张邋遢的传说与郑和多次下西洋这一史实的真实目的,都因被赋予了这种原因而变得传奇起来。

"神仙张邋遢",是一个并不存在的人物,也有人把他说成是一代拳宗张三丰。不过,无论是张神仙还是张三丰,都应该与大明王朝皇帝们没有什么瓜葛,而明朝第三代皇帝朱棣却耗费大量精力非要找到他不可,这是为何呢?传说的原因,就来自上面那段没能弄清楚的真实历史。而关于郑和下西洋的事,也是基于那段历史的附会。不过,明成祖朱棣派遣郑和下西洋的举动,大大开拓了明王朝与周边国家建立良好外交的途径,促进了中国与海外的经济交流,提高了国内经济发展的速度,也树立了中国在国际上的崇高威望和地位,同时还造就了一代世界级大旅行家、大外交家郑和与他的同伴们。

郑和7次下西洋路线图

其实，后来有史料记载说建文帝作为僧人栖居、往来于云南山中，甚至明成祖、仁宗、宣宗3朝皇帝死后，建文帝仍然活在世上。到了明英宗在位时，旧日往事渐为云烟，建文帝觉得应该恢复本来面目了。于是，他从云南至广西流亡39年，终于道出了自己是建文帝的身份后，随即被送往京师。当年服侍过建文帝的老太监吴亮仍然健在，他被带到建文帝面前，建文帝一见到吴亮便问道："汝非吴亮耶？"吴亮有些紧张地谎称："非也。"建文帝说："吾昔御便殿，汝尚食，食子鹅弃片肉于地，汝手执壶据地狗舔之，乃云非是耶？"于是，吴亮伏地而哭，特别是他看到建文帝左脚趾上的一颗黑痣后，更是抱着建文帝的脚痛哭了一场，因为那是他珍藏在心中的记忆。此后，建文帝居住于紫禁城内，宫女们都称他为"老佛"。

在明成祖朱棣于国内和海外大肆搜寻建文帝的同时，他还想到了迁都。世人向来都认为，朱棣当年迁都的目的是加强北方边疆防御，其实还有一种可能，就是他对南京这个原本不属于他的都城一直都心有余悸。然而，都城从南京搬到北京，虽然解决了就近指挥北方防务的问题，也了却了他积郁心中多年而又不可告人的私愿，但对于南方的统治力量却又相对地减弱了。在南京设立一套与北京相同的政府机构的同时，朱棣还在北方长城一线设置九边重镇，增添数十万兵力。按说，皇帝朱棣已经迁都北京，能够便于指挥北方防务了，何以还要如此呢？拥有雄才大略的朱棣明白，因为建文帝"削藩"和他自己的"靖难"，已经破坏了太祖朱元璋原先的防御战略，而且城墙是死的，蒙古军可以从辽东到嘉峪关万里边防线上的任何地方攻进来。于是，明成祖朱棣先是建立辽东、宣府、大同和延绥（也称榆林）4镇，旋即又增加宁夏、甘肃和蓟镇3镇，后来还添设了山西和固原二镇。这9个军事要塞，在明朝时合称为"九边重镇"，而且是专门对付蒙古骑兵进攻的。关于在这九边重镇中到底派驻了多少军队，设立九边重镇到底有何利弊，以及为此将对国家建设有着什么样的影响等问题，在这套丛书的《长城传奇》一书中有文字详细予以介绍，在

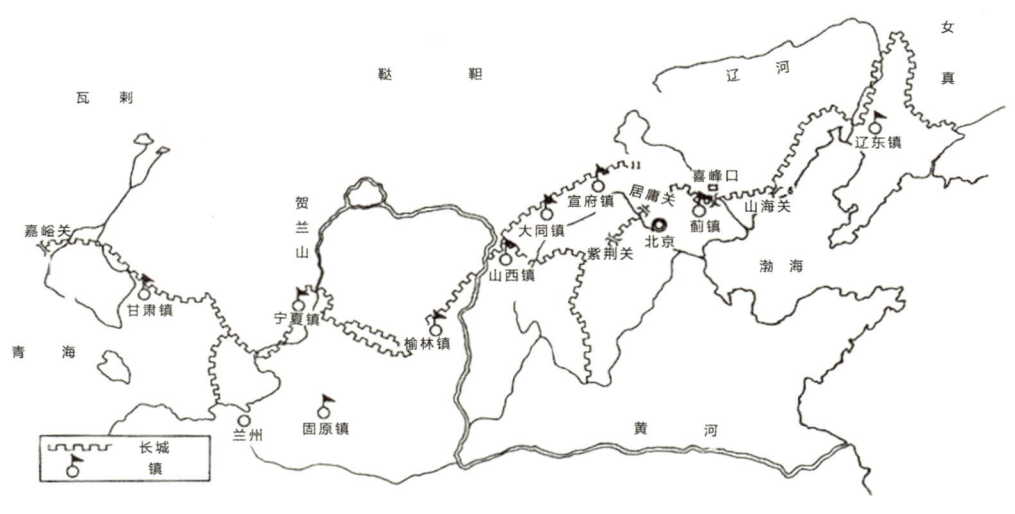

明长城和九边重镇示意图

此不多赘言。

其实,人的一生中有无数次选择,而在某个特定阶段的选择只能是唯一的。既然是写燕王朱棣在特定阶段的唯一选择,除了"靖难"、迁都和设置九边重镇外,还不能不提到他的另一次唯一选择,因为这次选择在不知不觉中却成了其后人模仿的"样板",还差点儿葬送了大明王朝的江山,这就是"扫北"。

关于"燕王扫北",那是朱棣当皇帝之前的辉煌。而当他成为统御万方的皇帝后,也曾有过先后5次深入无边沙漠追击蒙古骑兵的壮举。朱棣的扫北,没有一次不是以大获全胜而回的,虽然他最终病死也是在扫北的胜利归途中,但其不惜耗费大量资财5次打击蒙古骑兵的举动,却为他的子孙们争取了一个长期相对稳定的发展良机,这是他不可抹杀的历史功绩。不过,明成祖朱棣的后人明英宗却不分青红皂白地积极效仿成祖御驾亲征。当然,明英宗所谓的御驾亲征遭到了蒙古骑兵如旋风般的截杀,不仅上演了"土木之变"的惨剧,最后还成了瓦剌首领也先的俘虏。当然,这实在怪不得明成祖朱棣的模范作用,要怪只能怪明英宗不具备其祖先的英武,还没有点滴的自知之明,也就更不懂得什么是唯一选择了。因为,明英宗当时完全没必要去搞什么御驾亲征,只是他太惯宠太监王振、听信其怂恿,或者说太监王振想在自己家乡显摆的私欲太重了,以至于主子明英宗成了阶下囚,还使自己也落了个碎尸万段的悲剧下场。

没有办法将燕王朱棣人生中的历次唯一选择,逐个解析得透彻明白。当然,对聪明人何须过多聒噪,点到为止也许应该成为所有人的选择。

明十三陵长陵全景

明成祖朱棣长陵为明十三陵之首陵,位于北京天寿山主峰南麓。"天子守国门",明成祖朱棣为其子孙立下了榜样。

◎ 蒙古骑兵逼迁都

中国第一个布衣皇帝朱元璋,虽然把都城建在江南富庶之地南京,但他认为在南京建都的都是短命王朝,所以始终想着要迁都。为此,君臣争论了10多年,最后因一时没有合适的地方,只好作罢。关于这件事,他曾说,南京"形势不称,本欲迁都,今朕年老,精力已倦;又天下新定,不欲劳民;且废兴有数,只得听天"。洪武皇帝朱元璋说这番话时,颇有一种无可奈何的感觉。而到了明朝第三位皇帝明成祖朱棣时,虽也经过十多年酝酿,还是把都城搬迁到了北京。按说,南京是龙盘虎踞、人杰地灵的多朝古都,而北京自古以来就是边疆苦寒之地,朱棣为什么非要劳民伤财地迁都不可呢?

明太祖朱元璋建立大明王朝后,元顺帝的蒙古势力并没有遭到毁灭性打击,而是逃回其祖先繁衍生息的广阔大草原。尝过了中原富庶和繁荣的蒙古人,已经习惯了安定享受的生活方式,对于祖先那逐水草而栖的游牧生活已不再留恋,所以,他们不甘心拱手让出统治中原的权力,经常以疾如旋风的骑兵部队越过长城,对关内的州府官民进行袭扰。蒙古骑兵的袭扰,严重影响了大明王朝边防安定,牵扯了当朝统治者的精力。于是,明太祖朱元璋便把自己的儿孙们分封为王,派遣到长城沿线和南方边地负责镇守边疆,以保障大明王朝的长治久安。

然而,分封到长城一线的塞王大都手握重兵,还享有很大特权,这无疑将对皇权构成一定的威胁。开国皇帝朱元璋在位时,儿孙们不敢轻易造次,而等到他驾崩后这些藩王们就难以驾驭了。于是,志存高远的燕王朱棣不甘心拱手交出塞王特权,当一个锦衣玉食却任人驱使的庸王。于是,经过几年交锋,朱棣从边塞燕王而到南京当了皇帝。朱棣主政南京,无形中却使北京及长城一线的军事防御有所减弱,从而难以抵抗北方蒙古军队的进攻。为此,明成祖朱棣不得不经常来到北京指挥边防军队对蒙古作战,渐渐地使北京变成了又一个政治中心。作为元朝都城的大都也就是北京，原先就是朱棣当燕王时的领地，如今当了皇帝这里便成为他"发脉"的吉祥之地。于是，朱棣就想把都城也搬到北京来，了却当年太祖朱元璋想迁都而未能完成的心愿。经过10多年精心营

《徐显卿宦迹图》之"楚藩持节"

　　此图绘制于明万历年间，描绘了徐显卿作为副使奉命出差荆门和武昌两地，正从皇宫午门出发的场面。画中午门外东西两侧阙门下还有回廊，今已不存。

建，北京终于初具规模，于是在永乐十八年（1420年），明成祖朱棣终于下诏迁都。

明成祖朱棣坐镇首都北京后，在一定程度上确实起到了对蒙古军队的震慑作用。然而，时世纷纭变化，蒙古军队后来依然有3次兵围北京城。第一次北京被围困是在正统十四年（1449年），明英宗在土木堡被蒙古族一位军事首领也先俘获，然后数十万蒙古军队包围北京城。就在明王朝岌岌可危之际，铮铮硬汉于谦挺身而出，组织首都军民抗击蒙古军的进攻，并取得了北京保卫战的彻底胜利。关于这段历史将在下一节的文字中讲述，在此不多赘言。嘉靖二十九年（1550年），北京城第二次被包围。这一次是剽悍蒙古军的另一个军事领袖俺答，

居庸关之战

此图为西方人绘制于20世纪初，描绘的是明嘉靖二十九年（1550年）蒙古俺答汗率军攻入居庸关，其部队在瓮城内被明军围歼的情形。

他和也先一样野心勃勃，当然最后的结局也是无功而返。

按说有了这两次北京被围的险情，明王朝的皇帝们应该汲取教训。然而，到了崇祯二年（1629年），崛起于东北白山黑水间的女真部落又对中原王朝进攻。在这次进攻中，清太宗皇太极依然以蒙古军作为先导，从龙井关和大安口两路进兵，攻遵化，陷通州，陈兵于北京广渠门外。情势危急，崇祯皇帝紧急从外地调遣"勤王之师"。在众多"勤王之师"中，蓟辽督师袁崇焕在后金军进犯一开始就从宁远追击而来，没料到后金军并不与他直接交锋，而是处处绕过他的军队，把兵锋直接指向北京。为此，文武全才的袁崇焕命大将祖大寿在广渠门以南驻守，命王承胤负责北边防务，自己带领9000名骑兵驻扎在广渠门西侧，形成三足鼎立的阵势，依险设伏，要求各处务必严阵以待。一个志在必得，一个严防死守，于是一场生死决战就在所难免了。当然，一个是劳师远犯，一个是以逸待劳，胜负自然也是十分明了的。经过袁崇焕等将领浴血奋战，皇太极遭到严重挫败，不得不兵退塞外。

虽然3次北京保卫战都取得了胜利，但明王朝同样也遭受很大打击，最惨重的就是在保卫战中立下不可磨灭功勋的主将们，几乎都被当朝皇帝杀害了。关于于谦的死留在下面章节中详述，而袁崇焕则完全是昏庸的崇祯皇帝中了皇太极的离间计而被冤杀的。昏聩的明朝后期帝王们在自毁梁柱之后，自然没能逃脱被八旗勇士所灭亡的悲运。

其实，如果当初明成祖朱棣不迁都北京的话，明王朝或许早在也先第一次围困北京时就灭亡了。当然，历史不容假设，但分析明成祖朱棣当初迁都的原因，似乎只有一个，那就是加强北方边防的军事防御，阻止蒙古剽悍骑兵跃马长城。而迁都之后所体现出的历史意义，远不是当初想的那么单一，因为它不仅基本保证了明朝政权稳定并延缓了其衰亡过程，还为后来清朝入关建都北京奠定了基础。

当然，明成祖朱棣迁都北京的做法有一定积极作用，也有不利的一面。如

潞河督运图（局部）

清乾隆年间绘制，描绘了明清时期漕运的繁盛情况。潞河也称北运河，曾是北京的生命之河，自元代始"百司庶府之繁，卫士编民之众，无不仰给于江南"。

他把军事、政治中心移到北京虽然解决了北方边患威胁，但对于南方的防控能力就相应地减弱了。特别是，他别出心裁地把南京改为陪都后，也设立了一套和北京相仿的政权组织机构，虽然没有赋予其多大的权力，但至少需要很大一笔开支用于养活那套班子成员。另外，政治、军事中心既然在北京，就必然设有庞大的政府机构和保证这些机构正常运转的大量军队，而养活如此众多人员就需要有足够的粮食。为了解决这个问题，明、清两朝都把南粮北运的"漕运"工作放在极为重要的地位，而为了保障"漕运"畅通又须派遣大批军队予以保护，可谓劳神费力。

◎ 明景帝的悲哀人生

郕王朱祁钰是明英宗朱祁镇的异母兄弟，他能够入主紫禁城而成为景泰皇帝，完全是因为一件意外事件。然而，意外的开始却注定了他悲哀的人生结局。

故事还得从"土木之变"说起。正统十四年（1449年），蒙古贵族首领也先率领瓦剌军队跃马长城，频繁袭扰边关内地。英宗皇帝朱祁镇十分恼火，于是在亲信太监王振的怂恿下，亲率50万大军出居庸关准备迎战。可明朝军队出师不利，被也先的瓦剌军围困在河北怀来土木堡，明军全军覆没的同时，英宗皇帝也成了瓦剌军的俘虏。明英宗被俘的消息传到北京后，文武百官大为惊诧，最终在皇太后主持下，册立英宗皇帝年仅两岁的长子也是唯一的儿子朱见深为太子，令郕王朱祁钰监国并总理朝政。

郕王朱祁钰走马上任后的当务之急，就是召集群臣商讨应对瓦剌军队进攻的策略。首先亮明自己观点的是翰林院侍讲徐珵，他朗声说道："臣夜观天象，稽算历数，天命已去，唯有南迁可以纾难。"徐珵话音刚落，立刻遭到太监金英和礼部尚书胡濙等满朝臣工反对，特别是忠诚耿直的兵部侍郎于谦，他厉声斥责徐珵说："主张迁都的就应该斩首！京师乃是天下的根本，如果迁都则天下将失，你难道不知道宋朝南迁后偏安一隅最后灭亡的教训吗？"于谦的一

明景帝（代宗）景泰皇帝像

明景帝朱祁钰（1428—1457年），明宣宗朱瞻基次子、明英宗朱祁镇异母弟，在位8年，年号"景泰"。"土木之变"后被拥立为帝，命于谦为统帅，最终取得北京保卫战的胜利。

番话，使徐珵感到非常难堪，也使郕王朱祁钰大为震动，从而坚定了他坚守北京阻击瓦剌进攻的决心。

既然于谦积极主张保卫北京，郕王朱祁钰便任命他为兵部尚书，全面负责组织这场战争。文韬武略的于谦冷静分析形势后，认为京城附近的精锐部队已被明英宗葬送在土木堡，城中除了10余万老弱病残的军民外，几乎没有可以上阵打仗的兵丁。于是，他果断地把北京、南京与河南的后备军，以及防守在山东和南京沿海准备抵御倭寇进攻的军队，还有正在长江沿线保障南粮北运的军队全部调往北京，参加北京保卫战。

军事防御准备完毕，可依然不能稳定朝廷内外人心惶惶的局面。于是，在这一年九月初六，由于谦率先提议，众臣工推举郕王朱祁钰为新皇帝以安民心，这就是在明朝历史上颇有口碑的明景帝。明景帝的登基，具有非常重要的政治意义，也大大鼓舞了参加北京保卫战将士们的决心和斗志，终于使北京保卫战取得了辉煌胜利。

但是，也先并不甘心就此失败，他要利用俘虏皇帝明英宗换取明朝的土地和财物。对此，明朝文武大臣们便议论纷纷，有的主张应该把明英宗接回来，也有的表示不能因此而中了也先阴谋。当然，也先的阴谋没能逃过于谦的眼睛，于是他便向明景帝建议"社稷为重，君为轻"，表示不仅不能上当，还要加强边防戒备，以防也先再次进攻。于是，明景帝派人到各边镇将帅处说明也先的诡计，提醒他们千万不要中了敌人奸计。明朝边疆和京师防守力量的增强，使也先无隙可乘，而为了恢复与明朝的通贡和互市，也先不得不于第二年便把明英宗无偿地送回了北京。

其实，明景帝朱祁钰对于迎接明英宗回北京一事并不热衷，因为他不知道将如何面对和安置这位前任皇帝，所以，直到明英宗明确表示回京后不再当皇帝时，明景帝才勉强同意接回哥哥明英宗。明英宗回北京后，虽然名义上是太上皇，但实际上始终被幽禁在皇宫南所内。即便如此，明景帝心中仍不安稳，不仅派遣得力人

于谦像

　　于谦（1398—1457年），今杭州市上城区人，民族英雄、军事家、政治家。"夺门之变"后含冤而终。

员对明英宗进行监控，将幽禁明英宗的宫苑围墙加高加厚，还废黜明英宗儿子朱见深的太子地位，另立自己的儿子朱见济为皇太子。

关于明景帝迎回明英宗和更换太子这两件事，当朝文武百官的态度是比较复杂的。按照太皇太后张氏的意思，天下本是英宗的，你景帝只是代理而已。如今，英宗皇帝回来了，你不把皇位让给英宗也就罢了，如果再把英宗儿子的太子位给剥夺了，就实在是私心过重了。不过，如果从治理国家能力上来说，明景帝确实要比明英宗高明得多，他不仅能任用贤良，听取群臣意见和建议，还深谙民本之道，懂得体恤人民。不过，在对待原太子朱见深的问题上，他显得私心过重，还为自己的人生悲剧埋下了隐患。

为了更换太子，明景帝是否与股肱之臣于谦商量过，史书上没有文字记载。不过，于谦当时是兵部尚书，而明景帝册立新太子应是值阁大学士们的事。那么，对此于谦到底是何态度呢？当宣布册立新太子的诏书时，于谦和吏部尚书王直都"相顾惊愕"，由此可知于谦当时并没有这种心理准备。据《明史纪事本末》记载：

（明景帝）分赐内阁诸学士金五十两，银倍之，学士陈循、王文等遂以太子为可易。

可第一个建议更换太子的并不是那些内阁学士们，而是广西浔州守备、都指挥使黄竑。按照明朝规制，黄竑没有直接上书的权力，这应该属于越级干政，本该受到处罚，但明景帝不仅没有处罚他，反而称赞他是忠良之臣，还升任他为都督。于是，那些谙熟逢迎拍马的朝廷大员们便纷纷出面奏请更换太子，明景帝也就顺水推舟地同意了。

更换了太子的明景帝，本以为大明江山将永久地归属于自己的血脉。不料，新太子朱见济不久竟一病而亡。由于明景帝只有朱见济这么一个儿子，故御史们便又纷纷上书请求复立英宗的儿子朱见深为太子。正处在丧子之痛中的明景帝见到御史们上书,十分震怒,便把那些上书的人逮捕入狱,有的还廷杖致死。事后,明景帝心里也十分矛盾,他既不想复立朱见深为太子,可又不愿意加害他。在这种矛盾心态中,明景帝身体日渐衰弱,以至于一病不起。这让当朝大臣们万分着急,他们便公推明景帝的宠臣于谦出面,请求明景帝复立朱见深为太子,但于谦见明景帝病势沉重就没有在其面前直接表露过。而在复立朱见深为太子的同时,东阁大学士王文等人却想另立仁宗皇帝第五个儿子襄王朱瞻墡的儿子朱祁镛,也就是景帝朱祁钰的叔伯兄弟为太子。面对朝臣们不一致的意见,明景帝朱祁钰于景泰八年(1457年)正月传旨说,他将在正月十七日带病临朝宣布自己的决定。然而,还没等到明景帝临朝宣布新太子人选,就在当月十四日午夜发生了震惊朝野的政变——夺门之变。随后,英宗皇帝重新在紫禁城奉天殿登基当了皇帝。紧接着,明景帝被剥夺帝号,重新

于谦祠

于谦祠又称于忠肃公祠、于少保祠,位于北京市东城区西裱褙胡同甲23号,始建于明万历二十三年(1595年),原为于谦故宅,现存建筑为清末重建。

废为郕王,而像于谦等拥戴景帝的臣工们也大多被夺职罢官,或者遭到枭首之灾。

被剥夺了帝位的明景帝,传说在紫禁城短暂的幽禁中被英宗皇帝派人害死,死后也没能被按照皇帝待遇埋葬在明十三陵。

◎ "夺门之变"惹祸端

历史上的紫禁城,见惯了风刀霜剑的血腥杀戮,似乎已经没有了脾气和个性。既然如此,实在不知道应该怀着什么样的心情来记录关于明英宗朱祁镇和明景帝朱祁钰两朝之交的那场"夺门之变"。

景泰八年(1457年)正月十四日,明景帝已是重症缠身,而到底选择谁来当皇太子还是一桩悬案。在满朝文武纷纷上书强烈要求册立太子的压力下,明景帝让太监传话说,他将在3天后带病临朝听政,正式宣布册立太子的决定。就在明景帝让太监传话的这一天,他还召见武清侯石亨,命他代己"郊宿斋宫"。而石亨见景帝病势沉重将不久于人世,出宫后就找到都督张軏、左都御史杨善、太监曹吉祥3人商量,打算在明景帝驾崩后迎立英宗复位。3个人一时没有什么好的主意,又共同找到太常卿许彬,而许彬推说自己年老,建议他们去找素有计谋的左副都御史徐有贞。徐有贞在明景帝即位以前,只是翰林院的一名侍讲,后来因为治河有功升任为左副都御史。在此之前,他曾一度想当国子监的祭酒,就托明景帝宠臣于谦向明景帝说情,而明景帝却没有应允,于是徐有贞反而怀疑于谦没有去说。其实,明景帝之所以不同意徐有贞担任国子监祭酒,是由于徐有贞在英宗被俘、也先大兵压境时,曾经建议朱祁钰放弃京师迁都南京。君臣之间有这一嫌隙,徐有贞便心生不满,他见石亨等人真心找他商量英宗复位,就与他们一拍即合,决定在明景帝临朝听政的那一天行动。

正月十六日，恰巧北方边关警报传到北京，石亨等人就以增加皇城守备为名，各自带领护院家丁混同守御官军来到皇城。因为第二天明景帝要临朝宣布新太子，所以皇宫大门很早就已打开，于是他们顺利进入皇城。黎明时分，另一拨人马在徐有贞等人的带领下，也径直来到幽禁英宗皇帝的南所。由于南所宫门禁锢，一时难以打开，徐有贞就急忙命人用粗壮的木棍猛烈撞击宫门，还命令家丁勇士翻墙入院，与外面的人一起拆毁了宫墙。墙坏门开，徐有贞等人扶着英宗登上龙辇，急匆匆奔往紫禁城。来到东华门前，守卫的御林军刚要拦阻，英宗皇帝高声说"朕太上皇帝也"，随即夺门而入。进入皇宫奉天殿后，众人将御座居中放置，英宗皇帝登上御座，石亨等人便紧急鸣钟击鼓，准备召见文武百官。正在奉天殿前等待明景帝临朝的臣工们，听到殿内一片喧哗，正交头接耳议论时，徐有贞突然走出殿外对大臣们高声喊道"太

太和殿内景

太和殿是现存规制最高的古代宫殿建筑，是明、清两代皇帝举行重大朝典之地。明永乐十八年（1420年）紫禁城建成，太和殿初名奉天殿；嘉靖四十一年（1562年）改称皇极殿；清顺治二年（1645年）始称太和殿。

上皇帝复位矣"，随即催促百官入贺。这就是史称的"夺门之变"。从此，大明王朝便有了颓废和下滑之势。

"夺门之变"成功之后，英宗皇帝于第二天就下旨将拥立明景帝的于谦等人逮捕，景帝内阁成员中除保留太子少保、工部尚书兼谨身殿大学士高谷一人外，其他人如华盖殿大学士陈循、谨身殿大学士王文等均被捕入狱。按照英宗皇帝本意，"于谦曾经有功"不能杀害。而徐有贞却说："不杀于谦，则今日之事无名。"于是，就在于谦头上加了一个"意欲迎立外藩"的罪名，于同年正月二十二日和王文等人一齐斩首。在于谦等人身首异处之前，明景帝朱祁钰不仅被废为郕王，还于当月十九日或以前就"病故"了。世间也有传说明景帝是被英宗派人害死的，由于至今没有文献资料可以确证，在此不便揣测。

与于谦等人身首异处所不同的是，把英宗重新推上皇帝宝座的有功人员徐有贞等，纷纷被加官晋爵，还入阁参政，成了英宗皇帝的股肱之臣。徐有贞和石亨本是朝廷大员，人们姑且可以不论。而曹吉祥本是一个宦官，自从参与"夺门之变"后竟能像朝廷大员一样常常出外监军，后来不仅在皇宫外组织家庭，娶了媳妇，领养孩子，还拥有看家护院的私人军队，简直是滑稽骄横得过了头。不过，中国有宠盛即衰的古训，徐有贞等人后来就应验了这一古训。

首先倒霉的是徐有贞，他被石、曹二人进谗以泄露秘密的罪名于天顺元年（1457年）六月逮捕下狱，后被贬为广东参政，而当他赴任刚走到德州时，又因石、曹二人进谗以他指使门客写匿名信咒骂英宗皇帝的罪名，于七月间再度下狱。后来，因为没有确凿证据，他被充军发配到云南的保山。再后来，等到英宗皇帝驾崩，他才被宪宗皇帝准许回到江苏吴县原籍养老终年。

以复辟元勋、忠国公自居的石亨，自从入阁参政后处处骄横跋扈，引起自居内阁第一人的徐有贞的嫉恨，也使英宗皇帝感到厌恶。于是，英宗皇帝特意吩咐负责朝廷武官大员进入紫禁城的左顺门卫士，凡是总兵官要进宫的，一律要由皇帝"宣召"才能入见。而石亨正是五军营的总兵官，此条规定明显是针对石亨的，于是石亨便失了宠。到了天顺三年（1459年）秋天，因侄儿石彪私藏绣蟒龙衣及"违式寝床"等罪名，不仅石彪被捕下狱，石亨本人也受到牵连，被英宗皇帝下令回乡"养病"去了。第二年，据《英宗本纪》记载，石亨又因在山西大同侮辱皇族人员，并在家中"私讲天文，妄谈休咎"，以及"招权纳贿，肆行无忌"等罪名被捕入狱，一个月后便死在了狱中。

徐有贞像

徐有贞（1407—1472年），今江苏苏州人，明代学者、大臣。

养有私家卫队的宦官曹吉祥，在"夺门之变"后荣任司礼太监兼"总督三大营"。然而，曹吉祥过于招权纳贿，还与石亨钩心斗角，时而如同水火，时而又相互勾结。等到石亨倒台后，他感到兔死狗烹的日子即将到来，就与养子曹钦大散家财，开始招兵买马，并于天顺五年（1461年）七月起兵造反。曹吉祥本人在宫内行动时，被英宗皇帝生擒活捉，3天后在京城菜市口凌迟处死。而其养子曹钦在宫外呼应时，遭到怀宁伯孙镗所率"西征军"的绞杀，战败后被迫投井自杀。

一场"夺门之变"引来诸多祸端。遭受祸端的，不仅有于谦这样的忠臣良将，更有重用徐有贞等奸佞之徒的大明王朝。当然，重新登上皇帝宝座的明英宗朱祁镇，也没有当年被幽禁时生活得恬淡舒心，因为他每天要应对那么多奸佞之臣的算计，还失去了与他相濡以沫的皇后钱氏。

当年，明英宗被蒙古瓦剌部首领也先掠走后，皇后钱氏日夜思念哭泣。为了救回丈夫，她将中宫资财全部捐出佐军迎驾。而每到深夜，年仅20出头的她在静静的宫院里不停哀泣，连日常生活规律都全部遗忘了，以致不仅哭瞎了一只眼睛，还因长期受寒和弯曲残疾了一条腿。不过，皇后钱氏从未丧失等待英宗回来的信心。于是，等到英宗皇帝真的回到北京被幽禁后，皇后钱氏主动担负起伺候照顾英宗生活起居的重任。在南所长达8年的幽禁岁月里，皇后钱氏日夜守候陪伴着

孝庄睿皇后像

孝庄睿皇后钱氏（约1426—1468年），今江苏连云港人。明英宗朱祁镇的皇后，中府都督同知钱贵之女。成化四年（1468年）六月病逝，陪葬于裕陵。

英宗，为他排解寂寞忧愁，还不停地做针线活，让人拿到宫外卖钱，用来改善英宗的饮食。如此生活了7年后，英宗皇帝和皇后钱氏倒也其乐融融，可当英宗皇帝复位后，后宫诸多嫔妃们开始相互争宠，英宗皇帝在众多娇艳美女中也就忘了身患残疾的糟糠之妻钱氏。虽然钱氏薨逝后与英宗合葬在裕陵地宫中，但死后哀荣又有何益呢？

当然，皇家向来就鲜有真正的爱情，像清世祖顺治皇帝那样要美人不要江山的毕竟是"千古一帝"。皇宫里不仅鲜有真正的爱情，还有诸多畸形之恋。下面不妨来看一看英宗皇帝那宝贝太子朱见深的"爱情"，从中也许能够得到某种启示。

◎ 宪宗的"畸形之恋"

英宗皇帝朱祁镇成功复位后，他唯一的儿子朱见深也跟着被重新册立为太子，这就是后来的宪宗皇帝。宪宗皇帝一生几乎没有什么可以彪炳史册的事迹，唯有与年长他17岁的万贵妃的"畸形之恋"，似乎还能引起人们的兴趣。

按说皇宫里美女如云，可宪宗皇帝竟然独宠一个半老徐娘，实在是一件奇怪的事。那么，万贵妃到底有着怎样的魔力呢？万贵妃原名万贞儿，是青州诸城（今山东诸城）人，父亲万贵是县衙一名掾史（笔墨文书），后来因犯法而被流配边疆。而年仅4岁的万贞儿因生得聪明伶俐，就被孙太后留在身边当了一名宫女。成长为少女后的万贞儿越发显得娇艳妩媚，于是她便成为孙太后身边极为受宠的"小答应"。英宗皇帝的儿子朱见深出生不久被立为太子后，万贞儿就被派去服侍太子。太子朱见深在这个比他大17岁的女人照顾下，逐渐成长为一个英俊少年，却一直对万贞儿有一种无法替代的心理依赖。天性黠慧的万贞儿根本就不满足于自己的宫女身份，而要改变命运，太子朱见深就是她

的最好赌注。于是，不知在何时、用何种方式，万贞儿引诱太子朱见深与她发生了关系。后来，孙太后薨逝，太子朱见深对万贞儿的依恋就更加深厚，而万贞儿也不自觉地充当起情妇和监护人的角色。当然，自幼就由万贞儿调教的太子朱见深，除了对万贞儿有情感和生理方面的需要外，还对她有一种心理上的敬畏。

不过，万贞儿毕竟是一名地位卑贱的宫女，她要成为后宫主子还有一定难度。太子朱见深即位成为宪宗皇帝后，母亲周太后就想在经过多次筛选出的3名淑媛佳丽中选一人为皇后。经过再三比较，周太后听从司礼监牛玉建议，准备择定吴氏为皇后来主持后宫，宪宗皇帝却更钟情于万贞儿。不过，最终宪宗妥协，吴氏被册封为正宫皇后，万贞儿也得了个妃子名号。

然而，宪宗皇帝大婚后并不贪恋吴皇后的青春美色，而是常常夜宿在嫔妃万贞儿宫中，这使吴皇后又气又羞。吴皇后始终不明白，自己为什么就比不上徐娘半老的万贞儿？而万贞儿对自己已经获得的嫔妃地位并不满足，仗着宪

明宪宗成化皇帝像

明宪宗朱见深（1447—1487年），明英宗朱祁镇的长子，年号成化。即位初期平反于谦冤狱，恢复明景帝帝号，赢得了民心，政局稳定。中后期怠于政事，习学方术，沉湎书画，极度宠信万贵妃。

明宪宗元宵行乐图（局部）

明代绘制，国家博物馆藏。画面描绘了明宪宗元宵节在内廷观灯、看戏、放爆竹行乐的热闹场面。

宗皇帝对她的畏宠，开始在宫中作威作福，就连皇后吴氏也不放在眼里。每次按例谒见吴皇后时，万贞儿总是板着脸，有时还故意拿架子，这使吴皇后非常生气。碍于宪宗皇帝的宠爱，吴皇后刚开始时还隐忍着，可后来实在忍无可忍就斥责万贞儿太无礼，可万贞儿却对皇后恶语相向。一次，吴皇后气愤不过就命宫人将万贞儿按倒在地，亲自用木杖打了她几下。为此，万贞儿哭闹着找到宪宗皇帝去评理，而当宪宗皇帝准备斥责吴皇后时，颇有心计的万贞儿又故意拦住宪宗皇帝说："妾已年长色衰，不及皇后玉女天成，还请陛下命妾出宫，以免皇后生气，妾也省得受那杖刑了！"宪宗皇帝见状，更加憎恨皇后吴氏，而当他见到万贞儿白嫩肌肤上

的道道杖痕时，不由怒从心头起，他发誓道："此等泼辣货，我若不把她废去，誓不为人！"第二天一早，宪宗皇帝就去见两宫太后，说吴皇后举止轻佻，不守礼法，不配居六宫之首，一定要废去她的皇后名号。虽经两宫太后苦心劝说，但宪宗皇帝执意不肯罢休，向来溺爱儿子的两宫太后实在无奈，于是宪宗皇帝一道废后诏书下达，皇后吴氏就被打入了冷宫。

皇后吴氏被废后，万贞儿对皇后的位子更是觊觎不息，她让宪宗皇帝亲自向太后说情，但两宫太后都嫌万贞儿年岁太大，又出身微贱，始终不肯应允。又过了两个月，两宫太后为了防止后宫无主生乱，就下旨册立贤妃王氏为皇后。不过，生性软弱怕事的王皇后自知宪宗皇帝宠幸万贞儿，自己也不是万贞儿的对手，就处处谦虚忍让她，如此倒也相安无事。

万贞儿见皇帝和皇后都谦让畏惧她，于是就更加骄横跋扈，动辄责打体罚嫔妃宫女，就连宪宗皇帝临幸别的嫔妃或宫女也要干涉。特别是得知有人怀孕后，她就想方设法使其堕胎，因为担心别人生了男孩被立为太子后，她就将失掉皇帝的宠信。而万贞儿自己又没有生育能力，如此就使宪宗皇帝始终没能得到一男半女，这是令宪宗皇帝最伤感的事。一次，宪宗皇帝到万贞儿宫中聊天，当时万贞儿不在，他就转悠到了内库。负责管理内库的宫女纪氏见到宪宗皇帝，不仅没有惊慌失措，反而应对得体，甚得宪宗皇帝欢心，当时就与她交合而使其有了身孕。万贞儿知道后特别生气，就命婢女用钩子把胎儿取出来，由于婢女不忍下手，谎报说纪氏不是怀有身孕，而是腹中生病。于是，万贞儿就把纪氏幽禁在安乐堂，后来纪氏生下了一个男孩。

不料，纪氏生下皇子的消息还是被万贞儿知道了。气急败坏的万贞儿大发雷霆，让太监张敏去把那婴儿扔进水里溺死。而怜悯宪宗皇帝至今无子的张敏，就瞒着万贞儿把那皇子藏到别的宫里，并依靠喂养米粉蜜糖使那皇子活了下来。一天，宪宗皇帝召太监张敏梳头，面对镜中已见苍老的面容叹息说："唉，都快老了，还没有儿子。"闻听此言，太监张敏急忙跪倒在地说："皇上已经有儿子了。"宪宗皇帝惊讶地问道:"我的皇子在哪儿?"张敏磕头说:"我说了便没命了,但皇上一定要保住皇子啊。"这时,另一个太监怀恩也跪下说:"张敏说的是真的,皇子偷偷养在西宫,今年已经6岁了,只是一直不敢说出去。"宪宗皇帝听了万分高兴,当天就来到西宫迎接皇子。这时,居住在西宫中的纪氏正抱着皇子边哭边说道:"儿啊,你一离开,我就活不成了。如果你见到穿着黄袍、有胡子的人,那就是你父亲,今后就由他来保护你了。"见此情景,宪宗皇帝潸然泪下,他把皇子抱起来放在膝上,抚视许久,然后悲喜交加地哭着说:"是我的儿啊,完全像我。"于是,宪宗皇帝给这个皇子起名为祐樘,并册立他为皇太子。不久,皇太子朱祐樘的母亲纪氏突然亡故,据说是被万贞儿派人谋害而死。

多行不义必自毙,这是人们无奈时自慰的话。不过,此话用在万贞儿身上倒是很贴切。已经活

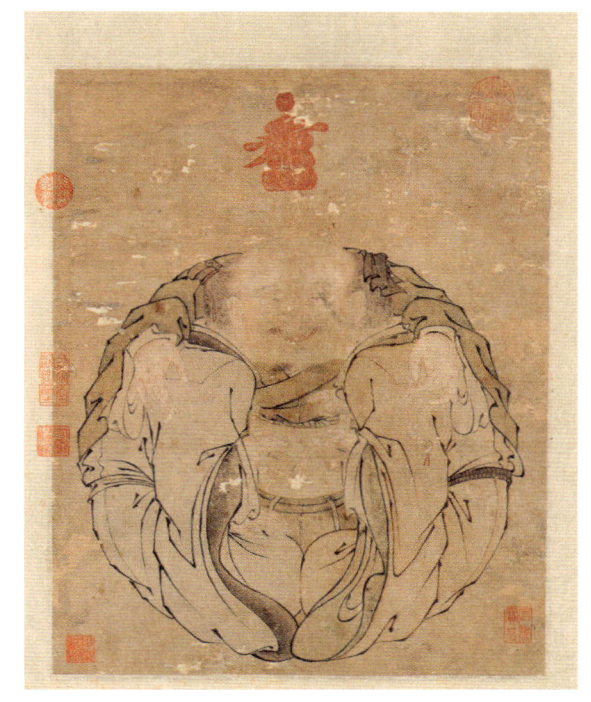

一团和气

明宪宗朱见深作,故宫博物院藏。粗看似一笑面弥勒盘腿而坐,体态浑圆,细看却是三人合一。

万娘坟

万娘坟即万贵妃墓，位于昌平区十三陵镇万娘坟村，现已破败不堪，仅存围墙、碑石、供案等。

到58岁的万贞儿，刁钻歹毒不减当年，一次她在怒打宫女时因身体肥胖心脏负荷量过大，一口怒气没接上竟猝死了。万贞儿死后，一生依恋她的宪宗皇帝怅然叹道："万侍长去，吾亦安能久矣。"果然，几个月后宪宗皇帝竟在郁闷中也随万贞儿永远地去了。

◎ 患从宦生

在中国漫长的封建时代，被人们习惯称为太监的宦官几乎没有起到什么好作用。如秦有指鹿为马，能将功盖千秋、助成一统天下的丞相李斯五马分尸的宦官赵高；如汉有与外戚争权夺势，引起诸侯割据的"十二常侍"；唐有权倾朝野，令当朝宰相、国舅杨国忠和封疆大吏安禄山都巴结逢迎的高力士和李辅国等；而清廷"三宦"安德海、李莲英和张兰德，无不是祸国殃民之怪种。当然，在皇宫里宦官人数达到历史上最高峰的朱明王朝时，宦官不仅能够担当重任外出监军打仗，还可以娶妻养子组建家庭。特别是明武宗时代以刘瑾为首号称"八虎"的，更是祸患到登峰造极的地步。那素有"站着的皇帝"之称的刘瑾，竟敢说出"三公九卿皆出自我门下"的狂妄之言。由此可见，患从宦生，绝非虚言。如此，不妨以武宗皇帝朱厚照时代"八虎"为例，来看看祸患是如何发生的。

武宗皇帝朱厚照为孝宗皇后张氏所生，是孝宗皇帝的独生子，年仅15岁继位为帝，在位时间为15年零10个月，后因纵欲过度咯血而死。

武宗皇帝朱厚照自幼聪颖好动，不喜欢安坐学堂读书习文，由于他膂力过人，擅长骑术，就总想着有机会能够到广阔的草原上纵横驰骋一番。然而，出生于帝王之家，又是皇家唯一合法继承人，他不

明武宗正德皇帝像

明武宗朱厚照（1491—1521年），明孝宗朱祐樘长子，年号"正德"。正德十二年（1517年）"北巡"居庸关外，亲自率军迎战蒙古军队的进犯，赢得了应州之战的胜利。

得不君临天下，似囚徒一样被拘禁在紫禁城里。即便如此，刘健等忠贞大臣们还专门为他制定了几条规定，如不能单独骑马驱驰出入宫禁，不能和宦官们随便驾舟到湖里游船，不能驾鹰驱犬到处游猎等，这让武宗皇帝更是烦不胜烦。于是，武宗皇帝干脆把那些枯燥无味、头绪纷繁的政务统统抛在一边，任由大臣们处理，而他自己则整天与刘瑾等幼时的宦官伙伴们到处玩耍。

贤良大臣们见武宗皇帝如此不务正业，就把所有责任全都归结在刘瑾等8名太监的拉拢引诱和腐蚀教唆上，便由户部尚书韩文指令手下的郎中李梦阳起草一份奏疏，并与许多大臣联名请求把刘瑾等"八虎"全部处死。这8个宦官，即刘瑾、马永成、谷大用、张永、罗祥、魏彬、丘聚和高凤等8人，而刘瑾原本在8人中并不是领袖人物，后来通过种种方法进行倾轧排挤，一举成为"八虎"之首。不过，正是由于"八虎"之间有过这样的嫌隙，最终才导致刘瑾落了个身首异处的下场，这是后话。此时，朝中臣工们协力要求惩治这"八虎"，平日飞扬跋扈的刘瑾等人也感到害怕，纷纷跪倒在武宗皇帝周围，一齐哀哭求饶。武宗皇帝如何能舍得杀他的这些亲密玩伴，就决定动用皇帝威严，不仅没有把"八虎""明正典刑"，还故意提拔刘瑾为司礼太监，任命马永成为东厂提督、谷大用为西厂提督。

这东厂和西厂，是朱明王朝特有的特务机构，专门负责搜集朝廷官员和市井百姓对皇家不利的言行，不仅直接对皇帝负责，且享有极大特权。后来，刘瑾还开设内厂，更是将明王朝的特务机构扩展到紫禁城内部。东厂、西厂和内厂的设置，曾经闹得朝野上下人心惶惶、人人自危。

既然皇帝重用奸人宦官，于是贤良臣工、内阁大学士刘健、谢迁和李东阳等便集体要求辞职。面对这种状况，司礼太监刘瑾便代武宗皇帝行使权力，拿起笔来就批准了刘、谢二人的辞呈，而留下有些懦弱的李东阳，并将一个名叫焦芳的小人充实进内阁。如此，懦弱的李东阳只好留在内阁里闲混，其作用只是对武宗皇帝与刘瑾等人的胡作非为加以补救。那个牵头要求惩治"八虎"的户部尚书韩文，也被勒令还乡养老去了。

司礼太监刘瑾不仅掌管皇宫内廷，还提督十二团营的兵权，加上有焦芳在内阁与他狼狈为奸，他更加胡作非为了。于是，刘瑾利用武宗皇帝怠于政事的机会，全权负责朝廷政务，特别是人事任免的"票拟"（由内阁臣工提出初步人事任免的意见）更是由刘瑾最后批决。那些想谋求一官半职的人，便争相向刘瑾送礼行贿，当时有人形容到刘瑾府上送礼行贿就像赶集一样，有时还得排起长队等候。在这种情况下，刘瑾竟然明确规定在外镇守的中官每人每年照例要向他送银1万两，而那些担任尚书、总督和巡抚的就送得更多了，他简直把大明朝廷变成了一个贪污政府。后来刘瑾获罪被杀，仅从他家中就查抄出银两达2.5亿两，相当于明朝60年国税总收入。不仅如此，刘瑾还处处打击、排挤和陷害那些不与他同流合污的忠良之臣，罗织种种莫须有罪名将他们革职抄家，乃至入狱杀害。而那些已经犯罪的，只要向他送礼行贿就可以大事化小、小事化了。

李东阳像

李东阳（1447—1516年），今湖南省茶陵县人，明代文学家、书法家，弘治、正德两朝重臣。

在这种黑白颠倒的高压政策下,平民百姓纷纷揭竿而起,一时间湖北沔阳,四川保宁,江西的东乡、桃源洞、华林山和大帽山等地都乱将起来。后来这些农民起义虽然都被镇压了,但不久驻守在宁夏的皇帝本家安化王朱寘鐇,也在正德五年(1510年)四月造起反来,其不仅果断地杀了朝廷遣派的官员巡抚安惟学与大理寺少卿周东二人,还以"清君侧"为名发布檄文,准备效法当年明成祖朱棣"靖难"行动,与昏君武宗皇帝朱厚照决一雌雄。于是,武宗皇帝与刘瑾慌忙请出善于打仗的杨一清为"总制军务",前往宁夏平叛。不过,武宗皇帝和刘瑾并不信任杨一清,派心腹太监张永前往监军。然而,还没等杨一清和张永领兵到达宁夏,无能的安化王朱寘鐇就被当地游击将军仇钺给镇压了。

叛乱既平,素来看不惯刘瑾做派的杨一清便想借机清除"八虎"。云南安宁人杨一清,并不是鲁莽的赳赳武夫,他要利用"八虎"之间的嫌隙,采取各个击破的策略。原来,张永在"八虎"中排名于刘瑾之前,而刘瑾得势后

杨一清像

杨一清(1454—1530年),云南安宁人,弘治、正德、嘉靖三朝重臣,设计处死了刘瑾等人。

便不把张永放在眼里，于是两人之间就生了嫌隙。于是，杨一清用大义去感动张永，主要还是以让他"取刘瑾而代之"的说法，策动张永向武宗皇帝告刘瑾的黑状。果然，张永回京复命时就把刘瑾的种种胡作非为，都告诉了武宗皇帝，特别是说到刘瑾家中私藏有玉玺、衮衣、弓弩和数百件宫牌等属于谋逆的东西，武宗皇帝大为震怒，立即将刘瑾逮捕入狱，使其受到最残酷的刑罚——凌迟处死。再后来，"八虎"其余成员——落网，得到了应有惩罚。

然而，"八虎"虽然受到惩处，但武宗皇帝却因为在他们的怂恿下纵情声色，最终在年仅31岁驾崩时都没能留下子孙，皇位只得由外藩的叔伯兄弟朱厚熜继承。而更加昏聩的朱厚熜成为嘉靖皇帝后，不仅没有记取武宗皇帝朱厚照的教训，还做出了更加怪诞离奇的事，以致发生了"宫婢之变"。

◎ 嘉靖朝的"宫婢之变"

嘉靖皇帝朱厚熜是以外藩入承大统当的皇帝，他荒淫昏聩的程度是诸多帝王都不能及的，所以，在他长达46年执政期间，紫禁城里发生了许多怪诞离奇的事，可谓是花样翻新、层出不穷。特别是嘉靖二十一年（1542年）十月发生的"宫婢之变"，也就是几名宫女谋害皇帝的凶杀案，更是让人闻所未闻。

案件导火索很简单，也很荒谬，那就是嘉靖皇帝让宫女杨金英和邢翠莲饲养的一只乌龟死了，于是几名宫女便合谋上演了一出杀害皇帝而未遂的戏。当然，事情原因很复杂，那还得从嘉靖皇帝企求长生不老说起。嘉靖皇帝朱厚熜随父亲兴献王在湖北钟祥藩邸时，就十分崇信道教，整天与道士们厮混在一起，希望自己有一天能够修道成仙，长生不老。这实在是对他父亲在钟祥大力破除迷信、推行科学的莫大讽刺。而等到嘉靖皇帝入主皇宫，成为紫禁城的主宰后，他更加有恃无恐，不仅招了许多道士进宫和他一同修炼，还为自己加封

了长达20余字的道号,俨然以道士自居,根本不临朝听政。

在皇宫那诸多道士中,有一个名叫蓝道行的道士抓住嘉靖皇帝希求长生的心理,就现身说法向他献媚说:"臣已80余岁,仍健步如飞,毫无老态。只因臣处深山之中,每天晨起受初升朝阳之光华,渴饮天庭之玉露,故精气足,肠胃清洁,胸无积滞。"

仙人承露盘

  仙人承露盘位于北京市北海公园内,制作于清乾隆时期。相传,该盘是清乾隆皇帝仿效汉武帝的故事而建造的。据说汉武帝在建章宫神明台上放置了一座仙人承露盘,用来接收甘露,并相信服用可以延年益寿。

于是，嘉靖皇帝就想照着蓝道行的方法去做，可整日养尊处优的他根本经受不住每日晨起之苦，也就无法接收到初升朝阳之精华。既然如此，嘉靖皇帝又开始专门研究求取甘露的方法，并听从道士段朝用的建议，每当晨曦初露时就派三四十名宫女到御花园里采取露水。这对于娇嫩体弱的宫女们来说，实在是一件辛苦的事。于是，每天天不亮宫女们就左手执杯，右手持簪，来到御花园花木树丛中一点一滴地采集甘露。如此一个早晨下来，这些宫女们衣服鞋袜全部潮湿，许多人手脚还被树针刺伤，且每人也采不到一小匙的露水。时间长了，有些体弱的宫女就一病不起，而没有生病的也满腹怨气。可嘉靖皇帝根本无视这些宫女们的苦楚，反而以此作为惩罚的手段，不仅针对那些苦命的宫女，就连不为自己所喜欢的一些嫔妃们，他也要惩罚她们带头去采集甘露。

在嘉靖皇帝册封的众多嫔妃中，宁嫔王氏曾经一度受到他的宠幸。但是，喜新厌旧的嘉靖皇帝不久又迷上端妃曹氏，这曹氏体态婀娜，貌若天仙，整天将嘉靖皇帝迷得深陷其中，对其他嫔妃根本提不起兴趣。对此，曾经受宠的宁嫔王氏尤为妒恨，就在背后骂端妃曹氏狐骚。端妃曹氏闻知后，向嘉靖皇帝添油加醋地说，宁嫔王氏不但骂她狐骚，还骂皇上身上也有狐臭味，所以皇上即使天天拜神也不会受用。这让嘉靖皇帝颇受刺激，不仅鞭打宁嫔王氏，还惩罚她和宫女们一起去采集甘露。

在御花园里采集甘露的宫女中，有两个名叫杨金英和邢翠莲的宫女，她们原是端妃曹氏宫中使女，一次嘉靖皇帝夜宿端妃曹氏宫中，临睡前因服用丹药而脾气暴躁，不仅无故毒打二人，还惩罚她们从此专门采集甘露。3个怨怒丛生的女人聚在一起，不免相互倾吐心中苦衷，随后又有宫女杨玉香、姚淑翠、关梅秀、陈菊花等人，也先后加入到她们的诉苦行列。刚开始时，她们只是借此发泄心中怨气，寻求相互之间关照帮助。不料，当朝大奸臣严嵩的同党赵文华为了在嘉靖皇帝面前邀功获宠，竟在一只特大乌龟躯体上涂抹5种颜色，说

这五色龟是从华山得来的千年灵物,有助于皇帝修炼得道。惊喜过望的嘉靖皇帝,就命人把那五色龟放养在御苑池中,特命杨金英和邢翠莲负责照看。不料,那五色龟因受染色颜料药性所毒害,在一天夜里竟暴死池中,这可把杨、邢二人吓得魂不附体,就急忙找到宁嫔王氏来商量对策。

闻听杨、邢二人之言,宁嫔王氏说:"灵龟暴死,你们也性命难逃,不如铤而走险杀死皇帝,或许还能九死一生。"于是,宁嫔王氏接着说:"我们每天采集的甘露都要送往端妃庆灵宫,而端妃一早便会亲自到御膳房监制甘露供皇上使用。这时,皇上仍在庆灵宫里酣睡,宫门外也只有两名宫女守候,我设法把她们哄骗出来,你们二人潜入寝宫用绳子勒死皇上。因为皇上是死在端妃宫中,到时她端妃的弑逆罪名是无论如何也逃不掉的。而等皇上一死,皇宫里肯定是一场大乱,谁还来查问灵龟的死活呢?如此,你们不就能够逃脱这场祸患了吗?"

杨、邢二人一听说要谋杀皇上,顿时就吓呆了。宁嫔王氏见状,就激将说:"要是没有这胆量,那你们就只能等死了!"年岁稍长的杨金英闻听,便咬牙说道:"那只有拼将一死了!"于是,3个人最后商定,一切按照宁嫔王氏计划行事,并找来同样憎恨嘉靖皇帝和端妃曹氏的宫女张金莲和王秀兰二人做助手。

嘉靖二十一年(1542年)阴历十月初九,嘉靖皇帝在庆灵宫与端妃曹氏饮酒作乐,直到深夜才昏昏入睡。第二天一早,宁嫔王氏察看到端妃曹氏起床向御膳房走去后,就哄骗在庆灵宫门外侍寝的宫女,说是端妃曹氏命她俩去御膳房一下。这时,寝宫里只有嘉靖皇帝一人在酣睡,于是杨金英身藏一根丝绳,与其他3名宫女偷偷地溜进庆灵宫,而宁嫔王氏则留在门外望风。杨金英4人走进内室后,迅速取出丝绳打了一个套结,向侧身而睡的嘉靖皇帝颈脖上套去,并用力收紧。不料,由于杨金英慌乱中将套结打成死扣,无论几人怎样用力就是勒不紧套结。于是,极度慌张的几名宫女干脆分工协作,分别摁住嘉

历史赋予的命运抉择

养心殿御膳房

　　紫禁城养心殿始建于明嘉靖年间，养心殿对面是一座琉璃随墙门叫遵义门，也叫膳房门，门内就是御膳房。

靖皇帝的手脚，由杨金英重新设置绳扣。而突然遭到袭击的嘉靖皇帝，在惊恐中开始拼命反抗，杨金英见状便将丝绳一端拴在床槛上，危急中拔出头上银钗向嘉靖皇帝下体猛扎，嘉靖皇帝顿时痛得乱喊乱叫起来。4人见一时难以置嘉靖皇帝于死地，都更加慌乱起来，而宫女张金莲竟悄悄溜出庆灵宫，飞奔到皇后方氏那里报告去了。

　　再说在门外望风的宁嫔王氏，只听到宫里嘈杂一片，可始终不见杨金英等人出来，心里也不由有些害怕。这时，只见宫女张金莲一人慌张地飞奔出宫，宁嫔王氏一时不知如何是好，不一会儿就见几名太监拥着皇后方氏乘舆飞奔而来，她知道事情已经败露，便立马悄悄地溜走了。而杨金英等3人因措手不及，被太监们当场抓获。

　　走进庆灵宫的皇后方氏，不由被眼前情景惊呆了：只见凌乱不堪的床上，嘉靖皇帝脖子被丝绳牢牢地拴在床槛上，头发散乱，双眼突出，长长的舌头伸

着，而下体更是鲜血淋漓，他已经奄奄一息不能说话。这时，端妃曹氏也知道出了事，就急忙从御膳房赶来，一进宫门见皇后方氏怒容满面，再见嘉靖皇帝情形，顿时吓得魂不附体。平时就看不惯端妃曹氏做派的皇后方氏，厉声训斥端妃说："你瞧瞧，你侍候皇上竟不在身边，都是你做的好事！"随后，皇后方氏紧急宣召御医迅速进宫急救。用药之后，嘉靖皇帝总算苏醒过来，随即移居紫禁城外西苑万寿宫进行休养。

在嘉靖皇帝休养的两个月里，皇后方氏先是刑讯逼供杨金英等宫女，待她们供出宁嫔王氏后又将她逮捕入狱。而自知无法抵赖的宁嫔王氏，在认罪伏法时还故意把端妃曹氏也牵连进去，说端妃曹氏预先也知道她们的谋逆计划才故意躲开的。于是，早就想惩治端妃曹氏的皇后方氏，立刻逮捕审讯端妃曹氏，无论端妃曹氏如何大呼冤枉，皇后方氏还是立即下令将主犯杨金英、宁嫔王氏和端妃曹氏等，以及其他从犯共20余人全部凌迟处死。临刑前，端

孝烈方皇后像

孝烈皇后方氏（？—1547年），今江苏南京人，明世宗朱厚熜第三任皇后。

妃曹氏大呼冤枉，痛骂宁嫔王氏血口喷人，而宁嫔王氏却冷笑着说："当初你在皇上面前百般凌辱我，现在你也应该得到报应！"

后来，嘉靖皇帝得知他最宠爱的端妃曹氏也被牵连处死，不由对端妃曹氏百般怀念。而同时，嘉靖皇帝也明白是皇后方氏借机铲除了她，故他不仅不感激皇后方氏救命之恩，反而记恨在心。嘉靖二十六年（1547年）十一月的一天，紫禁城内突然失火，嘉靖皇帝闻知皇后方氏所住坤宁宫火势最烈时，他不但阻止宫人们前去救火，反而喃喃自语说："仙佛有灵，任那厮妒害好人，今日可难逃天命了！"等到火势熄灭后，得知皇后方氏只是被火烧伤并无大碍时，嘉靖皇帝既未理睬，也不曾前往探视，不久皇后方氏竟薨逝了。在追悼皇后方氏时，嘉靖皇帝也许是良心发现，悔恨道："后曾救朕一命，朕不能救后，未免太辜负她了！"于是，嘉靖皇帝亲自为皇后方氏拟定谥号为"孝烈"，并祔葬在十三陵永陵地宫中。

不过，与嘉靖皇帝共同入葬永陵的还有皇后陈氏和杜氏。

◎ 荒唐的"明末三案"

其实，嘉靖朝的"宫婢之变"说到底还是宫廷内部之争。这一现象，在中国数千年封建历史长河中可以说是屡见不鲜。而发生在大明王朝万历、泰昌年间的梃击、红丸和移宫这3起案件，简直把宫廷纷争推向了一个高潮。之所以把"明末三案"归于皇家宫廷之争，还是从万历皇帝的两位王氏皇后说起吧。

在万历皇帝的定陵中，合葬的还有两位姓王的皇后，一位是孝端王皇后，另一位是孝靖王皇后。孝靖王皇后生前并未当过皇后，原先只是万历皇帝母亲李太后身边的一名宫女，一次被万历皇帝看中私幸而怀孕生下了儿子朱常洛。母以子为贵，宫女王氏被册封为恭妃，后来迫于祖制和李太后的严命，又晋封

明神宗万历皇帝像

明神宗朱翊钧（1563—1620年），明穆宗朱载垕第三子，明朝在位时间最长的皇帝，年号"万历"。在位前期重用张居正，开创了"万历中兴"的局面。后因国本之争等问题而倦于朝政，长时间不上朝，把明朝推向绝境。

她为贵妃。再后来，王贵妃因儿子朱常洛当了光宗皇帝，才在死后被追封为皇太后。

对这两位王皇后，万历皇帝都不甚喜欢，唯独对贵妃郑氏情有独钟。后来，贵妃郑氏为万历皇帝生下第三个儿子朱常洵，深受万历皇帝宠爱，并私下里想立这个儿子为太子。但是，依照太祖朱元璋立下的皇位只传嫡长的规制，太子之位本应是长子朱常洛，也就是那位孝靖王皇后所生的儿子。对此，贵妃郑氏自然心有不甘，就百般劝阻万历皇帝立朱常洛为太子，并为了使自己的儿子朱常洵能够被册立为太子，对朝中臣工展开拉拢利诱。

在贵妃郑氏大肆活动的同时，万历皇帝也顶着朝臣种种议论迟迟不册立太子。一次，李太后闻知此事便问万历皇帝不册立朱常洛为太子的理由，万历皇帝竟回答说："彼都人子也。"李太后听罢勃然大怒，说："尔亦都人子！"闻听此言，万历皇帝顿时惊恐起来。原来，"都人"在明朝皇宫里是对宫女的称呼，而万历皇帝的母亲李太后，原先也是由宫女晋封为妃、贵妃，乃至皇后的。基于此，万历皇帝才只好于万历二十九年（1601年）正式册立朱常洛为太子。

既然太子名位已定，贵妃郑氏本应偃旗息鼓。但是，并不安生的郑贵妃却开始变本加厉地动作起来。随后发生的梃击、红丸和移宫三案，就与贵妃郑氏有着密切关联。

首先，我们来看一看最终草草收场的"梃击案"。万历四十三年（1615年）五月初四日，一名男子手持枣木棍竟然连续闯过紫禁城的东华门和慈庆宫门，直接进入太子朱常洛的慈庆宫，不仅打伤守门太监，还一直冲到殿堂的廊下。这实在是一件匪夷所思的事。而在随后审讯中，那个名叫张差的男子竟"语言颠倒，形似疯狂"，说什么只是因为

郑贵妃墓残存的碑座

郑贵妃墓位于昌平区十三陵镇银钱（泉）山下，是明十三陵的7座妃子墓中规模最宏大的。整个墓址大部分尚有遗存，外罗城后部及内城东西墙保存较好。

家中柴草被人烧毁,而气愤地来到京城诉冤的。由于不知如何诉冤告状,就在两个不知名男子的指点下,才手拿木棍直闯紫禁城东华门,并顺利进入太子居住的慈庆宫。然而,当刑部主事王之寀在狱中秘密审讯时,获知的情况竟与上不同。据张差供认说,当初有人让他跟着一个不知名的太监去,只要办成了那太监吩咐的事就给他几亩地种,于是就出现了张差手持木棍直闯慈庆宫的荒唐事。而在后来刑部会审中,人们才得知那不知名的太监竟是郑贵妃身边近侍庞保。如此一来,这件荒唐案件自然与郑贵妃脱离不了干系。在举朝议论纷纷的情况下,万历皇帝只得让郑贵妃自己去向太子朱常洛求情。太子朱常洛害怕把事情闹大,从而动摇朝廷威信,就急忙命人把张差处死,同时也将太监庞保等人秘密在皇宫内处死了事,以免株连更多朝廷官员。这就是"梃击案"始末。

"红丸案"发生在万历四十八年(1620年),也就是万历皇帝驾崩、朱常洛即位的那一年。

体弱多病的朱常洛成为光宗皇帝后,按照父亲万历皇帝遗命准备册封郑贵妃为皇太后。得知这一消息后,郑贵妃似乎是为了感谢光宗皇帝,不仅给他送了4名美女,还专门派自己的御医崔文升为朱常洛治病。然而,光宗皇帝朱常洛自从按照崔文升所开药方服药后,不仅一病不起,大泻不止,还"数夜不得睡,日食粥不满盂,头目眩晕,身体罢软,不能动履"。后来,光宗皇帝朱常洛虽然停服崔文升所开之药,但病情并未见好。这时,鸿胪寺丞李可灼又进呈一种红丸药,自称是"仙丹"。结果,光宗皇帝朱常洛服用起初感觉良好,谁知当天夜里病情便加重起来,等到黎明时分竟一命呜呼了。光宗皇帝朱常洛驾崩后,他的儿子朱由校继位成了熹宗皇帝,可由于朱由校年幼无法处理朝政,再加上宦官魏忠贤和郑贵妃勾结把持朝政,故朝臣要求严惩崔文升和李可灼的事也就拖延下来。直到崇祯皇帝即位后,才将崔文升等人逮捕入狱。

明光宗泰昌皇帝像

明光宗朱常洛（1582—1620年），明神宗朱翊钧之子，年号"泰昌"。在位期间任用贤臣，革除弊政，积极改革，但因其"惑于女宠""导以荒淫"，于泰昌元年（1620年），病中服用"红丸"后驾崩。

与"红丸案"同时发生的，还有"移宫案"。光宗皇帝朱常洛在位时，他宫中有两个准备晋封为妃的选侍，因为都姓李，故人称东李、西李。其中，西李最得光宗皇帝宠信，于是光宗皇帝朱常洛在临死前曾在乾清宫召见诸臣，准备册封西李为皇贵妃，可与皇长子朱由校（朱由校是皇后王氏的儿子，由于王氏薨逝较早，就由西李抚养）关系比较亲近的西李，竟唆使朱由校要求光宗皇帝册封她为皇后，当时光宗皇帝朱常洛没有说话，此事就搁置下来。不久，光宗皇帝朱常洛病死，大臣杨涟、周嘉谟和李汝华等人急于见到皇长子朱由校，将其立为皇帝以安人心，可西李竟将朱由校关在乾清宫暖阁里不让其出来。于是，杨涟等人冲入乾清宫，在太监王安协助下把太子朱由校抢出来，后者才登基当了熹宗皇帝。

按照祖宗规制，皇帝是要居住在乾清宫的，可西李竟以不搬出乾清宫为要

明熹宗天启皇帝像

明熹宗朱由校（1605—1627年），明光宗朱常洛长子，明思宗朱由检异母兄。在位时魏忠贤与客氏专权，制造了"乙丑诏狱""丙寅诏狱"等冤狱，各种社会矛盾激化。

挟，要求册封自己为太后并垂帘听政。杨涟等大臣并不信任西李执政的能力，就上书据理力争，请西李搬出乾清宫而移居别宫。由于双方互不相让，竟发生激烈争执，而熹宗皇帝朱由校只好暂居慈庆宫。据说，西李之所以敢于占据乾清宫，完全是因为她与郑贵妃关系亲密。而郑贵妃如今成了太皇太妃，也就没有垂帘听政的理由，于是她便将赌注下在西李身上。后来，虽然西李迫于种种压力，不得不搬出应该由皇帝居住的乾清宫，但因"移宫"所折射出的宫廷争斗内幕，还是真实地反映出明朝末年政治局势的混乱。

剖析荒唐的"明末三案"，人们得到的启示各不相同，但是，以史为鉴应该不会有错。

◎ 景山绝唱

有机会来到位于故宫神武门对面的景山公园，我们来聆听由崇祯皇帝在这里奏响的那首世间绝唱，虽然音调有些悲凉低郁，但其中留给世人的教益还是值得回味和反思的。

确实，北京景山公园之所以闻名，是因人们总是把它与明朝末代皇帝朱由检在此上吊自杀的事联系在一起。亡国之君，按说历来都没有什么好名声，而崇祯皇帝朱由检却赢得了世人慨叹，都惋惜说他不应该成为亡国之君。之所以如此，概因崇祯皇帝临死时留下的一份罪己诏，其中说道：

> 朕凉德藐躬，上干天咎，然皆诸臣误朕。朕死无面目见祖宗，自去冠冕，以发覆面。任贼分裂，无伤百姓一人。

单就这份罪己诏而言，确实表现出崇祯皇帝德谦爱民之心，但事实到底如何呢？

天启七年（1627年），明熹宗朱由校驾崩，他因荒淫无度没有儿子，就发遗诏说让他的弟弟朱由检继承皇位，这就是庙号为思宗的崇祯皇帝。即位时不到20岁的崇祯皇帝，可谓是血气方刚、雄心勃勃，立志要成就一番事业，复兴大明王朝昔日辉煌。因此，崇祯皇帝即位后勤于政务，且对祸国殃民的宦官魏忠贤集团予以彻底打击。明熹宗年间，皇帝朱由校不理朝政，凡事都由宦官魏忠贤独揽，就连王公大臣有事奏报也不能见到熹宗皇帝，一切事宜必须通过魏忠贤转奏。如此一来，荒谬无德的魏忠贤趁机排斥异己，打击忠臣良将，并大肆贪污受贿，还串通朱由校的乳娘客氏，完全控制着朝廷内外大权，简直比秦朝赵高那指鹿为马的淫威还要荒谬霸道百倍。对此，崇祯皇帝早就知晓，再加上当初熹宗遗诏传位时，魏忠贤和客氏并不赞成崇祯

明思宗崇祯皇帝像

明思宗朱由检（1611—1644年），明光宗朱常洛第五子，明熹宗朱由校异母弟，年号"崇祯"。明代亡国之君。

皇帝继位，而是想迎接福王朱常洵继承皇位的缘故，所以崇祯皇帝决定打击魏忠贤和客氏集团。对此，早就受够了魏忠贤集团欺凌的朝中大臣们纷纷上疏弹劾，嘉兴一名贡生为魏忠贤开列了十大罪状：一并帝，二蔑后，三弄兵，四无二祖列宗，五克削藩封，六无圣，七滥爵，八掩边功，九伤民财，十通关节。

有了这十大罪状，魏忠贤自然没有再活下去的理由了。于是，崇祯皇帝先是发配魏忠贤到安徽凤阳皇陵去反思罪过，后来又下令逮捕他并在中途要求他自杀而死。那个与魏忠贤狼狈为奸的客氏，也被崇祯皇帝派人送到专门负责洗衣的浣洗局，在受尽折磨后被鞭打而死。当然，跟随宦官魏忠贤的所有党羽一律遭到沉重打击，不是被杀头，就是发配充军。从崇祯皇帝即位后狠狠打击魏忠贤集团这件事来看，确实大有开创"崇祯中兴"

历史赋予的命运抉择

的意味。然而，天不遂人愿。此时，全国范围内已经是连年灾荒，严重的旱灾和蝗灾使大部分地区赤地千里，饿死的饥民不计其数，在河南、山东和陕西等地还出现了人吃人的悲惨一幕。面对这种严重的饥荒灾年，崇祯皇帝却没想过要减免赋税，以至于不堪忍受的饥民纷纷揭竿而起，大规模农民起义在全国范围内爆发了。

经过多年转战，闯王李自成脱颖而出，不仅在重镇西安建立"大顺"政权，且开始大举进攻北京。面对势如破竹的起义军，崇祯皇帝急忙在紫禁城文华殿召开御前会议，文武百官无一人提出可行的建议，最后只能不了了之。于是，在崇祯十七年三月

坤宁宫

坤宁宫为内廷后三宫之一，明代为皇后寝宫，后改为萨满教祭祀的场所，同时也是皇帝举行大婚的场所。建于明永乐十八年（1420年），清嘉庆三年（1798年）重修。

　　十七日（1644年4月23日）李自成率领50万农民军进攻北京城。第二天，李自成把已经投降的明朝宫廷太监杜勋用绳子坠入城中，令他劝说崇祯皇帝投降以免刀兵之灾。劝降遭到崇祯皇帝拒绝后，李自成趁着当夜风大雨急，命令开始攻城。为了誓死保卫北京城，崇祯皇帝把宫廷里几千名太监集合起来，披挂上阵前去增援奉命守城的襄城伯李国桢。

　　在两军激烈交战的关键时刻，明宫廷司礼监太监曹化淳投降起义军，并打开彰义门放起义军涌入，致使北京外城失守。崇祯皇帝得知消息后，仓皇返回皇宫让人把皇太子送走，随后又来到坤宁宫命令周皇后等后宫嫔妃数人自缢而死。丧心病狂的崇祯皇帝见袁贵妃自杀未死，便手提宝剑疯狂地乱砍一气，就连自己的女儿昭仁公主也被砍死，年仅16岁的长平公主被砍断了左臂。

　　面对后宫的凄惨景象，崇祯皇帝实在是不忍心再砍下去，也砍得精疲力竭了。于是，崇祯皇帝扔下宝剑来到金銮殿，他想召集群臣商量对策以做垂死挣扎，但文武官员早已不知去向。成了真正孤家寡人的崇祯皇帝，看了看空荡荡的金銮大殿，除了自始至终跟随身边的心腹太监王承恩一个人外，他感到了从未有过的孤独和无助。满身血污、披头散发的崇祯皇帝见大势已去，就和太监王承恩二人跌跌撞撞地从神武门逃出紫禁城来到景山。站在山顶上的崇祯皇帝，向不远处的紫禁城眺望了又眺望，不由想起祖先创业时的种种艰难和辉煌。于是，他咬破手指在衣襟上写下那份遗诏，随后在一棵槐树上自缢而死。忠诚的太监王承恩见崇祯皇帝已死，哭拜后也在附近亭子里上吊自杀了。

　　后来，清朝铁骑在明朝叛将吴三桂引领下击败李自成的起义军，定都于北京。为了笼络中原汉族人的民心，他们对曾经吊死崇祯皇帝的那棵槐树妄加罪名，并用铁链把它锁了起来。后来，八国联军攻陷北京时把那铁链盗走，再后来就连明朝栽种的那棵古槐树也在"文革"中被破坏了。1981年，公园管理处将景山南坡一株碗口粗的小槐树移栽至原处；1996年，公园从东城区建国门内北顺城街6号居民院内移出一株胸径50厘米的百年古槐替代原有槐树。即

便如此，人们也会不由想起曾经在这里发生过的故事，因为那是一种历史的见证。

送走崇祯皇帝壮烈殉国一幕，让我们来看看地处北京中轴线上的这处景山公园。三朝皇家御苑景山，在元朝时只是一个小山丘，名叫"青山"。到明朝永乐年间，人们将开挖护城河的泥土堆积其上，就形成了这么一处高大土山，改称"万岁山"。后来，乾隆皇帝又在山上山后修建几座琉璃亭和一些宫殿，并在园内栽种花草树木，使其成为一处风景秀丽的园林，取名"景山"。不过，在崇祯皇帝上吊自杀的时候，景山还叫"煤山"，只是这个名字不知从何而来。

明思宗殉国处

明思宗殉国处原碑是故宫博物院于民国十九年（1930年）所立，1944年被拆除，2004年修复后重立；明思宗殉国三百年纪念碑则是民国三十三年（1944年）崇祯殉国300年之际所立，1955年被拆除，2004年修复后重立。

绮望楼

明代时称"山前殿",清康熙年间经常在此宴请各地来京朝贺的文武官员、各部落首领、公使等。乾隆十五年(1750年)拆除山前殿,在原址基础上兴建了绮望楼。

进入景山公园,迎面见到的是建造华美的绮望楼,是皇家供奉孔子牌位的地方。楼后面就是景山山麓,山上有5座造型优美的亭子,中间的叫万春亭,东西两侧分别有八角攒尖顶亭各一座,东边的叫观妙亭,西边的则叫辑芳亭,在这两个亭子之外还有两座重檐蓝琉璃瓦圆攒尖顶的小亭,一个叫周赏亭,另一个叫富览亭。最为壮观富丽的就是万春亭,当时这里也是北京城的最高点,站在亭子里可俯瞰紫禁城全景。如果有心留意一下,自此往南可俯视北京非常规整的城市布局,特别是眼前的紫禁城,让人叹为观止,看那层次分明的殿堂楼阁,一片金光闪耀,真是壮丽而又辉煌。

历史赋予的命运抉择

转过身来朝北看，只见笔直的地安门大街，那高楼玉宇鳞次栉比，现代化气息十分浓郁。东边，则有清朝雍正皇帝即位前的府邸雍和宫，以及气势凝重而又金碧辉煌的国子监和孔庙等建筑。在西面，则有中海、南海和北海碧波荡漾，其中那琼岛白塔掩映在碧波绿水之中，显出一派诗情画意来。在景山北麓，还有一组建于乾隆年间的古建筑，是专门供奉清朝皇室祖先影像的地方，叫寿皇殿。这组当年仿照太庙形制建造的宫殿，正殿共有9间，左右还有配殿、神库、神厨和井亭等建筑。

寿皇殿

寿皇殿始建于明代，清乾隆十四年（1749年）拆除后移建至现存位置，是清朝陈列皇帝先祖影像的场所。

清朝入关十帝的多彩人生

随便检索一下中国近年来的影视剧，古装宫廷戏占了很大比例，特别是清王朝的历代帝王后妃更成为镁光灯追逐的焦点。确实，在清朝入关的268年历程中，虽然那10位皇帝都被圈禁在紫禁城里，但他们人人都有鲜明的个性和特点，他们分别是顺治、康熙、雍正、乾隆、嘉庆、道光、咸丰、同治、光绪和宣统。如果要将这10位帝王的精彩人生尽数展示给读者，那绝对不是这区区几万字所能承载的。于是，这里只好就人们所热衷和关注的，或者是鲜为人知的史实，做一次管窥式扫描。扫描的自然是不漏一人，管窥的就只能从某个侧面进行剖析，虽然肯定有挂一漏万的不足，但至少会是真实的。

◎ 江山美人易抉择

有一首流行歌曲叫《爱江山更爱美人》，这对于清朝入关第一位皇帝顺治来说，是非常贴切的。能让一代帝王舍弃至高无上的皇权而出家当和尚的，传说是一个女人，一个名噪十里秦淮的卖艺女。她就是明末清初四大名妓之一的董小宛。

关于顺治皇帝出家疑案所涉及的董小宛，历史上确有其人，据《辞海》中记载：

董小宛（1624—1651年），明末秦淮名妓，名白，字小宛，后为冒襄（字辟疆）妾。清兵南下时，同辗转于离乱之间达九年，后因劳累过度而死。冒襄曾著《影梅庵忆语》，追忆他们的生活。有说她为清顺治帝宠妃，系由附会董鄂妃事而来。

这段文字不仅将董小宛的来龙去脉讲述得清楚无误，就连世间传闻董小宛是顺治皇帝宠妃的说法，也直接告知是附会其为董鄂妃的事实。那么，一个是江南名妓，一个贵为皇贵妃，何以就被后人轻易地撮合在一起？并由权威的《辞海》出面辟谣，可见其流传之广泛和久远。那么，这二人真相到底如何？她们与顺治皇帝又有着怎样的生死恋情呢？

关于这段传说，有太多版本，以至于让人难辨真假。我们采取分开叙述的方式，也许故事性和可读性会稍有欠缺，但至少使读者能够看得明白。

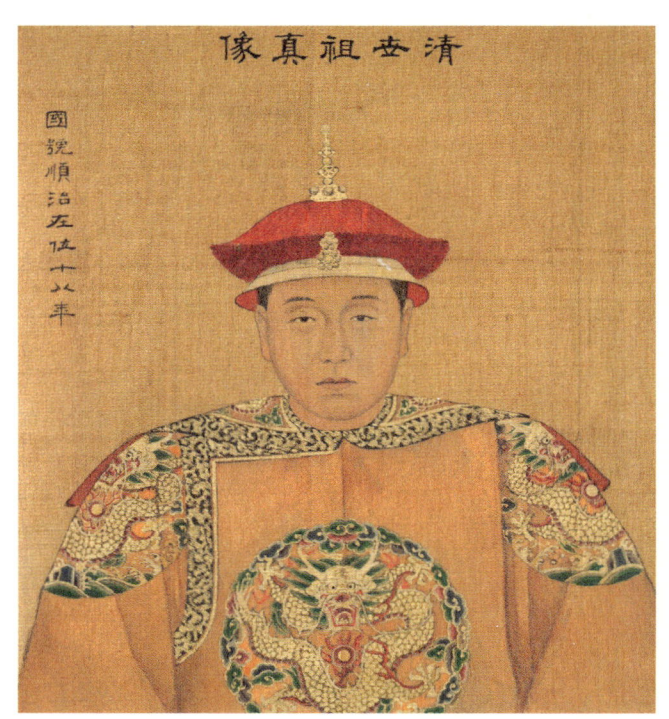

清世祖顺治皇帝像

清世祖爱新觉罗·福临（1638—1661年），清太宗皇太极第九子，清朝定都北京的第一位皇帝，年号"顺治"。

明末清初，秦淮河畔有8位声震四方的名妓，她们是马湘兰、卞玉京、李香君、柳如是、董小宛、顾眉生、寇白门和陈圆圆，时称"秦淮八艳"。董小宛，名白，字小宛，复字青莲，文人狎客因为倾慕她的淡雅脱俗，有人就昵称她为董双成。后来，"江南四公子"之一的冒襄纳其为妾，并一直厮守9年直到董小宛病死。关于这件事，在冒襄著的《影梅庵忆语》中有这样一段话：

至牧斋先生，以三千金同柳夫人为余放手作古押衙，送董姬相从，则壬午秋冬事。董姬十三离秦淮，居半塘六年，从牧斋先生游黄山，留新安三年，年十九归余。

其中的牧斋，即明朝原礼部侍郎、著名东林党领袖之一钱谦益的号，而柳夫人即秦淮名妓柳如是，当时已经嫁给了钱谦益。后来，经过钱谦益夫妇极力撮合，冒襄和董小宛这对有情人终成眷属。不过，在董小宛随冒襄到其家乡江苏如皋时，冒襄还没有向其家人特别是嫡妻讲明纳董为妾的事，直到4个月后才将其迎娶回家。

跟随冒襄的董小宛，并没有过上几天安稳日子，因为清军已经开始大举进攻江南，江南人民到处流离失所，完全失去了原来的和平与稳定。在战乱中，董小宛为了照顾生病的冒襄和冒家老少10多人，最后心力交瘁，年仅28岁就命丧荒野。对于董小宛的死，冒襄曾经以她的葬处影梅庵为名写了一本书，在书中他以2400字长诗予以哭诉，那份真挚情感当时感动了许多文人名士。于是，他们也纷纷写下哀文挽诗，其中有"可怜一片桃花土，先筑鸳鸯几尺坟""咫尺郊南同绝塞，至今青冢不悲主""绮骨埋香十六年，春风坟草尚芊芊"，以及"历墓门而巡视兮，听松柏之萧萧"等，无不是董小宛芳骨埋藏在影梅庵的真实写照。

既然传说中的董小宛曾经被附会为董鄂妃，那么这个董鄂妃到底是何许

清朝入关十帝的多彩人生

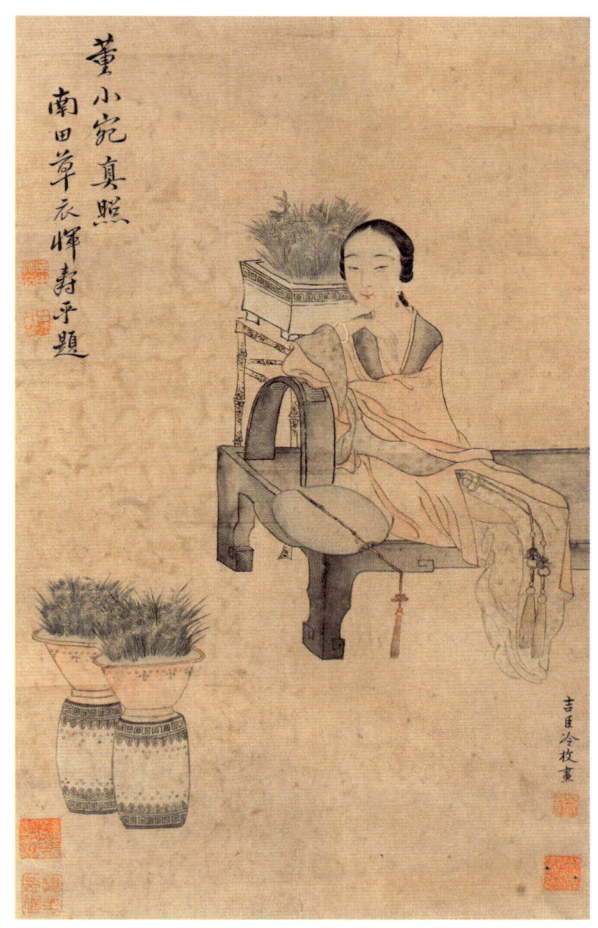

董小宛像

清恽寿平绘制。董小宛，明末南京昆曲歌女、诗人，"秦淮八艳"之一。

人呢？

确实，在河北遵化清东陵的孝陵地宫中，除了埋葬着顺治皇帝之外，还合葬了两位皇后：一位是孝康章皇后佟佳氏，另一位则是孝献皇后董鄂氏。据史料记载，董鄂氏属满洲正白旗，是内大臣鄂硕的女儿，出生于崇德四年（1639年）。这位出生和结局都明确的皇后，唯独关于其入宫过程、受专宠原因，以及死亡情况，在史书的记载中模糊不清。在《清世祖实录》中有这样一段记载：

顺治十三年四月,应册立嫔妃。六月,奉皇太后谕,举行册立嫔妃典礼,先册立东、西二宫。同月,皇太后谕,孔有德女孔四贞宜立为东宫皇妃。七月,襄亲王博穆博果尔死。礼部择吉于八月十九日册妃,上以襄亲王逝世,不忍举行,命八月二十二日,立董鄂氏为贤妃,同时遣官祭襄亲王。九月二十八日,拟立董鄂氏为皇贵妃,颁诏大赦。

在这段关于册立嫔妃的档案记述中,却与博穆博果尔亲王的死牵扯在一起,以至于又有董鄂氏原是这位亲王的福晋,后来被顺治皇帝强行霸占的说法。关于这种传说,不仅正史和野史中多有涉猎,就连外国人汤若望也有著述

孝献皇后

孝献皇后(1639—1660年),董鄂氏,世称董鄂妃。满洲正白旗人,内大臣鄂硕之女。顺治十七年(1660年)八月十九日逝世。世祖哀痛至极,亲制行状悼念。

予以考证，并得到许多史家认同。

不管这位董鄂氏是如何进宫的，但关于她得到顺治皇帝屡次逾格宠爱的事，在清王朝的历史上却是绝无仅有。从清宫档案记载中可以得知，董鄂氏于顺治十三年（1656年）夏天进宫，八月就被册立为妃，仅仅过了一个月，顺治皇帝就打算册立她为皇贵妃，并在3个月后正式册立。从入宫到册立为妃，这在当时是很高的起点，因为在妃之前还有嫔、常在、答应等好几个等级，而她在短短几个月后又越过贵妃这一等级，直接被册封为皇贵妃，简直是不可思议的事。被册立为皇贵妃的董鄂氏实际上也主持后宫所有事宜，且深受顺治皇帝母亲孝庄皇太后的眷宠。

一年后，当董鄂妃生下儿子时，顺治皇帝简直视其如掌上明珠。虽然按排行这个儿子是顺治皇帝第四子，但顺治皇帝准备立他为太子的意思已经非常明了。只是命不由人，这个不争气的儿子仅仅存活104天就夭亡了。面对儿子不幸夭亡，董鄂妃陷入无尽悲痛与绝望之中。为了安慰董鄂氏，顺治皇帝下旨追封这个连名字还未来得及取的皇四子为"和硕荣亲王"，将其爵位列在清宗室十二等封爵中的头等，还打破朝中禁规，在今天津蓟县靠近清东陵不远处黄花山下专门为这位皇四子修建一处园寝，其规格也是所有亲王园寝中所仅有的。即便如此，董鄂妃的情绪并没有好转，不久就因悲伤过度薨逝了。爱子夭亡，已经使顺治皇帝悲痛欲绝，现在爱妃又死去，简直使顺治皇帝寻死觅活不顾一切了。

于是，顺治皇帝在多次自杀被拦阻后，干脆放弃当皇帝，跟随宫中禅师到山西五台山出家当和尚去了。当然，史书上记载说顺治皇帝后来得天花病死后被火化了，埋葬在清东陵孝陵中的只是他的衣冠，所以猖獗的盗墓者没有盗掘他的陵墓，使其成为清东陵中唯一没被开掘的皇陵。不过，也有人根据康熙大帝多次到五台山的事实，推测顺治皇帝是真的出家当了和尚。

由此，我们在为顺治皇帝和董鄂妃演绎如此一段爱情绝唱赞叹的同时，又

清东陵孝陵隆恩殿

孝陵是清东陵的祖陵，位于昌瑞山的主峰下，是清世祖顺治皇帝、孝献皇后董鄂氏（董鄂妃）、孝康章皇后佟佳氏的陵墓。

不能不对他舍弃施展英才的机会而扼腕叹惜。因为顺治皇帝不仅是一个情感坚定执着的人，还是一位政治思想早熟的英明君主。只是紫禁城里，对皇帝而言，更重要的是政治而非男女情爱。

◎ 少年英主的"阴谋"

围绕康熙大帝展开的历史画卷，可谓是五彩斑斓，绚丽夺目。其中，铲除当朝第一权臣鳌拜的故事，在世人耳熟能详的故事背后还有一段小小"阴谋"呢。

顺治十八年（1661年）正月，顺治皇帝驾崩，其第三子玄烨嗣位当了皇帝，这就是赫赫有名的康熙大帝。康熙皇帝即位时年仅8岁，朝廷政务均由索尼、遏必隆、苏克萨哈和鳌拜4个辅政大臣掌管。分属于清朝八旗中正黄、镶黄和正白上三旗的四大臣，虽然都隶属于皇帝亲自统领，但他们早在清太宗皇太极时就受到信任和重用，所以势力都很庞大。在这四大臣中，由于索尼年老多病，遏必隆没有主见，而苏克萨哈又与其他3人不合，故联合辅政不久，位居四大臣之末的鳌拜则实际上独擅大权。

鳌拜籍隶于镶黄旗，姓瓜尔佳氏，在清朝入关前后屡立战功，早在顺治年间就被封为公爵、领侍卫内大臣，并直接参与议政。作为一代开国元勋，鳌拜开始居功自傲、骄横跋扈，且对顺治时期仿效大明王朝建立的一系列规章制度心怀不满，但那时他对政治思想早熟的顺治皇帝不敢轻举妄动。如今，既然自己已经在实际上掌握了朝政大权，他就开始不安分起来。为了巩固和加强清朝贵族的利

鳌拜像

鳌拜（？—1669年），瓜尔佳氏，满洲镶黄旗人。鳌拜出身将门，精通骑射，皇太极时期号称"满洲第一勇士"。顺治去世后接受遗诏成为顾命辅政大臣。

益，鳌拜首先把自己装扮成他们的代表人物，联合朝中诸多大臣一起要求"率祖制，复旧章"。特别是，鳌拜以当年多尔衮偏袒正白旗，任由正白旗圈占本来属于镶黄旗的土地为由头，提出重新调换两旗土地，如果土地不够就另行圈占农民土地来补偿。鳌拜这一举动，不仅引起上三旗之间的利益纷争，还掀起了新的圈地高潮，导致了社会动乱。于是，直隶、山东和河南等总督、巡抚在为换地事宜进行实地勘测后，感到旗人与汉人都不愿交换土地，就分别上书请求停止这一行动。同时，朝中大臣、隶属正白旗的户部尚书苏纳海也表示了反对意见。这使鳌拜大为震怒，于是他以辅政大臣之便，竟擅自矫旨把反对他的这些人都处以了绞刑。

对于鳌拜独揽朝纲，少年皇帝康熙早就心怀不满，但因他年幼没有处理朝政的权力，只好一再忍让。康熙六年（1667年）七月，康熙亲政后，辅政大臣仍然佐理朝廷政务。这时，由于首辅大臣索尼已死，鳌拜便自任首辅，并与其死党大学士班布尔善、尚书塞得本和阿思哈等人纠合在一起，凡事都由他们在家中先议定后再实行。即便康熙有不同意见，最终也被迫让步，听从鳌拜等人的安排。面对朝廷这种状况，懦弱的苏克萨哈为了明哲保身，便向康熙请求让自己去守护先帝陵园。抓住这个契机，鳌拜立即以苏克萨哈不愿意为朝廷效力为罪名，命令议政王大臣将其逮捕议罪。不久，鳌拜等人就罗织24条罪状，准备将苏克萨哈凌迟处死，并诛灭九族。康熙自然知道鳌拜的险恶用心，便坚决不同意惩处苏克萨哈，而骄横的鳌拜竟然在金銮殿上抓住康熙的胳膊，强迫他准允自己惩处苏克萨哈的奏章。

清除了苏克萨哈后，鳌拜更加不把康熙放在眼里。他不但用人行政独断专行，还经常当着康熙的面呵斥文武大臣，这让康熙忍无可忍。但是，精明的康熙明白自己还不是势力盘根错节的鳌拜的对手，他要采取欲擒故纵的方法，一步步铲除鳌拜集团。于是，康熙先是对鳌拜加官晋爵，后又处处示弱，同时还对鳌拜礼敬有加，使鳌拜更加得意忘形。有一次鳌拜生病时，康熙皇帝亲自前往他的府第问候，就在康熙皇帝将要到鳌拜的卧榻前时，御前侍卫见鳌拜脸色突变，急忙上前揭开他的被褥，使众人都见到了藏在他身边的一把利刃。就在众人大惊失色之际，康熙却笑着说："刀不离身乃满清故俗，不足异也。"由此，鳌拜更以为康熙年幼可欺，更无防范之心。

骄横的鳌拜根本不知道康熙的"阴谋"，其实康熙皇帝一直在暗中积蓄自己的势力。首先，康熙注重在新秀中培植将来为己所用的理政俊才，任用了索额图、明珠和李光地等人，同时还挑选一批少年宫廷卫士，在宫中陪他练习布库之戏（就是摔跤）。等到时机成熟后，康熙皇帝在皇宫里一切准备停当，便召见鳌拜入宫议事。这时，埋伏在宫殿两侧的那些少年卫士立即冲出来，

青年康熙帝常服像

清圣祖爱新觉罗·玄烨（1654—1722年），清世祖顺治帝第三子，清定都北京后第二位皇帝，在位时诛鳌拜、平三藩、收复台湾、挫败噶尔丹，同时注意休养生息，发展经济，开创了"康乾盛世"的局面。

将单身入宫的鳌拜捆得结结实实。随后，康熙又下令将鳌拜党羽尽行逮捕议罪，并果断地进行了严惩。铲除鳌拜集团后，少年英主康熙皇帝大力调整治国方略，废除了清朝沿袭多年的圈地等陋政，还恢复内阁、翰林院等机构，并大力兴办学校，重视农桑耕种，为后来的康乾盛世奠定了基础。

不过，康熙皇帝晚年时似乎有些昏聩，以至于闹出了"九子夺嫡"的惨剧。

◎ "正大光明"的背后

紫禁城里的乾清宫，是明王朝14位皇帝和清朝入关后前两位皇帝的寝宫。虽然是寝宫，却不单单是居住的地方，皇帝们还在这里读书学习、批阅奏章、召见臣工、接见外国使节及举行内廷典礼和家宴等活动。当然，在清王朝时无论皇帝在什么地方驾崩，其灵柩还必须停放在这里才算是寿终正寝。由此可见，乾清宫在紫禁城诸多宫殿中的地位非同寻常。走进乾清宫，首先见到的是正殿上方那块巨匾，匾上写着十分醒目的4个大字：正大光明。这4个字是清朝入关第一代皇帝顺治的亲笔手书，还是清朝帝王们修身、齐家、治国和平天下的祖训格言。更为重要的是，这块已经被赋予不同寻常意义的匾额后，还是他们安放皇位继承人密诏的地方。

在康熙大帝之前，清朝并没有皇帝生前预先册立皇太子的制度。清太祖努尔哈赤建立后金后，曾仿效中原汉族帝王预先立储的方法，并向臣工和百姓广为公开。然而，第一次努尔哈赤预立长子褚英为汗位接班人，可骄横跋扈的褚英仗着自己是储君，就扬言说以前和现在与他作对的臣工，等他接任汗位后就一律处死！褚英的这番话，让与努尔哈赤一同出生入死打天下的5位重臣及4个儿子感到胆战心惊，于是他们联合起来坚决反对褚英继位。于是，努尔哈赤只好屈从5位大臣和4个爱子的意见，先是废掉褚英储君名号，并将他"监禁高墙之中"，后来又把他处死了。

清朝入关十帝的多彩人生

后金天命五年（1620年），没有接受教训的努尔哈赤又起"建储继位之念"，准备立次子代善为皇太子。而这位代善后来以未来新汗自居，居然与父亲爱妻大福晋眉来眼去，以至于勾搭成奸，这让努尔哈赤恼羞成怒，便果断地取消代善的继位资格。有了两次预立储君的尴尬和失败，努尔哈赤便不再有这种念头，直到他死后的新汗皇太极即位，那也完全是由他的儿孙们集体公开推选的。努尔哈赤公开预立皇储的失败教训，皇太极和后来的顺治皇帝都认真地予以记取，不再预立皇太子，而是等到他们驾崩后由宗室人员共同推举新皇帝，从而避免了以往的弊端。

乾清宫
　　乾清宫始建于明代永乐十八年（1420年），清嘉庆三年（1798年）重建，是内廷后三宫之一，为明清两代皇帝卧室及其处理日常政务之所。

代善像

爱新觉罗·代善（1583—1648年），满洲正红旗人，清太祖努尔哈赤次子，清王朝开国功臣之一。因与继母大妃阿巴亥关系暧昧而错失太子之位。

然而，赫赫有名的康熙大帝即位后，也许是受汉族礼教影响太深的缘故，他竟也想学汉族封建皇帝们的样子，确立了公开预立皇储的制度。其实，康熙大帝是想通过预立储君以避免皇子因争夺皇位而引起内部斗争，可先后两次立废次子胤礽为皇太子后，更导致他那24个儿子都想争当皇太子，以至于骨肉相残，纷争不已。甚至连康熙大帝自己也被宫廷内斗搞得非常紧张，不是害怕今天遭遇皇子指使他人在食物中下毒，就是害怕明天是否要被皇子派遣的刺客割了脑袋，简直是草木皆兵，昼夜不得安宁。可最后，康熙大帝的死还是成了清初八大疑案之一，引得人们至今还争论不休。

那么，康熙大帝公开预立储君的惨败，是否就表明他至死也没有预立储君呢？如果没有，历史上传说雍正皇帝篡改诏书当皇帝的说法就是空穴来风；而如果有，这又为雍正皇帝改诏的传说提供了

清朝入关十帝的多彩人生

机会和佐证。证明这一佐证的，社会上有多种传言。1980年于友发先生在吉林人民出版社出版的《由皇帝到公民》一书中有"养心殿的风波"一节内容，就曾提到关于雍正皇帝矫诏篡位的说法，这一内容还引起了另一场不大不小的风波。他在文章中是这样写的：

西暖阁，是皇帝批阅奏折处理重要文件的地方，里面有很多套间，光线暗淡，陈列着许多佛像、佛塔。在这阴暗的角落里，清朝历代皇帝不知干了多少见不得光的丑事。

有一次，溥仪和二弟溥杰在这儿追来追去闹着玩，偶然碰到墙壁上的一个匾额，匾额后露出一卷纸来，好奇的兄弟俩便偷偷拿下来，想看个究竟。打开一看，兄弟俩吓呆了。原来这是康熙的亲笔遗书，遗书上明明白白写

康熙帝朝服像

康熙皇帝晚年画像。画中的康熙帝面容清瘦，精神矍铄，身着朝服，华丽威严。

着：授位十四子。但后来授位的雍正帝（世宗）却是康熙皇帝的第四皇子。这是怎么回事？兄弟俩弄不清，过去有人背后议论，说世宗自己把"十"改为"于"字，所以由他继承了皇位。难道真有这样的丑事吗？怎么办呢？还是皇帝（溥仪）"聪明"过人，他又赶快把这卷纸藏在原来的地方，并且警告溥杰："这事你可千万不要外传！"

惊魂未定的溥杰，听了哥哥的警告，立即赌咒，发誓不外说。兄弟俩这才慢慢平静下来。

在这里，于友发先生似乎揭示了雍正皇帝是否是合法继位的谜底。针对于友发先生《由皇帝到公民》一书，不仅由溥杰先生写序并题签，且在序言中还提到溥杰先生对全书"从头到尾看了一遍"的说法，薛瑞录先生先后于1982年春天写信求证和1983年1月登门亲访溥杰，希望他能对该书中关于雍正矫诏一节内容给予证实。下面摘录溥杰先生1982年8月5日的复函和1983年受访时的谈话内容：

关于《由皇帝到公民》所说的"康熙的亲笔遗书"云云，实际上是乾隆供在养心殿东厢房佛龛里的、用纸密包的雍正杀害其弟的密诏。乾隆在纸包上写有"如后世有开看者，便不是我的子孙"（概略如此）的字样。我认为，为什么把这张密诏包在密封的纸包里，又把它放在佛龛里？大概是出于想为其父"赎罪"和忏悔之意吧？（按：该信手迹附于《清史研究通讯》1983年第二期薛瑞录先生《溥杰关于雍正杀弟的口碑资料》一文之后。）

1983年1月，溥杰先生就康熙大帝亲笔遗诏一问，说：从当时的情形看来，康熙即便有遗诏，也是用满文写的，不可能用汉字写。因此，所谓雍正把"十"字改成"于"字的说法是靠不住的。

清朝入关十帝的多彩人生

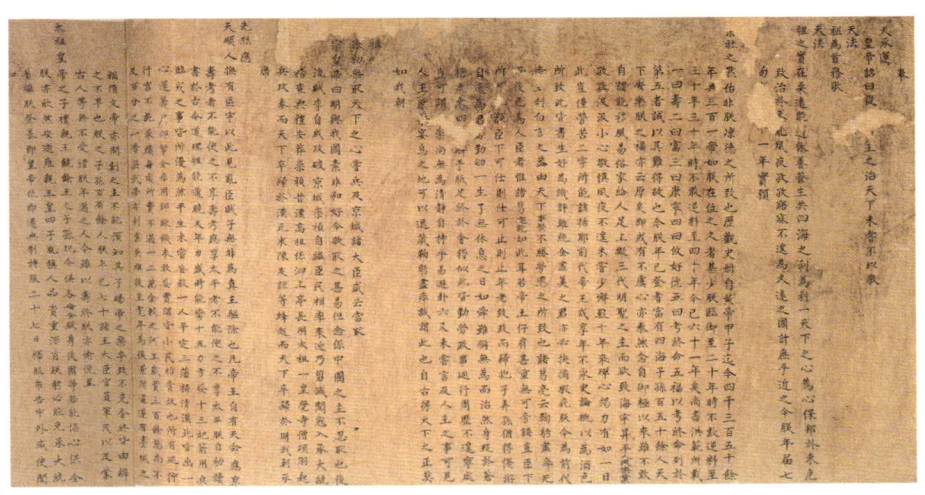

溥杰先生尊重历史的述说，不仅平息了"养心殿的风波"引起的"风波"，还纠正了雍正皇帝矫诏篡位的传说。其实，根据清宫档案《清圣祖（康熙）实录》中记载，康熙大帝遗诏多达173个字，其中"皇四子雍亲王皇四子胤禛，人品贵重，深肖朕躬，必能克承大统。着继朕登基，即皇帝位"一句，在"皇"与"四"之间根本没有什么"于"字或其他的字，如果有则语句又不通顺，故改诏又从何说起呢？

不管康熙大帝是否有预立储君的遗诏，还是雍正皇帝真的篡改了什么诏书，都不能否认雍正皇帝是通过与兄弟们进行残酷而激烈的争斗才夺到皇位的事实。为此，雍正皇帝深知为了夺取皇太子宝座而使兄弟反目成仇的极大危害，更害怕康熙大帝的悲剧在他晚年重新上演，于是他决定不再公开预立

康熙遗诏（汉文部分）

康熙遗诏分汉文、满文两部分。遗诏之中清清楚楚、明明白白地写着："雍亲王皇四子胤禛，人品贵重，深肖朕躬，必能克承大统。着继朕登基，即皇帝位。"

105

储君。不公开预立储君并不代表不立储君，精明的雍正皇帝便采取秘密立储的方式，就是说在不让任何人知道的情况下，由他亲笔写下皇位继承人名字，并密封在一只锦绣小匣内，然后珍藏在乾清宫"正大光明"匾后。做完这一切后，雍正皇帝谕告朝中重臣说，等到他驾崩之后，可以当着群臣的面启匾开匣，拥立他密定的皇子作为新皇帝。雍正十三年（1735年）八月二十三日，雍正皇帝驾崩后，诸大臣齐集乾清宫，由庄亲王允禄开启"正大光明"匾后小匣，然后宣读密诏使乾隆皇帝顺利登基即位。雍正皇帝创建这种秘密立储的方法，不仅

乾清宫内景

乾清宫殿内明间、东西次间相通，后檐两金柱间设屏，屏前设宝座，宝座上方悬"正大光明"匾。

使皇子们都感到自己有希望成为储君，又使他们谁也不敢轻举妄动，从而保证了朝政稳定和皇权的顺利交接。

其实，这种秘密建储的方法虽然在中国历史上属于首创，但从世界范围来说，早在此前1000多年的波斯王国就已经出现了。文献记载说：

波斯国，其王初嗣位，便密选子才堪承统者，书其名字，封而藏之。王死后，大臣与王之群子共发封而视之，奉所书名者为主焉。

博览群书的雍正皇帝是否阅读过这段文字，现今已经无从考证了。但是，从后来实际效果来看，这种方法还是可行的。

倡导正大光明的清朝帝王们，在皇位传承、政权交接等如此重大的事情上，却不得不采取这种秘密方式。这是否是一种讽刺呢？

◎ "古稀天子"千叟宴

中国历代帝王中寿命最长、实际掌权时间最久、对中国历史进程影响最大、使文治武功都达到封建社会巅峰的爱新觉罗·弘历，就是"古稀天子"乾隆。这位自诩为"十全皇帝"的一代君主，无论是在执政、驭臣、征战、朝治，还是关注社会民生等方面，都能凭着卓越的睿智游刃有余地做到最出色。千叟宴，就是乾隆皇帝大力倡导"养老尊贤""入孝出悌""优老"政策的一种具体体现。

其实，千叟宴并不是乾隆皇帝的创举，而是始于康熙年间。早在康熙五十二年（1713年），康熙皇帝六十大寿时，就先后两次在畅春园里分别宴请65岁以上的老人，包括现任和已经退休的满、汉、蒙军政大臣、普通官员、护军、兵丁、闲散人等，每次都超过1000人，只是当时尚未定名为"千叟

《御制千叟宴诗》

《御制千叟宴诗》是康熙六十一年（1722年）奉敕编，主要收录了康熙七十大寿举办千叟宴时所写的诗词。

宴"。10年后，康熙大帝又一次召集65岁以上老人共1020人，赐宴于乾清宫门前。在宴会上，他指派宗室皇亲向有名爵的老人敬酒，还向他们赏赐礼品以示尊敬。同时，康熙大帝即兴作了一首七言律诗，还要参加宴会的满汉大臣们都作诗纪念这一盛事，并将所有的诗都叫《千叟宴诗》。从此，千叟宴的说法便传开了。

与康熙大帝千叟宴相比，好大喜功的乾隆皇帝则有过之而无不及。乾隆四十九年（1784年），乾隆皇帝以自己已年逾古稀还能够保持健康体魄从未懈怠朝政为契机，决定于第二年正月初六在乾清宫举行千叟盛宴，用来显示国家的"景运昌期，重熙累洽"。消息传出，立即引起强烈的社会反响，特别是一些老年人更是对乾隆皇帝这一举动激动不已。确实，乾隆年间社会繁荣稳定，人们生活水平得到极大提高，还形成了人人尊老爱老的良好风尚。正因如此，参加宴会的竟有3000人之多，如果不加以年龄限制，那人数更是空前无比。

10年后，乾隆皇帝准备禅位给儿子嘉庆皇帝，并决定在元旦举行授受大典。为了庆贺这一"旷古所未有"的盛事，他决定于次年正月初四在皇极殿再次举行千叟宴盛典。为了界定参加人员的年龄，这时已经86岁高龄的乾隆皇帝在谕旨中说：

若仍照前次六十以上即准入宴，年龄皆属儿辈，长幼悬殊，转为未协。

于是，他规定参加这次千叟宴的必须是70岁以上老人，即便如此也有3056人，而没能入座、只列名的还有5000余人，再加上不够年龄但实际也参加了的共有8000余人之多。参加这次宴会的不仅有王公贵族、普通兵士和平民工匠，还有朝鲜、暹罗、安南和廓尔喀四属国的使节。

举行如此盛大的宴会，自然要排列席位的座次。殿内是王公、一品大臣的席位；殿廊是二品大臣及朝鲜等诸藩属国使者的席位；大殿台基和丹陛、甬路两侧则是三品大臣及年班伯克的席位；四品以下有职位的官员则更靠外，其余人等一律

千叟宴图（局部）
清代汪承霈绘，国家博物馆藏。

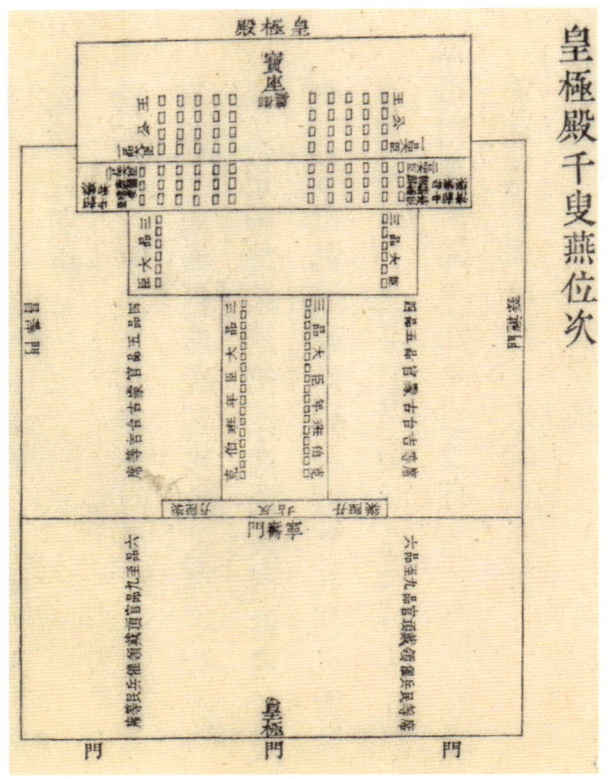

皇极殿千叟宴位次图

设在宁寿门外。宴席的等级也分为两种,即一等桌和次等桌,王公和一、二品大臣及外国使节享用一等宴席,其余则为次等宴席。在举行宴会的当天,刚刚继位的嘉庆皇帝侍奉着太上皇乾隆亲自来到皇极殿,例行的奏乐、行礼、奉茶、献酒、进馔等仪式过后,86岁高龄的太上皇乾隆不减当年风流儒雅,他特意要召见参加宴会的90岁以上老人,并亲自给他们赏赐御酒,同时还让皇子、皇孙、皇曾孙、皇元孙等在殿内给王公大臣们行酒,而那些年轻的侍卫们则在众老人中行酒,处处体现出敬老爱老的美德。在宴会开始的时候,他还特意选择演出了一出符合当时气氛的戏剧以助兴,宴会结束戏也就演完了。

关于在宴会上到底吃些什么，据有关档案记载，不同等级的宴席吃的饭菜也不相同。一等桌有火锅2个，猪肉片1盘，鹿尾烧鹿肉1盘，煺羊肉乌叉1盘，螺蛳盒小菜2盘，另有肉丝汤饭等。次等宴席上，则将鹿尾烧鹿肉、煺羊肉乌叉各1盘改为煺羊肉片、烧狍肉各1盘，并减掉4碗荤菜，其余的都相同。宴席结束后，众人恭送太上皇乾隆和嘉庆皇帝回宫，负责宴席操办和管理的大臣们则开始组织人员为老人们分发皇家御赐的诗刻、如意、寿杖、朝珠、缯练、貂皮、文玩、银牌等礼品。当然，官职等级不同，所得礼品也是不一样的。此外，太上皇乾隆还特意赏赐给已经106岁的老民熊国沛和100岁的老民邱成龙六品朝珠顶戴，并对90岁以上的老民邓永圮、梁廷裕、闲散觉罗乌库里、步甲文保、舒昌阿和马甲王廷柱，以及内务府闲散人田起龙、王大荣等赏了七品顶戴。老人们领受后便一起来到宁寿门行三跪九叩大

乾清宫赐宴陈设

清代，每年凡元旦、万寿节等节日，都要在乾清宫举行赐宴活动，唯有千叟宴规模最大，场面最盛。

礼，以表示对浩荡皇恩的无比感激。

那么，清王朝为什么要不惜耗费巨资和精力搞千叟宴呢？因为，清朝是少数民族入主中原的统一王朝，面对汉族地主阶级那种极为严格的封建礼教，他们自知要采取一种接纳和融合的姿态，否则想长治久安是十分不易的。而在中原地区，老人是最受敬重和享有崇高威望的人，他们在本族、本村乃至更大范围内都有着一言九鼎的地位和作用。对老人尊重，不仅能体现当时的一种社会道德风尚，在政治上也能笼络民心，有利于维护朝廷的统治。当然，千叟宴这种敬老优老的活动也都是在社会相对繁荣稳定的情况下才举行，同时也有助于社会进一步稳定和繁荣。

告别紫禁城里那千叟宴的热闹和欢庆，乾隆皇帝留给儿子嘉庆皇帝的又是怎样难以收拾的朝政呢？

◎ 刺客进了紫禁城

倘徉在这座昔日的皇家禁宫里，似乎总让人感到心里缺少点儿什么。有人说故宫里没有一棵百年松柏，仔细搜寻，除了御花园里鲜见几株外，其余各处果如其云。栽种松柏，历来是威仪、肃穆的皇家宫苑里的定制。那么，作为两朝禁宫的紫禁城何以如此呢？这确实是一个奇妙谜题。为了探寻谜底，我们不得不划破已经封存近200年的岁月冰河，去叩问嘉庆王朝所遗留下的历史碎片。

紫禁城，顾名思义是戒备森严的地方。然而，在清朝入主中原的第五代帝王嘉庆时，不仅出现了百十名起义教徒攻入紫禁城的险事，还有个别流民混进大内皇宫行刺的荒唐事。嘉庆十八年（1813年），天理教起义是嘉庆王朝继"苗事""教事""海事"之后，又一剂警醒和摧垮大清帝国君主心理及政治防线的事件。天理教，是白莲教的一个分支，原名荣华会或龙华会，主要活动在河北、河南、山东和山西等省，因为其组织以八卦分派，所以又称八卦教。嘉庆十三年（1808年），京师大兴县人林清任坎卦教主，并将荣华会改名为天理教。天理教首领除直隶省的林清外，还有来自河南、山东的李文成、冯克善、牛亮臣和刘国明等人，他们以传教为名积极发展成员，教徒除了贫苦百姓和小工业生产者外，还有少数地主和中下层官吏。特别是，他们还发展了皇宫里一些太监和皇室人员，这为日后起义时一举攻入紫禁城做了有利铺垫。

为使起义一举成功，坎卦教主林清早在嘉庆十六年（1811年）就曾3次南下，与河南滑县震卦教主李文成等人共商大计。他们根据皇家钦天监的预测，说将在嘉庆十八年（1813年）八月有"慧星出西北方"的星象，决定以"天象示变"为理由举行起义。同时，谙熟八卦学说的李文成还认为，"星射紫微垣，主兵象"，起义"应在酉之年、戌之月、寅之日、午之时"，遂决定在嘉庆十八年九月十五日午时正式行动。他们决定，起义时由林清负责攻取北京，李文成负责占据河南，冯克善夺取山东。由于林清手下教徒人数较少，他们还决定到时由李文成派1000名教徒从河南进京助战。一切计议停当，各派分头回去准备。不料，由于牛亮臣在滑县赶制武器时被官兵发现，导致李文成和牛亮臣被捕入狱，于是当地起义提前举行。当时，正在木兰围场打猎的嘉庆皇帝闻讯后，急忙派遣官兵进行剿杀，致使李文成的队伍无法按时北上援助林清。而林清又无法与滑县方面及时取得联络，对他们提前起义和北上受阻的情况一无所知，故认定起义日期是"天定"，而没有接受教徒、朝廷正黄旗汉军将领曹福昌的建议——趁留守在京的王公大臣到白涧迎接嘉庆皇帝而京城空虚的良机出动——致使起义再添败数。

按原计划组织起义的林清，听取内应太监刘得才等人"禁中不广，难容多人"的建议，仅仅组织了200名教徒，并分作3个小分队由东华门、西华门攻击紫禁城。进东华门的小分队由陈爽领头，刘呈祥断后，引路太监是刘得才

清仁宗嘉庆皇帝像

清仁宗爱新觉罗·颙琰（1760—1820年），乾隆帝弘历第十五子，年号"嘉庆"。亲政诛杀和珅，奖惩分明。天理教起义爆发后嘉庆帝下诏罪己，同时严令对冲进皇宫的起义军血腥屠戮。

和刘金；西路起义者由陈文魁带队，刘永泰押尾，太监杨进忠、高广福和张太负责领路；王得禄和阎进喜领导中路人马负责策应；而林清则坐守大兴黄村进行指挥。起义这天，教徒们以"白帕"为标志，上面写着"同心合我，永不分离"字样，分别扮成商贩潜藏在菜市口、珠市口、前门等地，等到午时一起向紫禁城发起进攻。不料，由于在东华门外的起义教徒与往皇宫运送物资的人员发生争执而被守卫清军发觉，致使皇宫大门紧急关闭，只有陈爽带领少数几个人闯入，其余人等全被关在紫禁城门外。进攻西华门的起义者在太监杨进忠带领下，全部冲入并关闭城门以拒挡援救的清军。进入紫禁城的起义人员爬上城楼，打起了写有"大明天顺""顺天保民"的旗帜，号引城外起义人马进攻紫禁城。进入西华门的起义者在陈文魁的带领下，与宫内侍卫展开激烈肉搏战，很快打到了尚衣监的文颖馆，到达隆宗门附近，并向嘉庆皇帝的寝宫乾清宫进发。当时，宫中突然遭到起义者袭击，顿时变得仓惶不堪，一些亲王和护军统领等甚至忙着准备车马"以备后妃之行"。就在这突变之时，正在书房读书的绵宁（即后来的道光皇帝）却显得很镇静，他命太监取来鸟铳（一种火枪）进行反击，一连击中两名已经爬上房顶的起义者，使起义受阻。于是，起义者便准备放火焚烧隆宗门，而这时留守京城的几位亲王则率领御林军及时赶到，寡不敌众的起义人员遭到捕杀。随后，坐镇大兴的林清也被"城中事业有成，奉相公命，延请入朝"的谎言诱捕入狱。至此，惊险奇绝的天理教起义宣告失败。

隆宗门

隆宗门位于乾清门前广场西侧，明永乐十八年（1420年）建，万历二十六年（1598年）十一月重修，清顺治十二年（1655年）再次重修。

在回宫途中的嘉庆皇帝听到皇宫遭到起义教徒攻击的消息,十分震惊地说:"自古以来未有之奇变!"经过这一次"自古以来未有之奇变"后,嘉庆皇帝除了诛戮被捕起义人员外,还严惩一大批宗室和八旗贵族官员。而当嘉庆皇帝询问起义者是如何攻入紫禁城时,有人回答说:"贼匪攀缘树木而上房矣。"于是,嘉庆皇帝随即下令把皇宫里几乎所有的古树全部砍伐,并谕旨"永不栽植"。据说,这就是今天偌大故宫内何以没有成年古柏苍松的谜底。传说多流传在民间巷里,一直不被史学界所信服,可到底是什么缘故,至今无法确证。

不过,在嘉庆八年(1803年)时发生流民陈德父子二人深入皇宫行刺的奇案,比百十名起义教徒攻入紫禁城还要怪异得多。而案中主人公流民陈德,竟然能把大清帝国当时所有的官僚机构都启动起来,却在最后草草了结,无从究底。这不能不说是一件奇怪的历史公案。

流民陈德,自幼跟着父母卖身给了山东一官宦人家当奴仆,父母病故后他便带着岳母和妻子跑到北京谋生。后来,陈德混到内务府当差,对皇宫情况越来越熟悉。妻子生了陈禄儿和陈对儿两个孩子后就病逝了,再加上岳母长年瘫痪在床,以致"难有活路"。不堪生活重压的陈德,因终日借酒消愁而被辞退。于是,他转而相信梦兆签语,准备"起意惊驾,因祸得福"。打定主意的陈德,一次探听到嘉庆皇帝拜谒西陵即将返京的消息,就带着年仅15岁的长子陈禄儿潜入皇宫,绕过神武门埋伏在西厢房的山墙后。当嘉庆皇帝乘轿进入神武门快到顺贞门时,陈德突然从山墙后跳出来,手持一把小刀冲向嘉庆皇帝的龙辇。面对突如其来的袭击,在场的侍卫、护军和随行王公大臣们都惊呆了,一个个显得手足无措,呆若木鸡。紧急中,只有御前大臣定亲王绵恩、固伦额驸、喀尔喀亲王拉旺多尔济、御前侍卫扎克塔尔、珠尔杭阿、桑吉斯塔尔和乾清门侍卫、喀喇沁公丹巴多尔济6人迅速反应过来,仓促上前缉拿。在搏斗中,绵恩被刺破袍袖,丹巴多尔济身中3刀,陈德后因筋疲力竭被当场擒获,他的儿子陈禄儿也被捉拿。

这惊险的一幕对嘉庆皇帝来说虽然是有惊无险，但他还是当即命军机大臣会同刑部进行严厉审讯。而当陈德供述纯属个人行为时，嘉庆皇帝无论如何也不肯相信，于是接连下了三道御旨增派满汉大学士、六部尚书、九卿科道共同进行会审，并要求一定要查出幕后的主使人。虽说"连夜熬讯"，用尽"拧耳跪炼""掌嘴板责""刑夹押棍"等酷刑，而陈德"仍如前供"，这实在是不可思议的事。后来，嘉庆皇帝害怕再刑讯下去会引起朝廷内外、上下臣工之间相互猜疑，甚至借机攻讦，导致朝政混乱，遂将陈德凌迟处死，其子陈禄儿、陈对儿也一并处斩，并奖惩朝中功臣和失职懈怠者后，便草草了结了这一奇案。

嘉庆朝在皇宫大内发生陈德刺杀嘉庆皇帝和天理教起义这两起变故的情况，都是其他朝时所少见的。

绵恩像

爱新觉罗·绵恩（1747—1822年），清高宗弘历之孙、定安亲王永璜次子。嘉庆帝即位后，官至领侍卫内大臣、阅兵大臣、管理宗人府事务。

◎ 首开先河的心痛

一般情况下，人们都很钦佩第一个吃螃蟹的人，而开另一种先河的清道光皇帝，却为此遭遇了世人唾骂，还使自己的灵魂置于永远被拷问的境地。那么，到底是什么事让一代帝王拥有这种无法言喻的心痛呢？

关于墓前立碑的功用，历来众说纷纭。而到了明、清两朝时，在帝王陵寝前立碑已经演变成歌功颂德的一种方式，这块碑被叫作"圣德神功碑"。树碑立传，歌功颂德，历朝帝王无不仿效。可历史延续到爱新觉罗氏定鼎中原的第六代皇帝道光时，这位皇帝却下诏说从此不在陵前竖立圣德神功碑。

道光皇帝慕陵前为什么不立圣德神功碑呢？据《钦定大清会典事例》卷九百四十三《工部·陵寝·慕陵规制》中记载，道光皇帝于道光三十年（1850年）御书谕旨说：

谨案各陵五孔桥南，均有圣德神功碑满汉二通，覆以碑楼，制度恢宏，规模壮丽。在我列祖列宗之功德，自应若是尊崇，昭兹来许。在朕则何敢上拟鸿规，妄称显号，而亦实无可称之处，徒增后人之讥评，朕不敢也。……若当时君臣，不能仰体朕怀，不遵朕谕，是陷朕于不德，一世之忧勤惕厉，尽成虚矣。盖谓之孝乎？盖大不孝也！

在这道谕旨中，道光皇帝表露出谦谦之态，只说自己治理国家的成就不能与列祖列宗的功德相比，故而力裁圣德神功碑的建制，并一再重申自己的态度，告谕嗣皇帝及群臣，如果违背他的意志，就是天下最大的不肖。由此看来，道光皇帝似乎确实是一位"谦冲"有加的贤君。

然而，除去大清王朝官方如此记载外，无论是在其他方式的文字记述里，还是流传在民间的口头故事中，都有"清朝旧制，凡帝王有失国之尺地寸土者，不得立圣德神功碑"一句。对照清朝旧制，我们不妨揭开道光朝那页历史，来看一看这位"秉性谦冲"的道光皇帝是否有违逆祖宗旧制的地方，是否开了丧失国土的先河，从而找出他裁撤圣德神功碑的真正原因。

道光皇帝执政30年间最昭彰的事，莫过于围绕鸦片所展示的画卷，虽说这轴画卷并非令人赏心悦目，但再斑驳的色调也必须去正视。据史书记载，鸦片流入中国是在明朝末年间。那时，英国每年输入中国的鸦片仅百余箱，后来西方列强见鸦片交易可图暴利，便又有葡萄牙、荷兰、西班牙、法兰西、美国等先后卷入，使鸦片输入量急剧递增，由康熙时200余箱到道光时40000余箱。清王朝仅此一项外流白银就达500万两之巨，相当于当时清政府全年财政总收入的十分之一。白银大量外流，

清宣宗道光皇帝像

清宣宗爱新觉罗·旻宁（1782—1850年），清仁宗嘉庆帝第二子，年号"道光"。其在位时整顿吏治，遏制了奢靡之风。

使清王朝国计民生日益艰难,而关于鸦片对中国的毒害,禁烟大臣林则徐就曾经预测说:"烟不禁绝,国度日贫,百姓日弱,数十年后不惟饷无可筹,且兵无可用。"

道光皇帝也预见到不禁止鸦片则国将不国,于是他力排众议下决心禁绝烟害,并紧急召见禁烟强硬派代表林则徐,当面密授机宜后任命他为钦差大臣,立即奔赴鸦片交易最猖獗的广东省进行查办。林则徐不负众望,与两广总督邓廷桢于道光十九年四月二十二日至五月十日(1839年6月3日至25日),在虎门海滩将缴获的20283箱鸦片尽数销毁。虎门销烟,是林则徐禁绝鸦片的第一步,他同时还制定公布禁绝鸦片的许多条款和措施,诸如警告各国商人"此后如夹带鸦片,船货没收,人即正法"等,都对维护清王朝利益起到了积极作用。林则徐

签订《南京条约》

《南京条约》共十三款,其中要求中国:(1)割让香港岛;(2)向英国赔偿鸦片烟价、商欠、军费共二千一百万银圆;(3)五口通商,开放广州、福州、厦门、宁波、上海五处为通商口岸,允许英人居住并设派领事;(4)协定关税,英商应纳进出口货税、饷费,中国海关无权自主;(5)废除公行制度,准许英商在华自由贸易等。

禁烟不废军务，他深知西方列强觊觎中华已久，时机一旦成熟，侵华战争必不可免。果不其然，时隔一年第一次鸦片战争爆发，一败涂地的清政府被迫于道光二十二年七月二十四日（1842年8月29日）签订了丧权辱国的《江宁条约》（即《南京条约》）。在这一条约中，让道光皇帝无法面对先祖，且从此在陵寝建制中裁撤圣德神功碑的内容是：因大英商船远路涉洋，往往有损坏须修补者，自愿给予沿海一处，以便修船及存守所用物料，今大皇帝准将香港一岛给予大英君主暨嗣后世袭主位者常远据守主掌，任便立法治理。也就是说，在条约中答应把中国的香港割让给英国，这难道不是丧失国土吗？

其实，当时的中国人无法接受《南京条约》，道光皇帝恐怕也不好受。记得《鸦片战争（五）》一书中是这样描述道光皇帝朱批条约时的情景的：

传闻和约既定，上退朝后，负手于便殿阶上，一日夜未尝暂息。侍者但闻叹息声，漏下五鼓，上忽顿足长叹，旋入殿，以朱笔草草书一纸，封缄甚固……盖即谕和诸臣画押订约之廷谕也……宣宗之议和，实出于不得已。

既然道光皇帝在他祖父乾隆皇帝和父亲嘉庆皇帝的眼里是"仁孝聪睿"的贤德君主，遵守旧制自然也是他的看家本领。只不过，这一次遵守"不得建立圣德神功碑"之制，实在让道光皇帝在生前死后都处于一种尴尬境地。

确实，道光皇帝不立圣德神功碑，并非出自他本心。道光皇帝在遗留御书的朱谕中说：

嗣皇帝即欲撰作碑文，用申追慕，即可镌于宫门外之（神道）碑上，断不可于五孔桥南，别行建造。……至碑文亦不可以圣德神功字样，率行加称。

道光皇帝告诉儿子说，如果一定要为他刻写碑文，可以在神道碑亭的石碑上刻制，不必拘泥于在圣德神功碑上。聪明的咸丰皇帝自然明白父亲的真实意图，也就是说不立圣德神功碑并不代表不要歌功颂德的碑文。下面不惜篇幅誊录"慕陵神道碑亭碑文"，只为让读者从中看一看它与圣德神功碑的作用有什么迥异，以便了解道光皇帝欲说还休的心态。碑刻全文如下：

皇考宣宗成皇帝，御极之初，首戒声色货物，重训谆谆，莅临日久，圣衷弥笃，骄夸永戒而心虞或枚，勤俭时操，犹力恐未坚。迨辛卯岁，重卜龙泉吉壤，一切规模悉以节约，并圣制章以垂法守。崇俭德，训后世，可谓之且尽矣。我皇考孝思不匮，谓斯地不独龙脉蜿蜒，且咫尺昌陵，得遂依依膝下之素志。岁戊申春三月，上恭谒诸陵，至龙泉峪大殿，召子臣同恭亲王奕訢至御座旁，命读朱谕，藏于殿内东楹。盖圣意深远，默定陵名，现已恭镌牌坊左右南北两旁遗训也。乙酉冬，遇皇祖妣孝和睿皇后大故，皇考哀毁异常，虽圣躬违豫已久，犹必尽礼尽哀，各遵成宪，奉安梓宫于绮春园迎晖殿，至正月十一日犹躬亲叩奠。至十四日卯刻，召子臣至寝宫，并召宗室会御前大臣、内务府大臣等同心赞辅，总以国计民生为重，无恤其他，并赐御用冠服朝珠，亲为加诸顶项。闻命之下，感悚交集，虽自陈愚昧，辞欲再三，而圣意弥坚，以子臣年幼才疏，身承永有号恩，思何以仰报付畀之重，修身寡过，以慰圣怀，惧滋甚焉。方冀日承庭训，长待慈颜，敦意旨降，甫经半日，积气上壅，于是日午时，龙驭上宾。子臣攀号莫及，猝遇鞠凶，呜呼痛哉！因与顾命诸臣，公启密缄，始知皇考于道光二十六年六月十六日，密将子臣名书置密承，豫应储位。大宝艰哉，深思莫及，并书皇六子奕訢封为亲王，宗不准行郊配庙享之仪，撤去供奉笔墨皮冠皮衣之类，以及陵寝断不可建立大碑楼，遥称圣德神功字样。如有撰述，可于小碑楼阴镌刻。圣德谦冲，圣虑周详，椎心泣血，不忍读矣。

清朝入关十帝的多彩人生

回思丁未春，祈谷大祀，命子臣偕郡王奕䜣诣坛习礼；志戊申祈谷大祀，即命子臣恭代默膺神器，圣眷优如。抚今忆昔，感畏愈深。予小子德薄任巨，虽懔遵训谕，而知短才疏，于一切知人安民之事，讵敢仰跂皇考。况皇考屡值艰巨，圣意时以苍生为念，仁参帱载，盖自海疆兹扰将及八年，噫无一日圣怀得宽慰也。子臣席大业之隆，幸遘罕有之思，若弗兢业自持，曷能仰答高厚于万一。呜呼痛哉！

敬卜于咸丰二年壬子春三月二日丑时，恭奉宣宗效天符运立中体正至文圣武智勇仁慈俭勤孝敏成皇帝梓宫安葬慕陵，以孝穆温存庄肃端诚孚天裕圣成皇后、孝慎敏肃哲顺和懿熙天诒圣成皇后、孝全慈敏宽仁端悫符天笃圣成皇后祔。

含泪濡毫，以志永慕云尔。

清慕陵宝顶

道光帝慕陵不仅没有圣德神功碑，而且取消了明楼方城，异常简洁。

全文照录慕陵神道碑亭碑文，其歌功颂德之词溢满字里行间。不过，再将其所谓的功德与其先祖们相比衡，既无法与入主中原第一帝顺治相比肩，亦不能和康熙大帝及之后的雍正皇帝、乾隆皇帝、嘉庆皇帝等人的圣德神功双碑相媲美。道光皇帝这种遮遮掩掩立碑颂德的做法，真让人不忍揣忖其本意，因为他自己已经感到了心痛。

◎ "战乱皇帝"忙享乐

在内忧外患日益严重的时刻，清朝入关的第七位皇帝咸丰开始执掌中国政权。然而，登坐龙廷11年时间的咸丰皇帝，却没能像祖先那样安享太平悠闲自在，始终都处在奔忙征战的疲惫之中。这位被世人称作"战乱皇帝"的咸丰皇帝，自己也确实缺少先祖们那种或开疆拓土、或创建辉煌、或保守成功、或励精图治、或力挽颓势的治政方略，以致最后干脆沉湎于酒色之中，在战乱中享受起欢乐来了。

不过，作为一代年轻帝王，在继位之初，咸丰皇帝渴望重振朝纲的雄心还没有湮灭。于是，他从治理整顿朝廷疲政入手，不仅广开言路求贤问计，还大胆任用汉族重臣，一度有扶大厦于将倾的态势。但历史车轮是永远向前的，早在道光年间就酝酿发起的中国历史上规模最大的农民起义——太平天国运动，无疑对咸丰皇帝力图振兴的心态，给予了最为惨重的打击。那时，太平天国已经占据清王朝半壁江山，且厉兵秣马进行大规模西征和北伐，希望一举摧垮爱新觉罗氏皇家王朝。后来，咸丰皇帝着力重用汉族大臣曾国藩和李鸿章等人，先后组建"江南大营"和"江北大营"，对太平军进行长年围困。同时，他们还采用"借船不借兵"的措施，雇用西方列强的火轮和洋枪，最终扑灭了太平天国农民运动攻势。但是，经过这一场殊死较量，清王朝早已是气息奄奄了。在这种情况下，第二次鸦片战争的爆发更加速了清王朝的灭亡。当英法联军打到北京城的时候，咸丰皇帝只好携王公大臣和后宫嫔妃仓皇逃往塞外，以图躲避战争祸乱，而最终却病死在热河的避暑山庄。

确实，咸丰皇帝既不具备治国理政的雄才伟略，更别说让他应对难以收拾的内乱外患之局面了。在励精图治而不得治的情况下，咸丰皇帝开始采取破罐子破摔的消极态度，一头扎进奢靡享乐之中，直至落了个病死行宫的悲运。年仅31岁就驾崩的咸丰皇帝，生前似乎对酒色情有独钟，即便在战乱年代也有嫔妃19人之多，当然其中就有后来名扬"清史"的慈禧太后。然而，即便有这么多俏丽佳人陪伴在咸丰皇帝左右，他依然没有得到满足，在太平天国运动如火如荼之际，咸丰皇帝依然下令在全国范围内挑选秀女，根本不顾忌世人讥抨，反而我行我素，整天沉湎在酒色歌舞之中。记得许指严在《十叶野闻》中记载：

清文宗咸丰皇帝像

清文宗爱新觉罗·奕詝（1831—1861年），清宣宗道光帝第四子，年号"咸丰"。清朝以及中国历史上最后一位拥有实际统治权的皇帝，也是清朝最后一位通过秘密立储继位的皇帝。

文宗嗜饮，每醉必盛怒，每怒必有一二内侍或宫女遭殃，其甚则虽所宠爱者，亦遭戮辱。

就是说，咸丰皇帝饮酒无度，每喝必醉，每醉必怒，每怒又必打人，就连他宠爱的嫔妃也不例外。然而，等他酒醒之后又必赏赐被打的人，以弥补自己懊悔的心态，可之后不久又必重犯。如此恶性循环，使咸丰皇帝完全丧失了一个正常人的心态。

心态已经扭曲了的咸丰皇帝，简直是色迷心窍，甚至连祖宗旧制也不顾。早在顺治年间，孝庄皇太后就在后宫门外立下一块禁碑，内容是："敢以小脚女子入此门者，斩。"小脚女人指的是汉族女人，而咸丰皇帝偏偏嫌弃自己后宫中嫔妃都是满洲人或蒙古人，执意要选一些汉族女子入宫以供自己随时召幸。对于咸丰皇帝的荒淫无度，其皇后钮祜禄氏即后来的慈安太后曾多有规劝，且咸丰皇帝也比较愿意听从。记得薛福成在《庸盦笔记》中记述道：

慈安皇太后以咸丰初年正位中宫，当时已有圣明之颂。显皇帝万机之暇，偶以游宴自娱，闻中宫婉言规谏，未尝不从。

但是，对于渴望荒淫堕落或者已经荒淫堕落的人，外界的任何约束都是暂时的和无能为力的，咸丰皇帝就属于这种无可救药的人。

为了摆脱皇后的规劝和约束，咸丰皇帝每年新春一过就急忙离开紫禁城，移驻到郊外圆明园里进行淫乐，并要等到初冬时节才返回皇宫大内。在驻跸圆明园期间，咸丰皇帝派人到江浙一带用重金购买许多妙丽少女，以打更、巡夜、值班等名义留住在园中，每到夜晚他就可以随意召幸这些人。特别是，世人皆知并传说的"四春"者，即杏花春、武陵春、牡丹春、海棠春这4个女人，似乎天生就会一种迷惑男人的媚术，整天把咸丰皇帝迷得浑身酥麻。咸丰

清朝入关十帝的多彩人生

玫贵妃春贵人行乐图

　　清代绘制，故宫博物院藏。此图描绘玫贵妃与春贵人、鑫常在花园中钓鱼的情景，对研究晚清嫔妃的宫廷娱乐生活具有较为珍贵的影像价值。

皇帝甚至对名伶戏子和年轻的寡妇也不嫌弃，一有机会就勾引临幸。据《清宫遗闻》中记载：

　　其时有雏伶朱莲芬者，貌为诸伶冠，善昆曲，歌喉娇脆无比，且能作小诗，工楷法，文宗嬖之，不时传召。

　　还有一位"色颇姝丽，足尤纤小，仅及三寸"的山西寡妇曹氏，咸丰皇帝最是眷宠，简直成为他在圆明园里的"准皇后"了。这位酒色过度的咸丰皇帝，终于因此而使健壮身体日渐衰弱，乃至于在朝会等重大集体活动中常常因为站立不住而中途

退席。后来，有御医进行诊断后说，长期饮用鹿血可以治病并能够补肾壮阳。于是，咸丰皇帝不顾朝臣谏阻和皇家规制，竟然在圆明园里豢养许多麋鹿，派专人负责饲养和管理，还有内行人适时宰杀取血，以便他能够随时饮用到新鲜的鹿血。就连英法联军攻入北京城，咸丰皇帝仓皇逃往热河躲避战祸时，他还恋恋不舍地"命率鹿以行"，试想那是一种怎样的荒谬景象。

在热河避暑山庄期间，荒淫的咸丰皇帝面对英法联军在北京肆意践踏蹂躏，简直是漠然处之，就连"万园之园"圆明园被抢劫焚毁，也没能挡住他在承德寻欢作乐。既然咸丰皇帝如此喜好酒色，自然就有投其所好的臣子聚集在他周围，不时奉上一些奇艳浪事来讨取他的欢心，御前大臣肃顺就是其中比较"出色"的一位。自到避暑山庄几个月来，咸丰皇帝一直心情郁闷，远没有在京城圆明园里逍遥自在。这一天，深知他心思的大臣肃顺用试探口吻说："圣上，忧思多烦恼，喜乐解千愁。臣得知山庄不远处有一家行院，有位姑娘叫丽珍珠，不仅貌美绝伦，善解人意，而且歌喉婉转，舞姿动人，圣上何不一游？"肃顺的建议正合咸丰皇帝心意，于是这晚二人轻装简从来到丽春院，精明老鸨儿自然能看出来客的不凡气质，而当肃顺指名要丽珍珠姑娘来陪伴时，老鸨儿却说已经有客人包下了。精于此道的肃顺自然明白这是在讨银子，随即伸手从靴筒里掏出一张银票放在桌上，老鸨儿偷眼看清那上面的数字后，心里早已乐开了花，立即笑着通报丽珍珠姑娘去了。

其实，老鸨儿的话是真假参半，在丽珍珠房里确有一位做皮货生意的商人，他也是久慕丽珍珠艳名来寻欢作乐的。面对五大三粗、言语低俗的皮货商，丽珍珠心中十分厌烦，闻听有两位不凡客人指名找她时就趁机往楼下走去。花费大把银两正要抱着美人共度良宵的皮货商岂肯罢休，也气呼呼地跟着丽珍珠下了楼，一见咸丰皇帝和肃顺两人的体格，便蛮横地说："咱们比试摔跤，谁输了就自动滚开！"自幼习文练武、谙熟弓马的八旗子弟肃顺，即便如今是出将入相也每天练习不止,何况他还受过名师指点,自然不会把一个生意人的挑衅放在眼里。于是,肃顺向咸丰皇帝恭敬地说:"黄(皇)老爷,请您和姑娘先到楼上休息,看我怎么收拾这头笨猪。"体格粗壮的皮货商自然不是肃顺的对手,几番较量就被肃顺摔得鼻青脸肿,只好灰溜溜地走了。在楼上观望的咸丰皇帝和丽珍珠看了这场热闹后,情趣更加高涨,双双相拥着享受人间美妙去了。自从有了这第一次,咸丰皇帝便一刻也离不开那颇解风情的丽珍珠了,几乎夜夜都到丽春院里逍遥淫乐。都说色是刮骨钢刀,不久咸丰皇帝就感到身体亏空,以致最后竟一病不起,落了个魂断避暑山庄的下场。

告别咸丰皇帝混乱淫乐的时代,迎来他儿子同治皇帝的天下,可他也同样没有逃出人性悲运。如果说是父子天性的话,那似乎有点儿冤枉了他,因为如果不是其母慈禧太后横加干涉,也许他不会出

烟波致爽殿龙床

烟波致爽殿西暖阁是避暑山庄皇帝的卧室。皇帝床上的铺盖是有规矩的,四床被子叠八层,取四平八稳的意思。不过,嘉庆帝、咸丰帝均死在这张床上。

现步其父亲后尘的悲剧。但历史有时又会有一种惊人的相似，这实在不是人力所能决定或改变的。

◎ 万千粉黛无颜色

清朝入关第八位皇帝同治的死因，一直是史学界纷争的一桩悬案。确实，年仅19岁的同治皇帝正当奋发有为时却一命呜呼了，这实在让人感到惋惜。人们在惋惜的同时，却对官方给出的他是得天花而亡的死因提出不同看法，那就是在民间流传最广的同治皇帝是得梅毒而死的说法。然而，如果按照民间说法，紫禁城后宫里可谓是佳丽粉黛如云，同治皇帝何以就得了那种不干净的病，乃至于还为此丧了命呢？

同治十一年（1872年），同治皇帝已经是17岁翩翩少年了，也到了该成婚亲政的时候。然而，这对于已经实际掌权11年之久，且政治经验日趋成熟的慈禧太后来说，实在是最不愿接受的现实，但是祖制不可违。精明的慈禧太后面对儿子同治皇帝即将亲政的局势，采取了干涉其婚姻的手段以达到再操权柄的目的，这种伎俩在后来的光绪朝也曾被使用过。不过，正因如此，同治皇帝与其亲生母亲慈禧太后产生了无法调和的嫌隙，并以故意冷落皇宫嫔妃而到京城街巷寻花问柳的方式来报复她。

如果说同治皇帝的这种叛逆性格是不成熟的话，那么慈禧太后横加干涉儿子婚姻大事的做法，则也是十分不明智的。因为面对经过多番筛选后留下的5名满旗靓女，只是皇后和嫔妃的名号如何归属而已，按说这完全应该由同治皇帝自己决定，可慈禧太后硬是想全权代理，甚至要包办一切。这是年轻的同治皇帝所不愿接受的。在这5名当选者中，慈禧太后倾向于员外郎凤秀的女儿富察氏为皇后，主占中宫，而慈安太后和同治皇帝则一致想立户部尚书崇绮的女儿阿鲁特氏为皇后。二比一，于是阿鲁特氏被册立为皇后，而为了照顾慈禧太后颜面，富察氏则被册封为慧妃，其余3个人也分别被册封为嫔和贵人。

同治皇帝大婚礼成，就该正式亲政了。至高无上的权力即将丧失，慈禧太后心里特别不是滋味，处处都看儿子同治皇帝不顺眼，再加上在干涉儿子婚姻问题上的挫败，她就更是与同治皇帝及皇后阿鲁特氏不和睦了。然而，慈禧太后对于和自己性格、兴趣都不相投的儿媳越是看不惯，同治皇帝却偏偏越是宠爱阿鲁特氏，几乎天天和皇后同食同寝，而从不临幸慧妃富察氏，这更使慈禧太后妒意大增。于是，她多次告诫同治皇帝要减少与阿鲁特氏交欢，还想方设法诱骗儿子去爱怜慧妃富察氏。逼迫热恋中的年轻人移情别恋，内心的苦闷烦躁自然是可以想象得出来的。倔强的同治皇帝一气之下开始每天独居乾清宫，谁也不见了。时间一长，寂寞无奈的

清穆宗同治皇帝像

清穆宗爱新觉罗·载淳（1856—1875年），清文宗咸丰帝长子，生母为孝钦显皇后叶赫那拉氏，即慈禧太后。

同治皇帝更加苦闷。恰巧，在尚书房有个为同治皇帝侍读的翰林叫王庆祺，颇能讨取同治皇帝欢心，经常还从宫外带进一些"秘戏图"，也就是现在称作黄色图画之类的淫秽物品，这使年轻的同治皇帝一陷入"黄潭"就无法自拔了。

于是，投其所好的太监们，就怂恿同治皇帝到宫廷外面去游幸。从此，同治皇帝常常自称江西贡生陈某人，到京城一些烟花柳巷进行游冶巡幸。时间长了，京城里许多名楼名妓都对这位出手异常阔绰的陈贡生十分熟悉和欢迎，也就纷纷猜测这位英俊少年是何许人也。而不得底细之后，这些妓女只好竭尽女人之能事讨好他，为的是多挣点儿银钱珠宝。尝试了皇宫外女性的放荡不羁，同治皇帝便觉得宫中女人实在是古板又没有情调。不料，一天同治皇帝在烟花柳巷宿眠后，到客店用餐时却遇到兵部尚书毛昶熙。同治皇帝心虚地朝他点头微笑以示招呼时，竟吓得毛昶熙颜色更变，汗水唰地就沁满脑门，然后急忙逃离客店，并迅速调派步军统领带人对同治皇帝加以暗中保护。对于毛昶熙的好意，同治皇帝十分不满，他责怪毛昶熙多管闲事。此后，同治皇帝为了避免再次遭遇当朝大臣，便采取另一种游幸玩法，那就是专门到那些偏僻小巷里的下等妓馆去嫖娼。关于同治皇帝微服巡幸的事，野史中多有记载，就连官方文牍和帝师李鸿藻的日记中也有涉猎，这一点应是确凿无疑的。

按说，无论是从宫廷严密管理制度来讲，还是就两宫太后对同治皇帝密切关注的角度上来说，同治皇帝私自外出游幸都应该是很难出现的事。因为这不仅关系到同治皇帝人身安全的问题，也很难瞒过两宫太后耳目和层层禁卫军阻拦。按照当时清皇宫规矩，皇太后虽然已经撤帘归政，但同治皇帝还是不敢不听皇太后的话，即便是慈禧太后和儿子感情有隔阂，她也不可能对同治皇帝如此放纵，最起码这还关系到她慈禧太后本人的脸面问题呢。至于慈安太后，她不仅平日对后宫管理严格，别说是太监勾引皇帝去淫乱的事，就连一些有身份的嫔妃或皇子、格格在她面前也不敢有半点越礼的地方。但是，

清朝入关十帝的多彩人生

无论同治皇帝有无机会到皇宫外去游幸，还是死于天花而非梅毒，都掩盖不了他确实到皇宫之外去嫖娼的事实，因为就连他自己在早朝召见军机大臣时，还胡说什么"昨晚到京城南郊游玩才来晚了"的浑话。

关于同治皇帝的死因，本不应该成为争论的问题，只是因为正史中那种"为尊者讳"的记录混淆了事情黑白，以致我们不得不费些笔墨予以澄清，以免再混淆后人视听。

◎ **大婚之后也孤寂**

皇帝大婚，是皇室大事，也是普天下臣民的大事。光绪皇帝大婚，自然也不例外。为了筹备光绪皇帝大婚，慈禧太后真可谓是费尽心机，因为她要把握这个机会把权柄牢牢掌握在自己手中。于是，这就注定光绪皇帝大婚是一场政治婚姻，也是一场无奈的婚姻。

皇帝大婚要从选妃开始，为了记取在儿子同

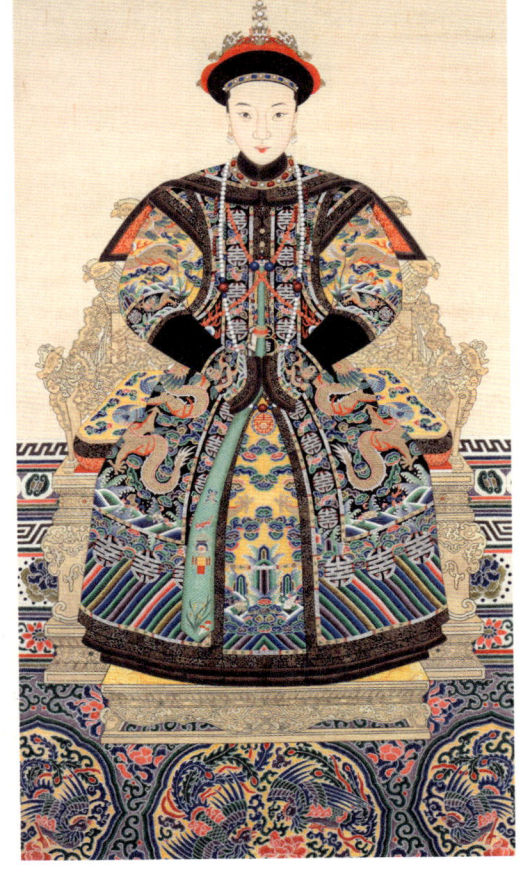

孝哲毅皇后像

孝哲毅皇后阿鲁特氏（1854—1875年），同治帝皇后，蒙古正蓝旗人（后抬入满洲镶黄旗），加封三等承恩公、户部尚书崇绮之女，大学士赛尚阿孙女。

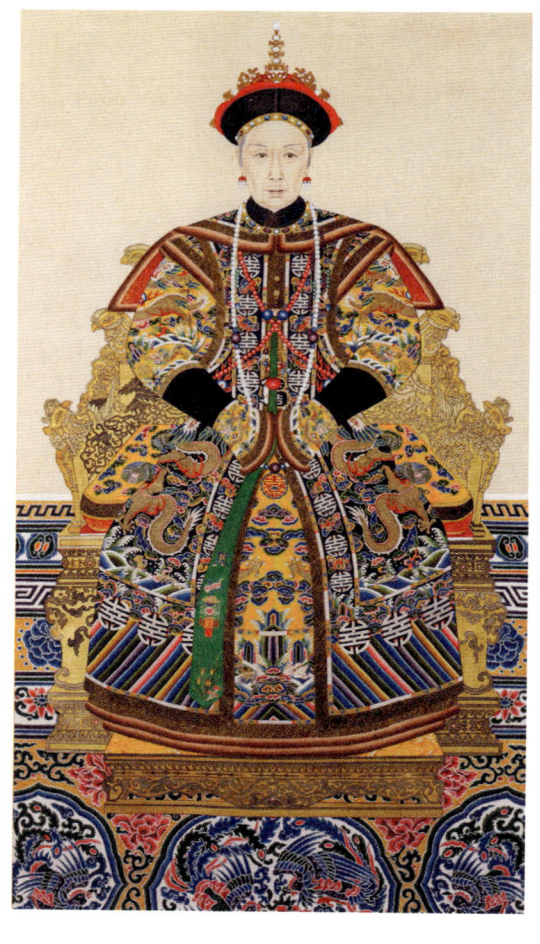

慈禧太后像

慈禧太后（1835—1908年），叶赫那拉氏，咸丰帝的妃嫔，同治帝的生母。晚清时期重要政治人物，前后执掌政权47年，是同治、光绪两朝的实际统治者。

治皇帝选妃中的失败教训，慈禧太后早就精心策划，在光绪皇帝年仅7岁时那次"童子宴"中，就将其侄女静芬作为玩伴安排在光绪皇帝身边以培养感情。然而，光绪皇帝对这位"笨得要命"的表姐一点儿也不喜欢，可后来他还是不得不遵照慈禧太后意思将静芬册封为正宫皇后。关于光绪皇帝选妃的情景，白蕉在《珍妃之悲剧》一文中有生动描述：

慈禧太后为德宗选后，在体和殿召备选之各大臣少女进内依次排立，……当时太后上坐，德宗侍立，荣寿固伦公主及福晋命妇立于座后。前设小长桌一，上置镶玉如意一柄，红绣花荷包二对，为选定证物（清例选后中者，以如意予之，选妃中者，以荷包予之）。太后手指诸女语德宗曰："皇帝，谁堪中选，汝自裁之，合意者即授以如意可也。"言时即将如意授与德宗。德宗对曰："此大事当由皇爸爸主之，子臣不能自主。"

太后坚令其自选,德宗乃持如意趋德馨女前,方欲授之,太后大声曰:"皇帝!"并以口暗示其首列者(即慈禧侄女),德宗愕然,既乃悟其意,不得已,乃将如意授其侄女焉。太后以德宗意在德氏女,即选入妃嫔,亦必有夺宠之忧,遂不容其续选,匆匆命公主各授荷包一对与末列二女,此珍妃姐妹之所以获选也。

由上述记载可知,光绪皇帝的婚姻大事完全是由慈禧太后包办的,这就给光绪皇帝的婚姻埋下了悲剧祸根。而同时,无意中选的珍、瑾二妃无疑又加重了其悲剧色彩。

光绪大婚命使纳采图

后妃既定，按照清宫规制，随后就是进行"纳采""大徵"等仪式。纳采和大徵，相当于民间的送彩礼定亲，而皇家则是送诏书和聘礼。

同时，慈禧太后还降懿旨从内务府拨银550万两用于光绪皇帝婚礼的筹备，特别是对作为礼堂的太和殿的修饰，真可以说是集聚人间华丽精巧之技艺。对此，曾经担任过慈禧太后女侍的德龄在回忆中说：

抬起头来，我们可以看到许多绸制的彩条和一盏盏庞大的角灯，以及无数异常美丽的旗幡和各种名贵的帷幕，像缨络似的从天花板上垂下来；而天花板的本身，也已改换了面目，不知道用了多少彩绸，密层层地裱糊起来，一条红、一条黄，一条深、一条浅地交织着，形成云一样的色调，又像朝阳所发出的光芒。这殿上所置桌子虽不多，却全是最名贵的乌木制的，并且还有许多珠玉镶嵌在里面，大概单是一座最小的花架，其价值也足够抵过五亩或是十亩田的卖价。而在这些桌几的上面，又极适称地安放着许多价值连城的珍宝。同时还在壁上、庭柱间，以及各式的花瓶里，遍插着各种鲜艳夺目的花卉。差不多京城里各处园内的名花，已经完全搜罗到了。殿的正中，向来只是一座龙椅安放着，但在大婚的那一日，必须排成一对，而且都是另外新制起来的，质料也是乌木。正中嵌着一方最稀罕的景泰蓝，两边靠手的地方，有两块白玉，底下的坐垫是杏黄色的贡缎造的，中间衬着最柔软的毛羽，凸起约半寸高，想必坐在上面一定是很舒服的。

德龄女士所述之奢华礼堂太和殿，却在光绪皇帝大婚前遭遇了一场火灾。据说，火灾起因是夜守贞度门护军富山和双奎二人，将油灯挂在东山墙木柱上而起火的。当夜，由于风势凶猛，水源不足，导致火势蔓延很快，使贞度、太和、昭德三门及附近一些殿宇都化为灰烬。由于人们对慈禧太后包揽光绪婚姻之事不满，便对这次火灾赋予一种不祥说法。据德龄后来记叙说：

清朝入关十帝的多彩人生

光绪大婚大征礼图

当发生大火的消息传到老佛爷那里的时候，顷刻间恐惧攫住了她的心。但是她是个坚强的女人，立刻就恢复了镇静。大火被扑灭后，她命令立即召集木匠、装饰家和画师，把所有损坏部分立即修复，必须做好一切准备，保证婚礼按原计划进行。黄道吉日和吉祥时辰不能因为这一点小事故而轻易错过。她的话就是法律，必须照办。

紧急修缮好被毁宫殿后，已经距光绪大婚吉日不远了。于是，轰轰烈烈的迎亲场面便开始了，虽然静芬长相平平，但精心装扮是必不可少的。对此，德龄女士也有记述：

当沁凤（静芬）打扮好以后，她简直成了一幅五彩缤纷的图画。她的衣服是皇家的黄缎子做成的。上面密密地绣了许多凤凰——一种神话中的五彩鸟，用来作为皇后的标记。袍子的边缘是密密珍珠流苏。她脖子上挂了三串珍珠，每串一百零八颗大珍珠。一串垂直挂下，一串是从右肩下来跨越胸部到左臂下，第三串则是从左肩到右臂下。她的头饰密密地裹了许多层珍珠和宝石，并装有珍珠流苏挂到脸上。在真正结完婚以前，新娘的脸是不让别人看见的，这种流苏就起了遮盖的作用。她的头必须端庄地、谦逊地低下，这样使得流苏不会碰到她的脸。她的满洲鞋是黄面白底，鞋底装有约四寸高的木台，把脚从地面高高垫起。每只耳朵都挂有由两颗大的梨形珍珠做成的耳环。许许多多嵌有珍贵的宝石、珍珠的戒指和手镯戴在她的手指和手腕上。她手里拿着一个金花瓶，里面装着万年青叶子，象征着长寿和人丁兴旺；两颗海枣象征和平和融洽；两颗橄榄象征着繁荣昌盛；两颗莲子象征虔诚善良；两颗龙眼果象征着两个孩子是儿子。在花瓶口上系一块红绸子以避邪，使恶鬼不能进来破坏新人未来的幸福。

期望、预祝婚姻幸福无可非议，可这原本就掺杂诸多不和谐因素的婚姻，想让它永葆幸福，实在是痴人说梦。

一切准备停当，静芬终于被锁进鸾舆抬向紫禁城。鸾舆入宫径至太和殿门前，新娘下轿之前，按照规矩还须由新郎光绪皇帝向鸾舆射出3支桃木箭以示驱邪避灾。然后，光绪皇帝又从司仪公主手里接过钥匙，打开鸾舆门锁，再由司仪公主搀扶新娘下来，与新郎一同并肩步入太和殿。进入太和殿，新郎新娘先拜天地和列祖列宗，再拜主婚人慈禧太后，最后才是新郎新娘对拜，从此结成名正言顺的夫妻。

结拜仪式完毕，司仪公主将红绿丝绸结成长带交给新郎新娘，两人各执一端步入洞房。皇家的新婚洞房，富贵豪华是自不待言的，只是一些具有象

清朝入关十帝的多彩人生

光绪大婚奉迎皇后进宫图

征吉祥意义的饰物，竟成了一种讽刺。如那明黄彩缎百子被，其图案是在锦被上绣有100个孩童，且造型多是鼓乐仪仗、抬福贡喜、搬花饰景和采桃逐鹿等，象征着皇帝和后妃多子多孙、多福多寿，可光绪皇帝却终生没有后代。在洞房里，新郎新娘从司仪公主手中接过由红丝带系着的两杯酒，各自饮一口后再互相换杯，挽臂共饮。喝完了交杯酒，再由司仪公主各喂吃一个"子孙饽饽"（馒头类的食品），表示多子多孙的祝福。自此，光绪皇帝大婚仪式才宣告全部结束。

光绪皇帝大婚后，两人就分别在乾清宫和坤宁宫居住，绝少有同寝之事。关于光绪皇帝与静芬皇后婚后感情状况，德龄这样记述：

坤宁宫东暖阁洞房

清顺治至康熙年间（1644—1722年），坤宁宫东暖阁仍延续明制，为皇后居住的寝室；雍正以后，坤宁宫的东暖阁成为皇帝大婚时的洞房。

这群太监用人以及白天在皇宫里供使唤的差役无所事事，所以他们以极大的兴趣注意着皇帝皇后的出入。一天一天地过去，不见皇帝召唤少皇后，这就引起了许多议论，大家都对这种特别反常的行为做了许多胡乱的猜测，到处流传。必须记得，当还是孩子的时候，光绪就非常讨厌他这个新娘，随着时光的流逝，两人的感情并没有任何进展。历史记载，他们从结婚以来，就像陌生人一样。除了传统的礼仪场合无法回避外，他们从不交谈。

确如德龄女士所述，据清宫专门记注皇帝召幸后妃日期、时辰等事的"承幸簿"记载，光绪皇帝除大婚之夜与皇后同居一室外，此后再也没有召幸过皇后静芬。为此，慈禧太后还曾旁敲侧击引导过光绪皇帝。据说，一年大年初一晚上，光绪皇帝到储秀宫给慈禧太后请安，慈禧太后问他从何而来，光绪皇帝答说是从养心殿来，慈禧太后又问从养心殿到储秀宫是否要经过螽斯门，光绪皇帝一时不明白什么意思，就回答说："是。"随后，慈禧太后便讲述关于螽斯门的来历，她说：螽斯门是明朝的旧名，顺治皇帝进驻紫禁城曾更改皇宫的旧名称，而他认为螽斯门的名字很吉祥，是比喻子孙后代繁盛的意思，就随口吟了两句诗，其中有什么"宜尔子孙"的话，说是雄蚱蜢一振翅鸣叫就有许多雌蚱蜢

慈禧太后与光绪后妃等合影

照片中坐在椅子上的是慈禧太后，前面的两人分别是隆裕皇后（前右）与瑾妃（前左）。隆裕皇后叶赫那拉·静芬是慈禧太后弟弟桂祥的女儿，被慈禧太后钦点为光绪帝的皇后。

飞来，而且每个雌蚱蜢都为它生下99个孩子。这是多么兴旺的家族啊！这是先皇盼望咱们家族兴旺呢！

然而，慈禧太后循循善诱的引导，并未能改变光绪皇帝不爱皇后的初衷。相反，个性都很强的两人还因为慈禧太后调和，关系更加紧张。后来，随着静芬皇后坚定地站在慈禧太后阵营中，使光绪皇帝对她更加冷若冰霜。再后来，光绪皇帝发现并专宠了那个历史上有名的珍妃，以至于慈禧太后和静芬皇后联合起来害死了珍妃，使光绪皇帝的婚姻悲剧又增添了一层悲壮的色彩。

◎ 末代皇帝的"宫廷爱情"

末代皇帝溥仪是人不是神，然而他被历史推到神的位置上，人们就不再习惯把他作为一个人来对待了。即便他后来被改造成为一个公民，似乎依然与普通人有所区别。也难怪，中国数千年形成"为尊者讳"的思想，使他依然是一个谜。而关于溥仪的七情六欲，特别是有关他性生活方面的内容，中国许多作家都讳莫如深，就连外籍作家们也是含蓄地点到为止。不过，我们今天有机会走进溥仪的"宫廷爱情"，去了解他与5个女人的情感世界，特别是旧日宫廷生活带给他们的伤害，也好让人们从中得到些许感悟。

从现代伦理学来说，溥仪肯定是一个性残缺的典型。这就注定他与那5个女人的"爱情"，不会有什么好结果。虽然这样说，也许有许多人不敢也不愿从心理上接受，但溥仪自己承认他在与女人做爱时像色情狂的事实是无法篡改的。早在溥仪第一个新婚之夜，他无法与性感美丽的皇后婉容行云雨之欢，就突出地表露出溥仪性功能的不正常。这一点，溥仪在自传《我的前半生》中有一段不明晰的记述：

按着传统，皇帝和皇后新婚第一夜，要在坤宁宫里的一间不过十米见方的喜房里度过。……新娘子坐在炕上，低着头，我在旁边看了一会，只觉着眼前一片红：红帐子、红褥子、红衣、红裙、红花朵、红脸蛋……好像一摊熔化了的红蜡烛。我感到很不自在，坐也不是，站也不是。我觉得还是养心殿好，便开开门，回来了。

溥仪如此记述自己的新婚之夜，无论如何也不能让人信服。因为出生在当时中国最开放城市天津的皇后婉容，自幼就被作为"新女性"进行教养，她英语水平达到如今的标准六级以上，爱好爵士乐，能跳西洋舞，还生得丰满而性感。新婚之夜，溥仪面对如此成熟的女性却激不起半点情欲，实在让人感到诧异。当然，我们不能对年仅17岁整天泡在太监和宫女堆里的溥仪，在性成熟方面予以过高期望。后来，一位外国记者绞尽脑汁用最优雅的暗示词语问溥杰，溥仪为什么一生没有生孩子时，溥杰以一句"他生

坤宁宫洞房喜床

坤宁宫洞房西北角设龙凤喜床，床铺前挂的帐子和床铺上放的被子，称作"百子帐"和"百子被"。

理有缺陷"来搪塞,就让人似乎理解他为什么在新婚之夜"便开开门,回来了"。

溥仪与皇后婉容在新婚之夜不欢而散,导致夫妻感情日益冷淡,乃至一度长期分居。后来,溥仪逃往东北时,婉容便与随侍李体育和祁继忠产生暧昧关系,甚至还怀孕生下一个女婴。关于这件事,无论是正传还是野史都有确凿记载。于是,溥仪将婉容打进冷宫,还设法杀死她的孩子和那两个"不忠"的人。如此,性格怯懦的婉容开始吞食鸦片,进行身体与精神上的自残,最后只落个"明星艳后随风凋零"的惨死悲运。如今,一代丽人香骨仍被遗弃在吉林省境内一处荒地,怎不叫人心生凄凉之慨叹呢?

与皇后婉容相比,淑妃文绣的遭遇就大不相同了。因为个性强、有主见的淑妃文绣,在不堪溥仪情感折磨后果断地与皇帝离了婚。这在皇家婚史上还是亘古未闻的奇事。然而,溥

婉容

郭布罗·婉容（1906—1946年），字慕鸿,号植莲,满洲正白旗（达斡尔族）人,末代皇帝溥仪的妻子,清朝的末代皇后,后为伪满洲国皇后。

仪在《我的前半生》中却是这样记述他们的离婚原因的：

说起文绣和我离婚这一段，我想起了我的家庭夫妇间的不正常的生活。这与其说是感情上的问题，倒不如说是由于张园生活上的空虚。其实即使我只有一个妻子，这个妻子也不会觉得有什么意思。因为我的兴趣除了复辟，还是复辟。老实说，我不懂得什么叫爱情，在别人是平等的夫妇，在我，夫妇关系就是主奴关系，妻妾都是君王的奴才和工具。

其实，溥仪与文绣一开始的感情还是很不错的。那么，他们的婚姻到底是如何破裂的呢？如果简单地归为感情不和，或者如一些书中指出的是因与皇后婉容争风吃醋失败所致，都是不客观的。当然，文绣在宫中苦闷空虚是不容怀疑的，如她在《哀苑鹿》一文中就真实地将此流露了出来：

春光明媚，红绿满园，余偶散步其中，游目骋怀，信可乐也。倚树稍憩，忽闻囿鹿，悲鸣宛转，俛而视之，奄奄待毙，状殊可怜。余以此鹿得入御园，受恩体豢养，永保其生，亦可谓之幸矣。然野畜不畜于家，如此鹿在园内，不得其自由，犹狱内之犯人，非遇赦不得出也。庄子云：宁其生而曳尾于涂中，不愿其死为骨为贵也。

文绣在此文中所述的心情，让人们不得不揣测一个年轻女性何以有此心态。因为从许多著述中可以得知，文绣是一个琴棋书画无所不通、文气才华和性情都十分可人的女子，最后竟落到如此境地，说其因婚姻或直率地讲因性生活不快所致，读者也许不会有太大异议吧？导致文绣果断与溥仪离婚有此内因，再加上其妹文姗和远房外甥女、冯国璋儿媳玉芬的出谋划策，最终在律师张绍曾和张士骏的一纸诉状中得以完成。

离婚后的文绣,一度过着奢侈的贵妇人生活,而在溥仪付给她的有限的"青春损失费"花光之后,便开始了寄居和自谋生路的生活。她先后当过小学教师,干过挑花工,在《华北日报》做过校对,最后嫁给了在北平行营任职的一名少校军官刘振东,才算安稳和美地有了后半生的依靠。不过,文绣依然未能生育,这是否应该归结到溥仪对她的性摧残上,是不敢确凿定论的。不过,她直到1953年9月17日因心肌梗死而逝,都未能留下半点传承血脉。

谈到溥仪第三个妻子"庆贵人"谭玉龄,人们不愿意将她归列为溥仪的又一个性残害受害者。因为在有关谭玉龄只言片语的记载中,人们看到的都是溥仪与她恩爱有加的描述。不过,任何表面美好都掩盖不了不幸的实质。在孙喆甡的《中国末代皇帝爱新觉罗·溥仪传》一书中有这样的文字:

宫中上下都认为溥仪和"庆贵人"感情最好,远非婉容、文绣所

文绣

额尔德特·文绣(1909—1953年),蒙古族,满洲鄂尔德特氏端恭之女。1922年以照片入选皇妃。

可比。溥仪也有在谭玉龄房中过夜的时候。当时，溥仪的"寝宫"在楼上，谭玉龄的"寝宫"正在相对的楼下，上下设有一个可供单人上下的楼梯。但尽管如此，谭玉龄也未能与溥仪过上正常的夫妻生活。有一次，几位女眷陪"庆贵人"打麻将，在玩的过程中，大家交口称赞"贵人"的福气大，而谭玉龄却冷板着面孔，半晌叹了一口气说："我还不是守活寡。"

自认是"守活寡"的谭玉龄，如果能与溥仪在性格爱好或别的方面相处和欢，倒也可以恩爱地度过一段美好生活。而事实上，溥仪与谭玉龄表面上给人的和美，仅从后来几件小事上就暴露无遗了。一次，溥仪在日本人那儿受气后，回到后宫就对"庆贵人"大发脾气，乃至将谭玉龄身上旗袍一点一点撕得粉碎，而面对光洁性感的谭玉龄，溥仪满足地狂笑不已，根本不顾及她作为一个女人的感受。又一次，善解人意的谭玉龄趁溥仪与她耳鬓厮磨之际，婉言劝慰溥仪赦免皇后婉容的过失。不料，溥仪闻听此言顿时大声呵斥说："你小小年纪，知晓什么？还不快退下，退下！"当然，当时年幼的谭玉龄根本不明白婉容背叛溥仪的根本原因，更不知道溥仪长期注射荷尔蒙激素的内幕。如此，谭玉龄受到斥责也就可以理解了。

不过，溥仪对谭玉龄还是比较疼爱的，特别是对于她的突然死去，更是心存疑虑。后来，溥仪在东京国际军事法庭上曾以此为罪证，激烈地对日本战犯吉冈安直进行控诉。成为历史悬案的谭玉龄之死，史书上是这样记载的：

1942年之后，溥仪多次听近侍太监、侍女和老妈子禀报说，谭玉龄时有尿血现象，开始溥仪只派御医佟润泉和徐思允进行诊治，认为是伤寒无甚大碍，但是久治不愈。溥仪又派西医黄子正协助治疗，并由他介绍市立医院的日本医生同治谭玉龄之病。日本方面为了表示对溥仪的爱护，由吉冈安直举荐满铁医院院长小野寺亲往诊断，初步诊断为粟粒结核症，并派专医精心治疗。

日本医生刚开始治疗还十分尽心,可自从吉冈安直与那医生深谈一次后,就表现出冷淡的神情。当天由看护病人的日本护士夜间为谭玉龄打了一剂针之后,第二天清晨谭玉龄就芳魂归西了。

从以上记述中和谭玉龄死后日本关东军的种种举动,都可以说谭玉龄之死是悬案不悬。溥仪在《我的前半生》中曾举例为证:其一,谭玉龄死前之夜,吉冈安直整夜不眠,并让宪兵队时时打电话到病房询问;其二,谭玉龄死后不久,吉冈安直就拿着花圈代表关东军司令官向溥仪致哀,如此神速祭奠谭玉龄让人诧异;其三,谭玉龄刚死,吉冈安直以排解溥仪悲伤心情为由,给溥仪送上一大堆日本姑娘照片,让溥仪挑选一个为妃,其用心是再明了不过的了;其四,谭玉龄入宫前在北京接受新思想影响,又耳闻目睹日本人的横行霸道,所以在宫中时常气愤地

谭玉龄

谭玉龄(1920—1942年8月14日),伪满洲国"皇帝"溥仪的庆贵人,满族贵族出身,原姓他他拉氏,辛亥革命以后,改姓谭。

与溥仪谈起，这是日本人绝对不能容忍的。谭玉龄死后，溥仪虽然也曾心痛万分，但最终也没有改变将她火化后辗转寄存在北京李玉琴曾住过的那间厢房的命运。

讲完了上述3个女人的不幸，再来看看被册封为"福贵人"的李玉琴的福分又在哪儿。作为溥仪的又一个妃子，可以肯定地说溥仪没能给李玉琴带来什么幸福。李玉琴入宫为妃，完全是极偶然的事。1943年3月14日，在伪满新京南岭女子优级学校"春季祭孔"活动上，身材丰满而不肥胖，脸蛋性感而不轻佻的李玉琴被为溥仪选妃的人一眼看中，然后经过一番严格审查和体检后，李玉琴就以进宫读书为名被送进了伪满"皇宫"里。

进入"皇宫"的李玉琴，不幸就从新婚第一夜开始。由王庆祥整理的《中国最后一个"皇妃"——"福贵人"李玉琴自述》一书中这样写道：

当天晚上，溥仪让我住在他的寝宫中，我知道自己已经不再是"宫中小姐"，尽管不好意思也没有理由拒绝。偏偏正赶上女人比较麻烦的时候，我当然是不解衣的，溥仪也并不让我为难。就这样，我们算是同床共枕了。溥仪这人也真奇，他本来很迷信，照迷信的说法，结婚当天就碰上女子例假不吉利，可溥仪不以为然，说说笑笑，就像没有那码事。

对于李玉琴这样的自述，她后来也不满意地说："册封典礼之后，溥仪留我在他的寝宫睡下，却不像是花好月圆的洞房之夜。"当然，溥仪后来也曾到李玉琴房中过夜，但都如李玉琴所述只是睡睡而已，并没有真正的夫妻之欢。直到1958年春节，李玉琴最后一次到抚顺战犯管理所看望溥仪时，他们才有了一次"真正的夫妻生活"，而那次李玉琴本来是准备提出离婚的。后来，李玉琴曾这样自述：

　　由于心情不好，哪能有同溥仪过夫妻生活的想法呢？溥仪好像头一次和女人过夫妻生活，说些难分难舍的话……然而在监狱这样的环境，偷偷摸摸，胆怯害怕。我的心要碎了，好像晕了过去，事后也不明白算不算夫妻生活，也记不清什么事，只记得互相流泪，他像自言自语，又像对我说：这一次不一定怀上孩子，没想到这么好……还记得他给我脱衣服、系鞋带等拙笨的爱抚动作。可我觉得受了侮辱，难道我提出离婚就是为了夫妻生活的满足吗！……第二天早上，我又气又羞。那是我永远忘不了的一个早晨。我明白了那应当是我同溥仪之间真正的一夜夫妻关系；当然，溥仪以前是有些病，但更主要的是因为他自己没有信心，不敢或不会过夫妻生活。

　　通过李玉琴的这段自述，人们会如何看待他们婚姻破裂的主要原因呢？虽然溥仪后来与第五个妻子李淑贤的感情比较深厚，但同样不能否认他们夫妻生

李玉琴

　　李玉琴（1928—2001年），生于长春市，1943年被选入伪满洲国的"皇宫"中，并被伪满洲国"皇帝"溥仪封为"福贵人"。

活得不幸福。首先，溥仪自身有病是不容置疑的，而李淑贤也患有慢性妇科病，这是她年幼时被迫嫁给上海一阔佬所受摧残留下的。如此，他们婚姻幸福又能从何而来呢？

当然，溥仪与他的5个女人之间的悲剧有多种原因，但最终恐怕还要归结为封建制度和那森严紫禁城吧。

多事之秋的民国故园

不知道词典里是如何解释"亡国"这个词的，但在中国上空飘扬五色旗的那个时代，就完全可以用亡国来形容。确实，在中国内部进行军阀混战而置外敌入侵于不顾的混沌状态下，神州大地几乎没有一片安宁空间，不仅人的生命朝不保夕，就连北京故宫博物院这个文化载体，以及此载体中的千年文化也几乎毁于一旦。颠沛流离的人生，辗转散失的文物，在兵刀战火中呻吟的宫殿，在莫测旋涡里挣扎的生命……所有的纷繁和杂乱全部交织在一起，已经分辨不清什么是是与非、什么是好与坏、什么是正义和邪恶、什么是善良和阴险。故宫，这个明、清两代的皇家宫苑在民国短短几十个春秋里，就体会到了此前数百年的全部沧桑。下面我们选择几则特例来为那段历史破题，也许能够解释什么叫多事之秋。

◎ 差点儿毁于一旦

研究中国历史的人，几乎没有谁会对春秋战国那段多彩的时代不感兴趣，因为它几乎囊括了中国历史上所有的辉煌和败落。2000年后，那段历史似乎又在中国重新上演，这不能不让人们惊叹世事的变化无常。这一点在故宫身上不断得以验证，就如太和殿、中和殿与保和殿这三大殿在毁与建之间徘徊一样，不是天灾就是人祸，从来就没有安生过。对于天灾，我们人类在许多时候无法预测和防范，但对于人祸还是能够尽量避免的，这又如故宫那三大殿一样。

多事之秋的民国故园

1922年5月，第一次直奉战争结束，清朝末年穷秀才出身的直系军阀吴佩孚开始声名显赫起来，因为他击败了甚嚣尘上的奉系军阀张作霖，这完全符合中国那句"胜者为王"的古语。在吴佩孚与直系军阀另一首领曹锟的支持下，黎元洪当选为总统，由他组织的国会虽然属于傀儡性质的国家权力机构，但参、众两院议员们却踌躇满志，在宣武门象房桥的办公地上班不久，就觉得这议院院址太过偏僻，根本与他们议员的身份不相称，更与他们所从事的事业——商讨国家大事不相称。于是，他们开始琢磨选择新办公地点，商量应该建一座怎样的议会大楼，才与他们的身份和地位相符。这个问题一经提出，几乎所有议员都想到了统治中国数百年的权力象征地故宫，并有人建议推平紫禁城三大殿，在它们的根基上重新建一座西洋式议会大厦。对于这个建议，议员们都感到兴奋不已，人

太和殿内袁世凯所用宝座
　　该照片拍摄于1922年。袁世凯宝座为金丝楠木所制，靠背雕四龙戏珠，西式高背大椅造型，靠背设计为象征帝王权威的玉圭形状。开光中心有一白色圆形锦缎面，在上面用彩色丝线绣出古代十二章的图案，是袁世凯设计的"中华帝国"国徽，后因年久断裂，被发现里面露出的填塞物竟是稻草。

人不甘落后，积极为筹建新议会大厦而出谋划策，似乎在窗明几净西洋大厦里办公已经是指日可待的事了。不料，议员们的兴奋还没得以平息，他们的构想就被记者们探知，并很快被以极为醒目的标题和尖刻的文字进行了大规模报道，从而引起社会各界人士的极大震动和普遍关注。不过，在震动与关注中几乎全是反对意见。

这时，驻防在河南洛阳的直、鲁、豫巡阅使吴佩孚也听到要拆毁三大殿的风声，便急忙给总统黎元洪、国务总理张绍曾、内务总长高凌霨、财政总长张英华等拍发急电表示反对。在电报中，吴佩孚说：

顷据确报，北京密谋决拆三殿，建西式议院；料不足，则拆乾清宫以补足之；又迁各部机关于大内，而鬻各部署。

卖五百年大栋木殿柱，利一；鬻各部署，利二；建新议院，利三；建各新部署，利四——倡议者处心积虑无非冀图中饱之私。

查三殿规模宏丽，建明永乐世，垂今五百年矣。光绪十五年，太和门灾，补修之费，每柱糜国币至五万。尝闻之欧西游归者，据云，百国宫殿，精美则有之，无有能比我国三殿之雄壮者。此不止中国之奇迹，实大地百国之瑰宝，欧美各国无不断断以保存古物为重。

有此号为文明，反之则号为野蛮，其于帝殿教庙尤为郑重。印度逐蒙古帝，英人已灭印度王，而施爹利（即今德里，印度北恒河上游平原中部）、鸭加喇（今亚格拉、德里东南200余里，系蒙兀儿帝都）两地蒙古皇帝宫殿至今珍护，坏则修之；其勒挠（古城，德里东南）各王宫，至今巍然。英灭缅甸，其阿瓦（旧都）京金殿，庄严如故。至埃及六千年之故宫，希腊之雅典故宫，意大利之罗马故宫，至今犹在，累经百劫，灵光巍然。凡此故宫，指不胜屈；若昏如吾国今日之举动，则久毁之矣。

骤闻毁殿之讯，不禁感喟！此言虽未必信，而究非无因；而至若果拆毁，则中国永丧此巨工古物，重为万国所笑；即亦不计，亦何忍以数百年之故宫供数人中饱之资乎？务希毅力唯一保存此大地百国之瑰宝，无任欣幸。盼祷之至！

面对这样的电文，人们都心知肚明这绝对不是吴佩孚的文笔，虽然他曾经是一名没落秀才，但经过多年兵匪习气的"洗礼"，他早已变成嗜好杀人的军棍了。但为了所谓政治前途，吴佩孚身边自然积聚了一些"有文化"的智囊，面对要毁坏故宫如此重要文化遗产的行为，他们无疑捕捉到了一个为吴佩孚树立政治形象的绝好机会。于是，智囊们经过精心策划，便有了上面这篇精彩"檄文"。

精明的吴佩孚为了增加这封急电的分量，也为自己赢得良好声誉，在把电报拍发北京政府的同时，还告知了新闻界。于是，社会各界纷纷指责国会这一荒谬提议，特别是文化界人士更是表示激烈反对，许多文化界一流专家学者都亲自撰文予以谴责，当然其中不乏言语激烈的讽刺、挖苦和谩骂。

吴佩孚

吴佩孚（1874—1939年），山东蓬莱人。民国时期直系军阀首领，国民革命军一级上将，曾任直鲁豫两湖巡阅使、十四省讨贼联军总司令。

面对这种境遇,北京政府的国会和那些议员们是始料不及的。于是,一个个都敛声息气,再也不敢妄谈要拆毁三大殿建什么西洋大厦了。为了平息社会上的强烈反应,也为了给实力派人物吴佩孚一个交代,国会在吴佩孚电文到来的第三天就复电进行申明:

洛阳吴巡阅使鉴:

顷阅报载公致府院"号"电,本保存三殿之旨以立言,对于国会迁移之举,以为非是,各报从而和之,力持异议。

弟等读而疑之,以为果有此电,则必告者过也!

今日国中百度紊乱极矣!其为吾人讨论所及者,不过一二,未遑致议者,殆千百也。设此一二事,犹复传闻异词,意见舛牾,贤者如吾公。卒不能谅解,弟等以为决不至此。

国会迁移三殿议,弟等实共创之,用意所在,愿为公一述焉:一曰正视听以固国本。凡国之大事,如大总统之选举,及其就职宣誓,宪法之宣布或修正,与夫解释宪法之会议等,必于其国历史上最庄严宏丽之地行之,此古今中所同也。法之费赛依(凡尔赛)王宫,其王路易十四所营也,而今则为法国国会会合之所,其明证也。民国二年项城(袁世凯)就总统职典于太和殿行之,公所知也。然按诸总统选举法,大总统就职时之宣誓,实为出席国会之所,有事当然于国家固有会场行之。若项城时代之故事,则国会非接受誓言之主体,议员为参观就职之来宾,于法理至为背驰,斯又往事之足为反证者也。共和以来,清帝犹拥尊号,遗老因而生心。囊者帝制复辟之变,恐再见矣。如曰三殿当留以有待,国家一切大事,皆可于象房桥行之,甚非所以别嫌明微之道也。

二曰谋古建物之保存。凡建物莫不以获用而后存,以不用而就圮,此常理也。今之三殿,荒废已久,其旁殿尤甚。倘不加以修葺,别无保存之法。自始议迄今，中外工程师所制图案不下十数，无一非就原有楹柱之间增设议席及旁听席而止，即无所用其拆，更不知何所谓毁也！不观乎天坛乎？在民国二年曾为宪法起草之会场矣，且附设办事处于其中矣！究竟此精美壮丽之建物，果有毫末之损否？其所以为焕然改观者，果是指为耗费国币之举否？天坛如此，三殿可知；宪法起草曾如此，国会可知。

综计修理工程所费，不过二十万左右，节省极矣！且闻当局拟以公开投标方法估定其价格，中饱之弊，当可杜绝。

总而言之，国会两院将来当另有新建筑，而一切两院会合之所，有事则必于三殿行之，永为定制，垂诸无极，所以正名分，别嫌微，实为立国之常经，绝非不急之细务。悠悠之口，颠倒事实，故为危词，何足莫也。临电神驰，惟希亮察。吴景濂、王家襄、张伯烈、汤漪。

吴景濂

　　吴景濂（1873—1944年），辽宁兴城人。南京临时政府成立，任临时参议院议员。参与组织统一共和党，后任北京参议院议长。1917年5月当选为众议院议长。

在这封复电中，虽然国会极力为自己申辩，但依然流露出要在紫禁城建一处新议会办公地的意思。不知吴佩孚收到这样的回电是什么态度，

但要拆毁紫禁城这样的大事，绝对不是那些受军阀操纵的傀儡议员们所能办到的。即便有军阀支持，全国民众意见他们也不可以充耳不闻，因为在政界中还有那么多代表民众的有良知、有正义的文化名流在表示着强烈反对。从某种意义上说，他们既是文化人也是政治家，如果他们不支持那些政客们的行动，事情往往会变得复杂而难办。果然，议员们想拆毁故宫三大殿的事最终不了了之。

躲过又一场劫难的紫禁城，它的明天又将如何呢？

◎ 筹建博物院始末

清王朝统治管辖268年之后，由民国政府接手的紫禁城，被民众叫作故宫，也就是过去的皇宫的意思。紫禁城在清王朝有着非常完善而严密的保护管理机构，成为故宫后为了管理好已经归属于人民的这座皇家宫苑，民国政府也成立了一个管理机构——清室善后委员会。虽然这个管理机构组成人员几乎都是当时的社会名流，但它毕竟是一个带有民间性质的临时性组织，面对变幻莫测的政治时局，许多时候它是难以保证这座世所罕见的皇家宫苑安全的。于是，由政府成立一个长期正式管理机构迫在眉睫。

提出这一动议的，依然是清室善后委员会中那些文化名流的委员们，因为他们懂得故宫里所珍藏文物的真正价值，也明白当时时局实在是不容乐观。如果时局发生动荡，故宫中那众多珍贵文物必将是某些人觊觎的首选，那它们的命运也就不敢保证了。而那些文物要是受到损失，将永远无法弥补。为此，清室善后委员会委员们开始一次次地商讨，其结果就是要尽快落实《办理清室善后委员会组织条例》中的第四条：委员会以两个月为期，如遇必要时，得酌量延长之，其长期事业，如图书馆、博物馆、工厂等当于清理期间，另组各项筹备机关，于委员会取消后，仍继续进行。

其实，早在1924年11月7日摄政内阁就有过类似的明文规定，但并没有明确要组建什么统一的专门管理机构，只是提到要筹备国立图书馆和博物馆之类的场所。既然如此，这些委员们更是有了筹建这一机构的依据，现在需要解决的就是这个机构的名称和组织条例问题了。

关于名称的问题，是难不住这些全国一流专家学者们的。他们在参考世界其他皇宫成为"故宫"之后所取名称的同时，当然也想到了自己的特色。如德国柏林的皇宫博物院、土耳其伊斯坦布尔的托普卡珀宫博物馆，就是直接在宫殿原来名字后面加上"博物院（馆）"几个字而已。不过，当时是否有人提议把故宫也取名为"紫禁城博物

清室善后委员会同人进入交泰殿点查前合影

清室善后委员会成立伊始，其首要任务是点查清宫物品，分清公产与私产。1924年12月24日，清室善后委员会出组点查乾清宫、交泰殿，组长为陈去病，监察委员为庄蕴宽。

院"，就不得而知了。但是，紫禁城既然被冯玉祥将军彻底从清皇室手中收归国有，民国的民众也直接叫它故宫，那就叫"故宫博物院"好了。

名称好定，而筹建工作可谓是千头万绪，不仅要结合实际确定博物院的性质问题，而且它的职能及组织结构等，都要一一考虑得周全、合理而又科学。既然取名为博物院，又冠以故宫二字，那自然是专门负责管理研究故宫里所有文物的事务的。有这么一个前提，再加上摄政内阁当初的规定及故宫中文物的性质特点，就决定其中必然要筹建图书馆和博物馆两个部分。关于博物馆不用多说，因为故宫里的藏品几乎都属于文物，而且种类繁多，品质精绝，每一件都可称为稀世珍宝。至于组建图书馆，那条件更是得天独厚，历时500多年的明、清两代皇家宫苑，许多帝王和大臣都是博学多才的学问家和艺术家，他们既自己创作留下无数高品质的文学艺术作品，还组织全国当时的一流学问大家们编撰了诸多珍贵书刊秘籍，单是人们所熟悉的《永乐大典》《四库全书》《康熙字典》《古今图书集成》等皇皇巨著，就已经是世界其他图书馆所无法比拟的了。当然，故宫这座无比庞大的皇家博物院，其内里收藏珍品数量是罕见的，其研究价值也是无与伦比的，它已经成为世界五大宫殿之一，也是世界博物院中的佼佼者。

1925年9月29日，是北京皇家紫禁城值得纪念的日子。这一天，清室善后委员会组织召开全体会议，表决一致通过成立故宫博物院的提议，并对《临时组织大纲》《董事会理事会章程》这两个对故宫来说具有一定历史意义的纲领性文件进行审议通过。同时，他们在当时政府的支持下，还推选出21名董事和9名理事。当然，董事会和理事会成员们都是当时政府要员和社会上最知名的贤达人士。

不过，故宫博物院已然成立，其组织机构成员又都是有头有脸的人物，那么，它是否就能够达到人们预期的设想或者完成其应有的历史使命呢？面对已经翻过去的那一页史册，人们自然都有自己的答案。

多事之秋的民国故园

◎ 卷入"盗宝案"的第一任院长

北京故宫里的珍宝无数，散失在外的也无法计算得清楚。散失，无非是盗窃或强取豪夺的文明说法。于是，那些监守自盗的，内外勾结盗取的，"借"后据为己有的，冠冕堂皇"收购"的，等等，无非都是一种叫作私欲的东西在作怪。因为私欲，故宫博物院第一任院长易培基不得不陷入一起"盗宝案"的旋涡之中，几经挣扎，终于因此抑郁忧愤而死。

引发这起奇怪"盗宝案"的，是一封匿名信。其实，所谓匿名信并不"匿名"，因为了解当时故宫内幕的人都知道是一个女人写的，一个不平常

故宫博物院匾额

故宫博物院开院典礼时的匾额，为李煜瀛手书的颜体大字，悬挂在当时故宫博物院的正门神武门。李煜瀛题字时任清室善后委员会委员长、故宫博物院临时理事会理事长。

的女人写的。说这个女人不平常，不仅因为她的丈夫是主持故宫事务的3名常务理事之一并兼任文献馆馆长的张继，而且她本人也是国民政府的中央监察委员，她的名字叫崔振华，但是，这起冤案背后的真正策划者无疑还是张继。

按说，无论是张继还是崔振华，都是当时国民政府要员，何以就干出这种为人所不齿的事呢？事情的导火索是，故宫博物院秘书长李宗侗没有完全按照崔振华的要求去办事。那么崔振华要求李宗侗为她办什么事，李宗侗为什么没有满足这个女人的要求，这事与院长易培基有何关联，张继何以也参与其中呢？

1925年10月10日，北京故宫博物院正式成立。当时，博物院只设临时理事会全权负责故宫工作，并没有馆长、副馆长等明确职务的任命，而湖南人易培基是临时理事会理事兼古物馆馆长，直到1929年3月他才受国民政府委派正

易培基

易培基（1880—1937年），湖南长沙人，教育家，故宫博物院创建人之一，故宫博物院首任院长（1929—1933年）兼古物馆馆长。

式出任故宫博物院的首任院长。在故宫博物院工作无疑是一份美差，所以许多有权势的人都想把自己的亲属、朋友安排进故宫博物院，崔振华就是其中的一位。不过，崔振华却人心不足，先后两次找到负责此事的博物院秘书长李宗侗，要求安排其亲属进故宫工作。李宗侗第一次碍于情面满足了崔振华的要求，而第二次就婉言拒绝了。为此，崔振华十分恼怒，并由此对李宗侗的岳父易培基院长产生了怨恨。

当然，如果仅仅就这么一点儿小事，也许不足以让崔振华向北平政务委员会写那封诬陷的匿名信。是的，早在1929年2月确定故宫博物院副院长人选时，就埋下了这起冤案的祸根。当时，张继并不满足文献馆馆长职务，对副院长一职是志在必得，因为理事会曾有过让他出任这一职务的动议。后来，由于理事长李煜瀛不屑于张继的人品，明确表示了反对的意见，而易培基也不赞同张继出任副院长一职，由此张继便怀恨在心。再后来，国民政府要求故宫博物院分批把文物迁出北京，以躲避日本侵华战争的毁坏。在组织文物南迁过程中，因为有巨额迁移经费供故宫自行掌握，张继便想由自己主持文献馆文物迁移工作，并独自支配那2万元迁移经费，但秘书长李宗侗坚决表示不同意，使张继趁机发财的梦想也破灭了。种种恩怨交织在一起，导致了张继夫妇报复行动的开始。

报复行动就从那封匿名信开始。在信中，崔振华诬陷院长易培基在组织故宫文物南迁的过程中，不仅事先把故宫中一些文物折价出售给文物商人和社会其他人等，还以次充好倒换许多精品文物，并使一些文物遭到不同程度毁坏。如果崔振华信中所说三事有一件属实的话，那么易培基不仅要受到法律制裁，也会遭到文化界和广大民众的谴责和唾骂。但是，诬陷毕竟不是事实，事实真相并非崔振华信中所说的那样。

关于折价出售故宫文物一事，在故宫博物院组织文物南迁之前确实有过3次。但事实是，在易培基出任故宫博物院首任院长之初，就针对已经存放

欢迎易培基就职

1925年，故宫博物院同人到正阳门火车站欢迎易培基到院就职。

在故宫多年而实际上又没有必要存放在故宫博物院里的东西，组织专家和学者进行细致清点，并召开理事会讨论如何处理的方案。后来，经过故宫博物院理事会讨论通过，并呈请南京国民政府批准，同意故宫博物院将诸如金砂、银锭、茶叶、丝绸、药品和皮货等进行处理。得到国民政府批准后，故宫博物院并没有立即付诸实施，因为组建之初的工作实在是千头万绪，根本没有时间顾及这样无关大局的事。后来，随着日军侵华战争形势的恶化，北京将成为已经侵占中国东北的日军的下一个目标。于是，鉴于历来战争都对文物造成不可弥补的损失的事实，具有政治远见的院长易培基便想到故宫文物安全问题,并考虑到故宫文物必将搬迁的前途。因为易培基有对文物搬迁将需要大量经费的先见之明,所以他开始组织人员处理那些库藏的多余物品。

当然,处理过程有一套严格的制度和监督措施,还成立了临时监察委员会,来保证处理文物符合处理原则。为了界定什么是应该处理的,什么是绝对不能处理的,故宫博物院理事会和专门委员会经过反复讨论,首先提出一个界定的标准细则,要求一切将处理文物都要严格按照这个细则去执行,然后又规定把处理文物所得资金一律存入指定银行,作为故宫博物院基金,最后还要求把每次处理过程和结果刊印成《故宫博物院处分无关文史物品经过概况》,并分送有关机构存档,以备今后查验。如此,崔振华信中对易培基的第一条诬陷肯定是不成立的。

关于以次充好倒换、毁坏文物珠宝一事,在1934年11月5日《申报》上刊登有江宁地方法院检察官的一份起诉书,在这份起诉书中有这样的话:

张继

张继(1882—1947年),字溥泉,河北沧县人。国民党元老,"西山会议派"人物之一。在1926年3月召开的国民党第二次全国代表大会,他主持开幕会议,并被推选为国民党中央执行委员。

本院派员带同鉴定人前往故宫博物院驻沪办事处所设库房,对于古物内珠宝部分逐件检验,验明假珠9606粒,假宝石3251颗;复查明缺少珍珠1319粒,宝石526颗;又将原件内拆去珠宝配件者,计1496处,并有缉米珠流苏及翠花嵌珠宝玉镯等类整件缺少者为数甚巨。查前项珠宝,均属清室御用品,当时极为珍重,凡属保管之人,责任至为重大,自无以假易真及私行盗取之理。

对于这样的起诉,自然不能信口雌黄,或凭空捏造。为此,起诉书中又说:

迨民国十三年十二月,清室善后委员会议决点查清宫物件规则后,即于翌年五月间开始点查,将各项古物逐件记载故宫物品点查报告,编订成册,其所列珠宝部分,对于上列各物,既未记载赝品及缺少字样,足见当日检查之时,并无发现赝品缺少之事。已可断言,该被告易培基身为院长、李宗侗身为秘书长,当时曾制定各馆、处提取物品之提单,凡提取古物,均应用提单记明,然后根据该单将提取之物登载于提取物品册内,手续甚繁,用意极周,故各馆处具已实行,且出组提物时,秘书处尚派员会同办理,以示慎重。独秘书处提古物既不用提单,载明品名,亦无各馆人员参加出组,所提之物,除出组时事务记载外(记载诸多含糊),另无簿册登载,及任何可以参查之处,任便长期存放于院长办公室之内,并无专人保管,而该柜钥匙,素即放置于该办公室桌上之小木匣内,亦无专人负责保管(见本院派员往北平调查报告),该被告等尽可乘此时机,私行盗取及以假易真,极为易易。且查珠宝包封之内,如金字第1540号分号1、2、4等号曾签有黄色纸条注明假珠等字,但查纸条内黑色甚新,与同治九年收沈魁文等字样不符,其舞弊情形又可一望而知。可知上项掉换之品及缺少之件(内尚有拆毁者)均为该被告等侵占入己,自属百喙难辞(上项证据,均详载本院派员赴沪调查笔录及附表又鉴定书及故宫物品点查报告、装箱清册等件）。

有此翔实的认定，易培基等人似乎只有等待受审的份了。其实，这份起诉书的致命错误在于其前提就是个谬误，故其结论也就不可能正确。那么，为什么说其前提是错误的呢？

因为在人们的惯常印象中，像故宫这样的皇家禁宫所藏物品都应该是无价之宝，根本不可能存在赝品或次品。但事实并非如此，关于故宫中是否也有假货的问题，著名清史专家、故宫博物院研究员朱家溍老先生曾说：

有不少人以为皇宫内不可能有假东西，这是个误解。平时这种误解也无关紧要，可是法院以故宫无假物为前提，推断如果有假物即是易培基盗宝的结论，都是很大的错误。故宫博物院原藏物品，当然真的珍品太多了，可假东西也不少，不过在故宫的假东西，也有不同的等级……它们是怎样进入皇宫的呢？自嘉庆以后的皇帝，道光、咸丰、同治、光绪都没有欣赏古代艺术品的修养，对于原有的书画珍品，他们并不看，当然更没有继续收进。遇到

李宗侗

李宗侗（1895—1974年），字玄伯，河北高阳人。从法国留学归国后任教于北京大学，后曾出任国民政府财政部全国注册局局长、开滦矿务局督办、故宫博物院秘书长等，抗战时期护送故宫文物南迁京沪并转运重庆。

万寿节，各地督、抚、关差、织造等人例贡中搭配几件古字画，在贡单中开列出来一些大名头，例如元代的黄公望、王绂、吴镇、倪云林；明代的文徵明、沈石田、唐寅、仇十洲等的假货摆样子。进贡的是外行，皇帝也不看这些，当初就束之高阁。西太后垂帘的时代更是如此。

既然如此，就已经基本明确了这起所谓的"盗宝案"纯粹属于栽赃诬陷了。那么，既然是诬陷，何以闹得如此兴师动众而又达到以假乱真的地步了呢？要弄明白其中缘故，可以从负责此案的南京最高法院检察署检察长郑烈给其手下的一份密电中找到答案。至于这封密电内容的暴露，完全是一个偶然。

为了调查关于易培基等人的"盗宝案"，郑烈专门派遣检察官朱树森等人到故宫博物院进行调查取证，由易培基和故宫博物院理事长李煜瀛，以及国民党中德高望重的吴稚晖等人向蒋介石和当时的行政院院长汪精卫拍发密电讲述此事经过，并请求予以澄清，以免影响第五批文物南迁行动。而当时由于蒋介石不在南京未能看到此电无从过问，汪精卫在得悉密电内容后，便批转给郑烈负责处理。而郑烈与张继是政治上的同党，两人私下也是关系不错的好朋友，且知道张继夫妇诬陷易培基这一事件的来龙去脉。现在已然惊动了民国政府首脑，他怕蒋介石和汪精卫直接干预这件事，从而把事情闹大闹砸，就急忙拍发密电给正在北平调查取证的朱树森等人，要求他们暂缓办理，并在密电中让其转告崔振华并将把她介绍到故宫工作的那个人带到南京，以便进一步搜罗证据。不料，由于高傲的朱树森在故宫调查后就离开了原来居住地，以至于电报局把这份密电转到了故宫博物院。等到故宫博物院领导层看了电报内容后，终于彻底明白了这起"盗宝案"的缘由，无不义愤填膺。吴稚晖老人闻讯后，当即拿着密电找到崔振华进行质问，而崔振华见事情败露，不仅承认那封匿名信是其所为，还十分露骨地说只要易培基不下台就决不罢休。而张继闻听吴稚晖当面询问自己的老婆，便也不顾自己是政府要员的颜面，专程

多事之秋的民国故园

李煜瀛

李煜瀛（1881—1973年），曾用名李石曾，河北高阳县人，民国时期著名教育家。参与驱逐溥仪出宫和故宫博物院的创建，被聘为清室善后委员会委员长等职。1928年，任故宫博物院理事会理事长。

从南京飞抵北平找吴稚晖算账，为此，两人进行了激烈争吵，以至于最后差点儿动手打起来。

事情闹到这个地步，张继夫妇与郑烈便明目张胆地勾结在一起，运用手中特权坚决要惩办易培基等人，并下令对易培基等人进行通缉。面对拥有这起冤案生死决定大权的郑烈，易培基等人被迫辞职，并逃到上海法租界避难。于是，南京又派人专程到上海对第五批故宫南迁文物进行开箱验证，搜罗"罪证"后，就有了上面所谓江宁地方法院检察官提出起诉书一事的发生。然而，就在南京开始对易培基等人"盗宝案"提出第二次起诉时，悲愤的易培基却即将告别人世了。临终前，易培基抱病给蒋介石和汪精卫写了一封信，其中他这样写道：

故宫一案，培基个人被诬事小，而所关于国内外之观听者匪细。仰恳特赐查明昭雪，则九幽衔感，曷有既极！垂危之言，付乞鉴察！

不过，可怜的易培基并没能等到昭雪那一天到来就忧愤而死。后来，直到1947年底张继死后不久，南京最高法院才宣布："李宗侗、吴瀛，1937年1月1日已免予起诉；易培基，因死亡而不予受理。"

折腾一时，却绵延10余年的"故宫盗宝案"，终于不了了之。不过，此事留给人们的教训实在是太深刻了。

◎ 文物南迁坎坷路

1933年，北京故宫文物的南迁行动，不知是否受到当年英法联军劫掠、焚毁圆明园事件的影响。不管如何，当年采取果断措施分批将故宫精品文物迁移出北京的做法显然是明智的，因为日军侵入北京后实施的罪恶比当年英法联军的行径有过之而无不及。虽然那些南迁文物经历诸多坎坷，最终还有许多精品文物没能回到北京故宫博物院这个"老家"，但至少没有散失到中国之外，这就已经是一种幸运了。

居住在中国东边那片小岛上的邻居日本人，在晚清时就屡屡向大清国进行挑衅，并通过船坚炮利给大清以沉痛教训。1931年，磨刀霍霍的日本关东军悍然在中国东北挑起"柳条湖事件"，然后开始堂而皇之地大肆侵略，并很快占领整个东北。日本人的胃口一向很大，东北那肥沃的白山黑水还没消化下去，就准备把黑手伸向中国华北。在中国华北这片热土上，古都北平（北京）是战略要地，也是政治、经济和文化的要地，根本容不得半点儿毁坏。特别是浓缩了中国500多年历史的明、清两代紫禁城，更是蕴藏着无与伦比的璀璨文化，而那文化的载体——文物，是祖先留下的宝贵遗产，一旦遭到毁坏就永远无法恢复或再生，所以，故宫博物院第一任院长易培基想到了迁移。

当然，他们没有办法将整个紫禁城搬走，所以迁移的只能是文物。不过，

多事之秋的民国故园

传说故宫仅房屋就有9999间之多，其间文物到底有多少实在是没法计算得清的。那么，要将这诸多文物迁移到江南又是一项怎样浩大的工程呢？为了从容完成这一浩大工程，有先见之明的故宫人没等日军把战火烧到华北，就紧急召开理事会进行多次商讨，最后决定只选取故宫博物院中的精品文物进行装箱南运。在得到南京国民政府认可和批准后，故宫人便开始搬迁前的准备工作——装箱。

根据故宫博物院理事会决议，整个搬迁工作由院秘书处与总务处负责协调保障，装箱工作由故宫中被称为"三大馆"的古物馆、图书馆和文献馆具体负责实施。于是，三大馆紧急行动起来，首先各自对本馆精品文物进行选取，然后开始装箱。虽说是把精品文物进行装箱南运，但故宫中精品文物也有数百万之多，到底选取哪些？选取标准是什么？这都让故宫人很为难，何况他们对故宫中的一切都有着非同寻常的感情。但是，针对战争日益临近，以及搬迁工作的繁杂，他们只能是有所取舍地选取精品文物中的精品。为了使工作有条不紊，忙而不乱，他们先是对已经经过挑选的放在各陈列室里的陈列展品优先进行装箱南运，然后再从各馆库房中选取精品文物装箱。图书馆和文献馆装箱工作进展顺利，而古物馆中多是一些瓷器、陶器、玉器与雕刻等易碎品，装箱工

文物装箱

文物用特制的纸、棉花、稻草包裹，然后装到木箱里。

作必须慎之又慎。

历时半年多的故宫文物装箱工作，虽然对保密工作慎之又慎，最后还是被北平民众知晓了。对于文物南迁，北平人意识到这不仅仅是单纯的文物搬迁工作，也意味着国民政府将放弃北平，放弃华北，置北平、华北于不顾，这岂是北平老百姓所能接受的？于是，北平市民愤然表示强烈反对，并以种种方式抗议和阻止故宫进行文物南迁，认为这是南京国民政府轻视古都人民生命财产的短见行为，是对文化、对人民的一种遗弃，这当然是北平人民绝对不能容许的。关于当时北平人民反对文物南迁和当时政府的态度问题，当年参加文物装箱、南迁工作的故宫原办事员那志良先生曾经这样记述：

平津接近东北，战争发生之后，可能成为战场，文物就有受到损失的危险。土地失掉，还有收复的可能。人民留在平津，还可以协助政府抵御敌人。惟有古物，留在那里，只有受到损失的危险，没有一点好处。况且，这些国宝，是几千年来的文化结晶，毁掉一件就少一件。国亡还有复国之望，文化一亡便永无复国（还）之望了。

世界各国，在战争期间，把重要文物迁运到安全地带不乏先例，没有只求安抚人心，而把国宝放在危险地带任其毁灭的。

政府于是不顾反对，仍然继续做迁运的准备。

然而，装箱准备工作完成后，面对即将南迁的任务，故宫人心里有些发怵。因为参加故宫文物珍宝装箱的工作人员几乎无一例外地都接到了恐吓威胁电话，他们声称只要文物起运，将在车站、铁路和列车上安装炸弹，让负责文物迁运的人员和文物统统毁灭。对此，南京国民政府和故宫博物院不敢掉以轻心，决定文物迁移工作放在晚上进行，且由全副武装的军警负责押运。

与故宫博物院同时进行文物装箱准备南迁的，还有颐和园和国子监等文

多事之秋的民国故园

第一批文物南迁

1933年2月，第一批南迁文物在太和门广场的搬运情况。

物保护单位，所以需要南迁文物太多，只能分批进行南运。据有关档案记载，当时准备南迁文物共有19557箱，其中故宫博物院13491箱，包括古物馆2631箱，图书馆1415箱，文献馆3773箱，秘书处5672箱；附运文物6066箱，包括古物陈列所5415箱、颐和园640箱和国子监11箱。

一切准备停当，只等南京国民政府告知确切文物南迁时间和南迁地点了。时间很快确定下来，而关于文物到底放在上海还是南京，南京国民政府犹豫不决。有人认为南迁文物太多，大上海没有足够的地方存放，也有人根据当时战争态势认为日本人对上海垂涎已久，上海将在不久就会成为沦陷区，而南京毕竟是首都，各方面安全保卫工作相对要比上海强。战争进展速度不容南京国民政府犹豫，第一批文物在1933年2月5日深夜开始南迁了。

关于第一批文物南迁的情况，向斯先生写道：

第一次确定的起运日期是在1933年2月5日深夜。从紫禁城到天安门到北平火车站的道路全部封锁，由荷枪实弹的军队戒备和保卫。百余辆大型卡车开进皇宫，装满了宫廷文物精品的木箱一一有序地装满了卡车，卡车悄无声息地

离开故宫博物院，离开皇城南大门的天安门，缓缓驶向西站。到站以后，文物精品箱立即有条不紊地被搬上货物列车，装了满满一列火车。2月6日，39节车厢的特别列车二编列在军队的武装护卫下向南方出发，离开了北平。

那志良先生参与了第一批文物南迁工作，他说：

民国二十二年二月四日，又得到消息，第一批文物是在二月五日夜间装车，二月六日上午起运。大家又紧张起来。凡是担任押运的同事，都提前回家，整理行装。

我回到家后，一面把这个消息告诉家中，一面到各处辞行。晚间，家里可热闹了，来了许多人，也收到许多礼物。这些礼物中，最别致而最有人情味的，是我的婶母送给我的一包土，她告诉我，这是家乡土，带了家乡的土，便不会忘了家乡；你在外面如果是水土不服，感觉不舒服，闻一闻土，或用水冲服一些，病就会好了。老太太的话，灵与不灵，不必管它，其情却是感人的。

二月五日中午，大批的板车，拖进院里来，一箱一箱地装上板车，一车一车地拖到太和门前，集中在一起。

天黑了，由天安门到前门外火车西站这一带地区，戒严了，不准任何人通过。一辆板车紧接着一辆，在暗淡的灯光下，静悄悄地前进。除了执行戒严工作的军警之外，没有行人，没有车辆，在这种凄凉的景象中，大家的心情，都是沉重的。

民国二十二年二月六日清晨，第一批南迁文物由北平出发了。

对照两者记述，似乎在从故宫到西站这段路程运载文物的工具不相一致，向斯所说的是大卡车，而亲历者记录的却是板车，不知究竟如何。不过，淡然迁移出紫禁城的南迁文物，虽然沿途比较顺利，但等到了第一个目的地南京的浦口时却遭遇了淡然的"待遇",因为南京国民政府依然没有确定这批文物最终归属地在哪儿。于是,押运人员和两列文物列车只好在浦口静静地等待,这一等就是一个多月,直到3月中旬南京国民政府才做出决定:古物和图书全部运往上海保存,文献部分一律存放在南京。存放这批文物的地点选定在当年上海仁济医院,那里不仅是法租界,属于相对独立的地方,而且7层楼的大仓库全是钢筋水泥建造,既安全又有利于警卫和消防。决定在南京存放的文物,地点选择在南京政府行政院的礼堂里,这里自然也是十分安全的。

文物存放地点的确定,又有了第一批文物顺利南运入库经验,随后4批文物也相继安全抵达目的

南迁文物装车

1933年3月,第三批南迁文物在太和门广场装车情况。

地。历时将近4个月故宫博物院文物南迁工作的完成，并不表示这些文物就躲过了战争劫运，因为随着中国国民党在抗日战场上全线溃败，那些保存在上海和南京的珍贵文物又不得不踏上惊险奇绝的万里流徙之路。

命运多舛的故宫文物，如今散失在北京故宫之外的到底有多少，已经无法精确统计。但是，渴望这些文物回归的仁人志士绝对不在少数，因为封存在台北故宫博物院里的那些文物有许多至今还没有启封，这在他们看来实在是一种资源浪费。拥有如此珍贵文物的台湾为什么把它们束之高阁呢？据台湾文化界权威人士透露，原因似乎只有一个，那就是台湾学术界还没有雄厚研究力量能够完成这样的任务。那么，中国大陆和台湾两岸人民是怎么想的呢？

◎ 三处故宫属一家

中国的故宫有3处：一是北京故宫，一是沈阳故宫，还有一处即是台北故宫。前两处故宫都是因为与大清王朝有着紧密联系而不可分割，而台北故宫则由于所藏文物几乎都是从北京故宫迁移去的，从某种意义上说两者只有合在一起才算是完整的，否则就残缺不全。既然如此，说3处属于一家也就不该有什么争议了。关于北京故宫不用多说，这里就沈阳故宫和台北故宫及三者之间的内在联系做一解剖。

位于辽宁省沈阳市旧城中心的沈阳故宫，是大清王朝初期两代皇帝的宫殿，其规模与建筑风格都非同凡响，是一座仅次于北京故宫的宫殿建筑群。从整个皇宫建筑特色来看，既有满族原来政治制度和生活习俗的具体体现，又沿用了汉族建筑形式的某些传统艺术风格，同时还汲取了蒙古喇嘛教寺庙建筑特点，虽然建筑外形不是十分精致，但处处给人一种雄阔和粗犷的感觉，实在称得上是一处值得推介的旅游景观。当然，它绝对不仅仅是一处旅游胜地。

沈阳故宫和北京故宫一样，都是以中心建筑为轴线，分为东、中、西三路

多事之秋的民国故园

崇政殿

　　崇政殿是清太宗皇太极时期的"金銮殿",是沈阳故宫等级最高、最重要的建筑。后金改国号为大清的大典就在此举行。整座大殿全木结构,五间九檩硬山式、前后出廊、围以石雕的栏杆。

建筑,其核心建筑叫崇政殿,这是皇帝议政或举行宴会的地方。

　　以崇政殿为主的中路建筑,从其前面的大清门开始依次为大清门、崇政殿、师善、协中斋、凤凰楼和清宁宫等,其中的凤凰楼原来是沈阳城里的最高建筑,也是"盛京八景"之一——凤楼晓月。东路建筑以大政殿为中心,两侧辅助建筑为十王亭,之所以取名"十王亭",大约与八旗和左右两翼王的数字及称谓有关联。关于八旗,这是清太祖努尔哈赤创建的一种社会组织形式,据说最初是从比较单一的"牛录制"基础上发展而来,牛录是以300人为单位的生产组织形式,没有什么特别之处。后来,努尔哈赤在"牛录"之上又设立"甲喇",在"甲喇"之上又整编为"旗",从一开始的黄、白、红、蓝四旗到后来增建的镶黄、镶白、镶红、镶蓝,一共有八旗,故有清朝八旗之说。后来,清朝八旗先后降服蒙古人和一些汉人,就把他们编成"八旗蒙古"和"八

旗汉军"，从而形成清王朝比较完整的八旗制度。这种制度的职能，最初给人的印象好像属于军事编制，其实它还兼有行政和生产的功用。

在东路建筑大政殿中，有一火焰珠顶的宝瓶，宝瓶拴有8条铁链，铁链另一端各有一名大力士侧身牵引，象征着"八方归一"。

西路建筑是乾隆皇帝后来增建的，包括戏台、嘉荫堂、仰熙斋和文溯阁，其中文溯阁是收藏《四库全书》的地方。

作为清初两代皇帝的皇宫，沈阳故宫某些建筑特色后来自然成了清朝入关皇帝们进行其他宫殿建筑的极好参照，诸如承德避暑山庄和外八庙等。

沈阳故宫历经磨难，特别是在中国末代皇帝溥

大政殿和十王亭

大政殿是清太祖努尔哈赤营建的重要宫殿，是沈阳故宫内最庄严、最神圣的地方。与两侧呈八字形排列的十王亭构成一组完整的建筑群，其帐幄式造型及布局，是八旗制度在宫殿建筑上生动而具体的再现。

仪在日本人的支持下建立"伪满洲国"时，更是遭到日军大肆毁坏。后来，中国共产党领导的东北人民解放军在1948年解放沈阳时，沈阳故宫被改为博物院，还收藏了许多全国各地珍贵的文物。同时，对遭到毁坏的建筑进行大规模修缮，基本上恢复了原来建筑风格和样式。

不过，台北故宫的建筑自有其特色，似乎不受北京故宫或沈阳故宫建筑的影响，但中国传统建筑特点还是十分明显的，或者干脆说那就是中国的传统，特别是导引部分的巍峨华表，无处不体现着中国特色。当然，形似替代不了神似，因为台北故宫里的藏品几乎都是从北京故宫迁移去的，其内里联系岂是外在形式所能诠释清楚的？至于20世纪30年代那场声势浩大的"文物南迁"，上一节内容中并没有点出其最终目的地，因为在日本人无条件投降后，中国人自己又较量起来，战争双方自然是国民党和中国共产党。1948年冬天，中国共产党的三大战役已经完成了两个，最后的淮海战役这时正在紧张而激烈地进行着。从战争态势来看，显然是中国共产党占上风，国民党已经陷入极为艰难的困境。于是，南京国民政府面对15年前搬迁来的原北京故宫里的文物，又一次想到了搬迁。不过，15年前南京国民政府存放文物地还有半壁江山可供选择，而今天的选择只能是唯一，因为他们已经在心里承认了失败，已经认准中国东南那个岛屿将是他们后半生的栖息地。于是，对待那批文物只有一条路——搬迁，而搬迁也只有一个地点——中国台湾。

有了上次文物南迁经验，这次南京政府似乎是有条不紊了。但是，由于文物太多只好在精品中再次挑选精品，先后分3次运往台湾。3次运送文物使用了3家单位的轮船，第一批文物是由国民党海军部派遣的"中鼎号"军舰承运，第二批用招商局的货轮进行运输，第三批还是由海军部派军舰承运，但派出的军舰是"昆仑号"。3次运往台湾的文物共有2972箱，总计238951件，虽然只占当年北京南迁文物的四分之一，但其绝对是那些文物中的极品。特别是图书部分，当年南迁图书善本珍本共有1415箱，而运往台湾的就有1334箱，留在大陆的81箱中还有15箱是空的。在这些重要图书中，尤其是那些宫廷收藏和特藏的大部头书籍，差不多都是完好无缺地全部运往了台湾，包括《四库全书》在文渊阁里的藏本，以及《四库全书荟要》和《古今图书集成》等极为珍贵的皇皇巨著。

《四库全书》是乾隆年间由数千名当时一流学者专家历时10年才修成的，共有79300余卷，分成经、史、子、集四大部类，统称为《四库全书》，分别收藏在北京紫禁城的文渊阁、北京圆明园的文源阁、沈阳故宫的文溯阁和承德避暑山庄的文津阁，当时合称为"北四阁"。后来，又相继抄录了3部，分别收藏在江苏镇江金山寺的文宗阁、扬州大观堂的文汇阁、浙江杭州圣因寺的文澜阁，被称为"南三阁"。再后来还抄了一部副本，收藏于翰林院中。如此，

台北故宫博物院外景

　　台北故宫博物院位于台湾省台北市士林区，1965年开馆，并进行多次扩建修缮。现藏文物总计698854件（册），绝大多数是清宫旧藏。

《四库全书》共抄录了8部，当然内容是基本相同的。收藏在北京紫禁城文渊阁里的是《四库全书》第一部，当然也是全书中质量最上乘的佳品，运往台湾时共分装536箱。与《四库全书》第一部同时运往台湾的，还有收藏在北京故宫中的《四库全书荟要》，以及铜活字本1万卷的《古今图书集成》。除了珍本图书外，迁往台湾的还有近万册书画碑帧、数万件精品瓷器和铜器。

运往台湾诸多极为珍贵的故宫文物，被存放在仓库里长达10多年，直到1965年才在台北士林双溪盖好屋舍，并也取名为故宫博物院。

从文物保护和研究来讲，3处故宫博物院如果能够携手攻关，其成就肯定是非凡无比的。特别是，北京故宫博物院与台北故宫博物院联手将会开创出一个中国传统文化研究的新局面，这不仅仅是展望，更是一种文化责任。

中外名流与紫禁城

中国明、清两代紫禁城,经历600多年的世纪风雨,见识过无数的辉煌与沧桑,也见识过无限的丑恶和美好,但都不曾改变过它的历史容颜。这么一处能够容纳荣誉和耻辱,能够包含圣洁与肮脏的皇家禁宫,也曾接纳过无数中外名流。关于他们与紫禁城的故事,同样可以写成一部畅销书,但我们没有办法在这里悉数记录下来。如此,只能选择一些采访到的或手边资料告知的故事写出来,也好让读者一睹为快。

◎ 毛泽东:我们决不当李自成

1949年3月23日早晨,从西柏坡那片贫瘠山冈上行驶下来21辆汽车,其中有吉普车10辆,其余的都是大卡车。这样的车队在今天看来,还不如有些婚庆的彩车队壮观、气派,但在那时已经是一个十分庞大的阵势了。当然,这个车队真正庞大阵势并不是它车辆档次的高低,而在于它执行任务的意义是什么——执掌全中国。

故事往往发生在春天。毛泽东和他的战友们经过多年浴血奋战,终于迎来了建立新中国的曙光。然而,面对新春的曙光,毛泽东没有欣喜若狂,而是冷静地思考着一个革命党将成为执政党所要解决的问题。所以,在这个车队驶出西柏坡之前,毛泽东就在窑洞前那片空地上召开了中国共产党的七届二中全会。在会上,毛泽东作了一个著名的报告,报告指出,在全国胜利的局面下,党的工作重心必须由农村转入城市。报告规定了中共在夺取全国后,在政治、经济、外交方面将采取的基本政策。确实，毛泽东的许多战友不仅没上过什么学，认识不了几个汉字，有的连自己名字也写不上来。且20多年来，他们一直是在钻山沟、蹚险河，在战火纷飞中东征西杀，基本没有睡过一个好觉，更谈不上对城市有什么印象，也根本不知道那高楼洋房里有没有土炕。对于这种状况，毛泽东和他的战友们没有妄自菲薄，而是充满了自信。但在临行前，毛泽东还是意味深长地提醒自己和大家说，我们这次是进京"赶考"，退回来就不好了。我们决不当李自成！

这里，毛泽东所指的是李自成进入北京紫禁城后又被赶出去的故事。是的，博古通今的毛泽东非常明了李自成失败的原因。所以，他所说的"决不当李自成"，是不学李自成在革命尚未成功时就开始骄傲放纵，是不学李自成从山沟草屋进驻紫禁城就开始贪图享乐，是不学李自成在捕"蝉"的时候忘记了后边还潜藏着的"黄雀"……当然，李自成功亏一篑的原因是多方面的，而毛泽东"决不当李自成"的话也是寓意极为深刻的。

不过，表达深刻寓意的不仅有毛泽东那深刻全面的报告，以及临行前的那句提醒，还有对待进驻北京后确定中共中央办公地这个问题的态度。当时，经过多次讨论确定在北京定都后，有人就提出要把中共中央首脑机关设在紫禁城里，其理由自然是因为那是历代王朝的权力象征地。现在，既然中国共产党打败蒋介石夺得天下，进驻紫禁城也就是理所当然的事了。不过，习惯于循序渐进的毛泽东在"决不当李自成"的过程中，首先要求自己和他的战友们从外在形式上学起，所以在是否进驻紫禁城的问题上，毛泽东的态度非常明确而肯定，那就是坚决不住进紫禁城。多年之后，当人们理解了人民政府的性质后，也就明白了毛泽东当初不住紫禁城的真正用意，并不单纯是形式上"决不当李自成"，而是人民政府绝对不能脱离人民的深刻内涵。

是的，如果当初毛泽东和他的战友们把人民政府设在明、清两代的皇宫里，世人也不会有什么非议。当然，如果那样的话，紫禁城的名字还叫紫禁

城,也就没有了今天的故宫。故宫,顾名思义就是过去的宫城。让腐朽历史成为过去,而不是延续它,这就是毛泽东的高明之处。

这也正是毛泽东"进京赶考"交出的答卷。

◎ 蒋介石:能不能进去看看

一代枭雄蒋介石,可以说是一个出色的权术家。这从他的人生发迹过程不难明白。当然,他在对当时中国众多割据一方"诸侯"的拉拢打击中,也有"出色"的表现。著名的"北伐"成功,标志着中国走向统一,而这时以孙中山继承人身份出现的蒋介石,便开始了把全国军权收归己有的"削藩"行动。经过几番权力争斗与均衡,终于收编了各路"诸侯",完成了"中华民国"统一的伟业。环顾诸多军阀的俯首帖耳,蒋介石感到踌躇满志。于是,他决定到紫禁城去看看,因为那里是统治中国500多年的权力象征地,而且还是他早就心驰神往的地方。

来到宫院重重的明、清两代紫禁城,身着中山装的蒋介石倍感春风得意,因为身边有娇妻宋美龄陪伴,还有众多政府要员小心翼翼地簇拥着,那是一种唯我独尊的感觉。于是,蒋介石挺了挺并不厚实的胸膛,在文学侍从们和故宫专家们的讲解中,开始感叹紫禁城那鬼斧神工的建筑艺术。同时,他还特别对那扇高大而蕴含着一股说不清道不明的霸气的太和门充满了兴致。漫步在太和门前那宽阔的广场上,蒋介石仿佛想起自己南征北战的雄浑气概,那是自己今天得以闲庭信步紫禁城的前奏。不过,他始终不明白当年曾叱咤风云的袁世凯,为什么要上演83天龙袍加身的闹剧,以至于搞得自己臭名昭著呢?

在紫禁城里漫步徜徉,蒋介石有一种穿行在历史中的感受,这当然也是许多人游览故宫时的感觉。不过,蒋介石似乎对大明王朝帝王将相们的故事尤感

中外名流与紫禁城

蒋介石

　　蒋介石（1887—1975年），名中正，字介石。1928年10月国民政府任命故宫博物院理事的27人中就有蒋介石。

兴趣，他仔细听着工作人员的讲解，始终没有多说一句话，这让工作人员讲解得更加起劲。当蒋介石一行从乾清门西侧内右门进入后宫时，在西一长街那错落有致的灯楼前停了下来，工作人员随即解释起宫廷中各种宫灯的作用。特别是，当讲起明朝皇帝每天晚上巡游后宫的事时，宋美龄一直偷偷盯视自己丈夫的面部表情。"在大明王朝年间，每到黄昏时，太监们就早早地把一盏盏红纱灯挂在后宫每一座宫院前，皇帝退朝后便开始巡游。巡游，其实就是确定皇帝晚上在哪座宫院歇宿，这完全凭皇帝一时兴趣，没有什么规律。如果皇帝在哪座宫院里住下来，太监们就把那盏红纱灯摘走，然后其他的红纱灯也相继取下来，整个后宫便一片漆黑。当然，如果皇帝对某个妃子特别宠爱，她就会享有专宠的荣幸，可以得到皇帝夜夜临幸，那门前的红纱灯也就能够在每天第一个取下来。清王朝时，皇帝有固定寝宫，如果皇帝想临幸哪个妃子就派人去传唤，是绝对不会到妃子寝宫里去住宿的。不过，凡事都有例外，光绪皇帝就曾

多次到珍妃寝宫里住宿，而几乎从不召唤或临幸别的后妃。当然，光绪皇帝也不像乾隆皇帝那样拥有众多后妃，他对珍妃情有独钟，就连皇后在新婚当天也只能度过独守空房的凄凉夜晚。后来，当光绪皇帝成为宫廷'高级囚徒'后，便连女人的面也见不着了。"听了这么一段介绍，蒋介石等人面部表情各异，想来心里也有不同想法吧。

沿西一长街往北走，蒋介石一行来到永寿宫，这里是明朝万历皇帝召见辅臣的地方。这位明王朝在位时间最长的皇帝，虽然在位长达48年之久，但竟有20多年不上朝理政，整天待在紫禁城后宫里。在永寿宫的院子里，工作人员为蒋介石等人进行着绘声绘色的讲解："对于万历皇帝的行为，朝中正直的大臣雒于仁便直言上疏，不仅批评万历皇帝要废除皇后和太子的事，而且还把他的好色、贪财、酗酒和不理朝政等，一一不客气地指了出来，这让万历皇帝十分恼怒。于是，他在自己生了几天闷气后，决定召见首辅大臣，借机斥责进谏大臣，并为自己进行辩护。不过，万历皇帝一开始没有大发雷霆，而是耍了个心眼，在永寿宫的御榻上装病。等到首辅大臣申时行和另外3位辅臣入宫拜见后，万历皇帝第一句话却是，'我的病很重！'这让大臣们都大吃一惊，他们不明白皇帝为什么要这样说，首辅大臣申时行立即进行劝慰，而万历皇帝好像没听见一样，继续他那似乎受着病痛折磨的述说。突然，万历皇帝话锋一转，拿出大臣雒于仁那份谏疏，浑身颤抖地斥骂说是雒于仁奏章害得自己肝火旺盛而生了病，并针对谏疏中指责自己的条条不是，开始向大臣们诉苦。可万历皇帝说着说着，却突然转身没了人影，闹得申时行等人一头雾水，正莫名其妙时皇帝又不知从什么地方转出来，扔下一句'我气他不过，必须重重惩处'然后一瘸一拐地走了。"

工作人员的讲解，使蒋介石等人听得忍不住笑出声来。于是，有人就问："怎么是一瘸一拐地走了呢？万历皇帝是个瘸子？"故宫的工作人员笑着说："史书就是这么记载的，不知道为什么是一瘸一拐的。"兴致浓厚的蒋介石一行，

中外名流与紫禁城

永寿宫宝座

永寿宫，属于内廷西六宫之一。始建于明永乐十八年（1420年），初名长乐宫，明万历四十四年（1616年）更为现名。

又从院中来到台阶上透过玻璃窗往室内观看，突然轻轻地问："能不能进去看看？"对于蒋介石的这个要求，故宫工作人员欣然同意，并层层报告向上级请示，最终由总务处处长张廷济亲自出任组长，领着蒋介石等人进入永寿宫。

蒋介石等人后来还到后宫中的漱芳斋参观，这里是乾隆皇帝当年读书的地方。风流天子乾隆极好附庸风雅，一生写下了4万多首诗歌，可没有一首是人们耳熟能详的。不过，乾隆皇帝在漱芳斋留下的墨宝却引起了蒋介石无限感慨，只不知是哪句诗触动了他。记得其中有一首乾隆皇帝即兴泼墨的戏题：

舍是读书舍，人非静憩人。

禽鸣如话旧，花舞解怀新。

艺圃有余乐，琴斋无点尘。

拈题清兴永，欲去重逡巡。

告别漱芳斋，蒋介石也就恋恋不舍地告别了紫禁城，此后再也没了重游的机会。不知他在台湾参观台北故宫时，是否会想起曾经在北京故宫游览时的情景。

◎ 少帅与宫廷书画

简单用"儒雅"两个字来定义张学良，实在显得太浅显了。因为那只能代表他品性中一个极小的侧面，关于他的传奇简直可以用皇皇巨著来描述，且不需要用任何文学修饰方法，否则肯定会有蹩脚痕迹暴露，那岂不亵渎了我们的少帅。如此，在实在没有办法来解决这个问题的时候，只能就他与宫廷中的书画写点儿文字，也许还能起到窥斑见豹的作用。展示"豹"的勇猛绝对不是这节文字的任务，而关于其"温柔"的一面就只能请读者自己来体悟了。

作为军阀，张作霖是比较出色的一位，对于阻止日本侵略，他也表现得不错，只可惜在1928年遭到日本侵略者暗算而命丧黄泉。张作霖曾任中华民国的大元帅，所以他的儿子张学良便有了少帅美名。少帅张学良早在父亲没死之前就名声大振，不仅因为他在战场上运筹帷幄，尽显军事将领的优秀本色，而且他在爱情战场上也演绎了一首千古绝唱。如此传奇的少帅在父亲死后，似乎变得现实和成熟起来。然而，为了早日结束中国内部混战的局面，少帅却在选择合作对象上表现出了不成熟。因为合作的对象蒋介石并不是他

中外名流与紫禁城

张学良

　　张学良（1901—2001年），生于辽宁台安，国民革命军将领，奉系军阀首领张作霖的长子，中国近代著名爱国将领。

想象的那种英明的国家领袖，而是阴谋的军事权术家，这在他对待"西安事变"主角少帅张学良的问题上足以证明。不过，遭到蒋介石幽禁达半个世纪的张学良，虽然最后客死异乡，但他英武、刚烈、守信和儒雅博学的名声一直被广为传颂。

　　帮助蒋介石统一了中国的张学良，被国民政府任命为陆海空三军副总司令后，便将三军总部设在北京中南海。从东北进入北京，张学良自然想好好见识一下明、清两代的紫禁城，何况早在1925年9月他还被清室善后委员会推选为故宫博物院董事会的董事。在紫禁城御花园降雪轩里太平花盛开的时节，张学良应邀来到御花园赏花，传说那太平花还是慈禧太后当年栽种的。对于故宫，少帅张学良有一种说不清原因的喜欢，特别是那恢宏巍峨的宫殿，以及宫殿中散发出来的霸王之气，都让少帅心驰神往，所以，张学良驻跸北京期间到底来过故宫多少次，已经没人计算得清楚了。

当然，故宫如此吸引这位少帅的，还有那收藏丰富的古代书画，这是张学良最为喜好的。每次张学良来到故宫都要去钟粹宫转转，因为那里是故宫的书画陈列室，可每次一转就忘记了回去的时间，对中国古代书画鉴赏有着相当造诣的张学良实在是太痴迷那些精美书画了。为了能随时欣赏到中国古代书画的神韵，张学良开始出资收购古代书画，但从不到故宫来"收集"，因为他知道那只属于国家，而从不向外出售。于是，北京城里几家知名书画店都成了他经常光顾的地方，如琉璃厂的博雅斋、吉珍斋、德宝斋等，都曾与张学良做过古代书画交易。与张学良做书画生意，这些商人都很乐意，因为这位少帅从不与他们讨价还价，且他们觉得把书画卖给真正懂得欣赏和收藏的人也不算辱没了它的艺术价值。

不过，因为张学良特别的身份和地位，那些从来就讲求信义的书画商人还"导演"了一出书画大师张大千与张学良"抢画"的故事。

一次，张大千在北京琉璃厂一家古玩店里，偶然发现一幅清代著名画家华喦的山水画，可当时大师正处在生活窘迫之中，一时拿不出那些钱，但对画作又爱不释手，就与古玩店的老板协商，约定3天后一手交钱一手取画。不料，第二天少帅张学良也来到这家古玩店，当得知老板有一幅华喦的画时就要求观赏，并当即提出以400块大洋买下来。古玩店老板十分为难，一边要恪守这一行最看重的信义，而另一边则是谁也惹不起的少帅张学良。看到老板为难的表情，张学良以为他嫌出钱少，就表示愿意用600块大洋买下，并立即让随从付钱。张学良如愿以偿，而古玩店老板却犯了愁，果然第三天当张大千带着借来的400块大洋来取画时，老板只得实话实说，但隐瞒了买主身份。张大千一听勃然大怒，非让老板把那幅画给寻回来不可，被逼无奈的老板只得告诉他说是被少帅张学良买走的，张大千才默然离去。

其实，早在10年前张学良收藏张大千仿石涛的画作时，两人就已相识，且由于共同兴趣和爱好，交情日渐深厚。后来，在一次朋友聚会中当张大千当

中外名流与紫禁城

张学良（右三）、于凤至（右一）与外国友人在乾清宫前合影

作笑话讲给张学良听时，少帅立即朗声大笑起来，并解释说当时并不知道张大千与那老板的协定。笑话过后，两人谁也没有再提起，再后来少帅与大师同在台湾相聚，并成为最密切的朋友。据说，在台湾时与张大千交往最频繁、最密切的就是张学良、张群和王新衡三人，故有"三张一王转转会"的说法。经常四处漂泊的张大千，在台湾逗留一段时间后便准备去巴西，临上飞机前收到张学良派人送来的一个包裹，并转达少帅一定要等到巴西后再将包裹打开。心急的张大千在飞机上就打开了包裹，原来里面竟是数十年前张学良以600块大洋"抢"买的那幅华嵒的山水画。在画内还有少帅的亲笔短笺：

大千吾兄台鉴：

　　三十多年前，弟在北平画商处偶见此新罗山人此图，极喜爱，遂强行先购去，非是有意夺兄之好，而是爱不释手，不能自禁耳！现在三十年过去，此画伴我度过许多岁月。每观此画，弟便不能不念及兄，不能不自责。兄或早已忘

却此事，然弟却不能忘记，每每转侧不安。这次蒙兄来台问候，甚是感愧。现趁此机会，将此画呈上，以意明珠还归旧主，宝刀须配壮士矣！请兄笑纳，并望恕罪。弟学良手奏。四小姐附问候。

书画本是供人欣赏的，收藏书画同样是为了让后人也能够欣赏到，少帅张学良因为收藏书画还成就了一段感人友情，实在是一种别样境界。

◎ 任职故宫的"文化斗士"

鲁迅是中国人民乃至世界人民都十分熟悉的一位文学大家，而对他作品能够有比较透彻理解的，实属少数。当然，这里所说的理解并不是指单纯字面上的意义，而是其中所深含着的寓意。不过，对于鲁迅先生的研究，自有专门研究院从事这项工作，这里仅就他曾经受聘故宫博物院的经历，做一次忠实记录。

1925年10月10日，故宫博物院经过多方筹备终于正式成立。面对浓缩与收藏了中国数百年历史的文化宫殿，民国政府几乎集中全国所有一流专家学者到故宫里工作，主要任务是整理、研究众多的文物和古籍。其实，早在清室善后委员会成立之初他们就开列了一个清查故宫文物的人员名单，其中以文化名人而受聘的鲁迅，却因名流太多只担任了故宫博物院助理员之职，这是1924年12月19日的事。同时受聘的社会名流一共有30人，包括蒋梦麟、胡适、钱玄同、陈垣、马衡、吴瀛、朱希祖等。

关于鲁迅受聘故宫博物院一事，故宫博物院向斯先生曾经撰文介绍过，他在文章中说，助理员实际上就是民国政府派驻故宫的小办事员，只是按照有关规定到故宫帮助善后委员会办些杂事而已。当然，也算是对社会的一种公示。不过，民国政府各个部院并不热衷这件事，所以也就没有按时派人到故宫去当差，以至于善后委员会不得不致函内务部，请求加派助理员到故宫帮助工作。1925年1月14日，内务部同意加派助理员并附上一张名单，其中教育部两人是范鸿泰、周树人。当时，鲁迅是国民政府教育部"佥事"，也是一种职务较低的办事人员。

正式被授命为故宫博物院助理员的鲁迅，似乎从未到故宫任过职，更别说为故宫博物院做什么工作了。当然，鲁迅是否因为对助理员这个职务没有看中而没去报到，还是什么别的原因，今天已经无法知晓了。不过，未到职的并非鲁迅一人，后来当善后委员会致函内务部反映这件事时，曾列出不常到会的助理员有12人，其中从未到会的达8人之多，鲁迅就是其中之一。

◎ 徐志摩再别皇宫

悄悄的我走了，
正如我悄悄的来；
我挥一挥衣袖，
不带走一片云彩。

这是中国新月诗派杰出领袖徐志摩名篇《再别康桥》中的诗句。关于这首诗，我们不能不作一些背景介绍，否则实在不足以明白为何仅仅这么一首小诗，就使年仅20来岁的徐志摩独步中国诗坛，赢得诸多专家学者的肯定。

1921年，在英国剑桥大学文学研究院求学的徐志摩已经24岁了，这本不是应该写诗的年龄，但他却开始了诗歌创作，并以一首写实纪事诗《再别康桥》而一举成名。说《再别康桥》是一首写实纪事诗，不仅是因为在徐志摩求学的那所世界著名高等学府旁确实有一座"康桥"，且这座桥对于诗人而言还有着非同寻常的意义。正是因为有了这首《再别康桥》，徐志摩回国后被公认

徐志摩

徐志摩(1897—1931年),浙江海宁硖石人,中国现代诗人、作家、散文家。

为是"新月派"诗歌的领袖。当然,徐志摩是一个多愁善感而又充满智慧和热情的出色诗人,他对社会、人生的观察也充满了睿智和犀利,特别是那种极其强烈的责任感,更让他投身到反映社会现实的诗歌创作中。于是,他的第一本诗集《志摩的诗》,刚一出版就引起文坛广泛关注,其中就有一首默悼紫禁城的诗作,即《残诗》:

怨谁?怨谁?
这不是青天里打雷?
关着,锁上,
赶明儿瓷花砖上堆灰!
别瞧这白石台阶光滑,
赶明儿,
唉,

石缝里长草，

石板上青青的全是霉！

那廊下的青玉缸里养着鱼，

真凤尾。

可还有谁给换水？

谁给捞草？

谁给喂？

要不了三五天准翻着白肚鼓着眼，

不浮着死也就让冰分儿压一个扁！

顶可怜，

是那个红嘴绿毛的鹦哥，

让娘娘教得顶乖，

会跟着洞箫唱歌，

真娇养惯，

喂食一迟，

就叫人名儿骂。

现在，

您叫去，

就剩空院子给您答话！

在这首写实纪事的《残诗》中，我们不难感受到诗人那种凄凉的心情和意境。其实，那只是一种心情，或者说是真实的一种直露，而不应该叫意境。从诗人的作品中，我们可以想象到当中国末代皇帝溥仪被驱逐出宫后，那一扇扇紧闭着的厚厚宫门，不仅锁住了外界喧嚣，也封堵了昔日皇宫里的繁华。那洁白凝重的汉白玉石阶，已经被疯长的荒草所覆盖；那朱漆大门，已经失去了往

日的庄重，取而代之的是斑驳的沧桑；还有那原本蕴含着闲情逸致的鱼缸里的金鱼，已经没有人观赏和赞美了；特别是那通人性的鹦哥，因为无人喂养和调教，已经孤寂而亡了……所有这一切，怎能不让诗人感怀呢？

然而，感怀的诗人徐志摩在再别紫禁城之后，却成了友人们无限感怀的对象。因为在1931年11月19日，诗人徐志摩在飞机失事中把一缕诗魂永久地留在了泉城济南。

如今，诗人徐志摩已经离开我们90多年了，恰似昨天才刚刚别去一样。不过，他依然没有带走一片诗的云彩，反而给我们留下了一段诗的云锦。

◎ "洋博士"进宫

关于"洋博士"胡适走进皇宫，那完全是中国末代皇帝溥仪一个极随意的电话和极不真诚的客套邀请，或者干脆说是一个说过就忘掉的玩笑。这么说，实在没有戏说胡适这位前北大校长的意思，也没有别的什么特别含义，只是忠实于事情原样罢了。如果这样的文字还给人以嫌疑的话，那只好来"听一听"他们的"原音重放"了：

"你是胡博士吗？好极了，你猜我是谁？"

"您是谁啊？怎么我听不出来呢？……"

"哈哈，甭猜啦，我说吧，我是宣统啊！"

"宣统？……是皇上？"

"对啦，我是皇上，你说话我听见了，我还不知道你是什么样儿。你有空，到宫里来？叫我瞅瞅吧。"

于是，胡适这位留洋博学之士开始怀疑，开始不安，也开始兴奋。当然，在从好友庄士敦处得知确实是"皇上"溥仪的电话后，他又开始激动，开始准备，也开始了他那新文化运动先锋的滑稽"表演"。他的"表演"不仅让当时开明人士笑话不已，就连"皇上"溥仪也感到不舒服。那么，胡适进宫到底是何情景呢？

其实，溥仪对于打电话让胡适进宫的事，完全是心血来潮。1921年，溥仪的英文教师庄士敦进宫已经3年了，他不仅传授给溥仪英文知识，还把西洋的一些新奇玩意带进了宫，这些都让从来没有离开过紫禁城的溥仪感到无比新鲜好玩。关于电话的神奇功用，同样是庄士敦告诉溥仪的。于是，溥仪在得知电话有不和人见面就能相互通话的功能后，就让内务府在他的寝宫养心殿里装了一部。

电话装好后，电话局送来一个电话本，上面有一些单位的公用电话，就连一些私人电话号码也在上面。当然，那时能安装电话的自然都是达官贵人和社会名流，普通百姓依然是闻所未闻的。面对神奇的黑匣子，溥仪十分兴奋地想打电话玩玩，可又不知给谁打。于是，他随便翻开电话本，一眼就看到了京剧名角杨小楼的名字。对于杨小楼，溥仪并不陌生，因为他经常请杨小楼和梅兰芳等京剧大师到故宫里演戏。溥仪按照电话本上号码拨通对方电话，当听到杨小楼的声音后，便故意用京剧腔调说："来者可是杨——小——楼啊？"然后，溥仪迅速挂上电话，开心地哈哈大笑起来。

溥仪又胡乱打了一气电话后，突然想起庄士敦刚刚与他谈起的新闻人物胡适。那时，胡适是倡导新文化运动的先锋，他用白话文写文章可谓风靡一时，溥仪想听一听这位留洋博士到底是怎样说话的。于是，溥仪按捺住兴奋情绪，拨通了胡适的电话，恰巧接电话的正是胡适博士，便有了前面那段对话。溥仪原本玩笑的话，说过就忘了，可在胡适看来那则是金口玉言。他在讨教庄士敦之后，便真的来到紫禁城神武门前，要求进宫面见溥仪。面对胡适"求见"，守神武门的护卫军并不搭理他，而这位洋博士却犯了中国旧知识分子的倔劲，说是溥仪亲自给他打电话召他进宫的。半信半疑的护卫军只好请奏事处的人向"皇上"禀报，当时溥仪也没想起他打电话请胡适的事，后

胡适

　　胡适（1891—1962年），安徽省绩溪县人，中国现代思想家、文学家、哲学家。

　　来经庄士敦提醒才明白，既然这位白话文运动领袖人物来了，溥仪便决定见一见他。前后不足20分钟的会见中，溥仪向胡适询问了他在外国都到过哪些地方，有什么新奇的事，还问了用白话文有什么好处等。对于"皇上"问话，胡适都一一恭敬地做了回答。对于溥仪的"勤学多问"，胡适还恭维地说："皇上真是开明。皇上用功读书，前途有望，前途有望！"

　　"洋博士"胡适所说的"前途有望"，到底指的是什么意思，反正溥仪没有搞明白。虽然溥仪没有明白胡适那"白话"的意思，却使这位"洋博士"激动不已，他连夜给庄士敦写了一封信，信中有这样的话：

　　我不得不承认，我很为这次召见所感动。我当时竟能在我国最末一代皇帝——历代伟大的君主的最后一位代表的面前，占一席位！

　　从这段话中，我们可以想象这位白话文运动领袖如果早出生一些年，肯定也是死不悔改逊清遗老中的一员。

　　不过，时代没有辜负胡适，胡适也没有辜负他所处的那个时代。胡适，这位中国近现代大名鼎鼎的大学者，是安徽绩溪人，早年肄业于上海中国公学，后来赴美留学，先后就读于康奈尔大学与哥伦比亚大学。7年后，胡适回国在北京大学任教，并参与编辑《新青年》这份先锋杂志。他在《新青年》上发表《文学改良刍议》一文后，便开始激烈地反对文言文，而大力提倡白话文，从而揭开了新文学革命运动的序幕。

正是因为胡适倡导的白话文运动，使他成为当时十分轰动的新闻人物。新闻人物胡适，自然有其不凡之处，如他在1918年10月《新青年》上发起的"什么话"专栏，应该是开创了中国最早的一种杂文体。鲁迅先生很赞赏这一文体，常以"立此存照"为题运用它，并最终使它成了自己手中的一支"钢枪"。既然胡适的"什么话"成了杂文开山之作，我们不妨来看看发表在那时《神州日报》上的一段文字：

我们每天看报，觉得有许多材料或可使人肉麻，或可使人叹气，或可使人冷笑，或可使人大笑。此项材料很有转载的价值，故特辟此栏，每期得以一页为限。

马二先生说："中国人何必看外国戏？"

马二先生说："中国戏何必给外国人看？"

王揖唐欢迎安福部的新国会议员词中，有一段说："今天本俱乐部开欢迎大会，与会者俱系国会议员同人。各省英杰之士，同时聚于一堂。按字义言之智慧过万人者曰英，过千人者曰杰。中国人口四万万，今到会者将四百人，岂非每百万人中还出一智慧超群之代表乎？谓之曰英、曰杰，谁曰不宜？"

确实，胡适的"什么话"写得简直可以说是淋漓尽致，让人读过之后有一种痛快酣畅的感觉。不过，他进宫的那种表现也被后人骂得淋漓尽致，而读后是否也有酣畅痛快的感觉，就是个人体味的事了。

◎ 京剧大师来到紫禁城

宫廷里演戏到底始于何时，已经无从考证了。但聘请宫廷外面的戏班进宫演戏，似乎应该在清王朝中后期，特别是慈禧太后执政时，更是达到巅峰状态。不过，等到京剧大师梅兰芳来到紫禁城里演戏时，已经是中国末代皇帝溥仪的时代了。

出身于曲艺世家的梅兰芳，自幼就受到中国传统戏曲熏陶，并学会了各种派别的许多剧目。特别是中国百戏之祖的昆曲，更是梅兰芳先生悉心苦学的，因为昆曲还是中国宫廷里的必备曲种。后来，一种叫弋阳腔的地方戏曲传到北京，并立即受到京城百姓的喜爱，几乎人人都能哼唱。于是，北京话和弋阳腔经过长时间磨合，终于产生了一种新的戏曲品种——京剧。

京剧是如何成为皇宫里新宠的，似乎也与慈禧太后有关联。后来，"四大徽班"进京更使京剧发展如火如荼，达到风靡的地步。民间戏曲的迅猛发展，大大冲击了宫廷里的那些戏曲。于是，民间一些知名戏班便开始被邀请进宫演出，有些名演员还被聘请为宫中戏班的老师，不间断地到皇宫里教戏。其中，最知名的民间戏班之一叫四喜班，而掌管四喜班的就是梅兰芳的祖父梅巧玲。另外，梅兰芳的伯父梅雨田曾经就是宫廷戏班升平署的教习，也就是戏班里的教练。据说，梅雨田谙熟数百出戏剧剧目，且十分精通胡琴和笛子，每当在宫中为名家谭鑫培演戏胡琴伴奏时，得到的掌声是最多最热烈的，当然赏钱也是最多的。

宫廷里演戏有很多规矩和讲究，不仅讲究剧目选择，就连演戏开锣时间也要挑选良辰吉时，否则是万万不可演出的。记得溥仪大婚时，梅兰芳、杨小楼和马连良等都被请进宫中，在漱芳斋一连演出了3天，剧目达33出之多。戏剧演出之前，有16个勾画着鲜活脸谱的孩童扮成灵官模样，开始在台上跳跃踩点，跳到最兴奋时，只见一人将一把松香点燃后从灵官头顶上扔过去，恰巧落在台口处早就准备好的火盆中，火盆里立时腾起火焰，并把松枝、纸钱烧得噼里啪啦作响，随即又是一挂鞭炮响起，这时就可以开锣正式演出了。

在那次演出中，虽然剧目多达33出，但给梅兰芳留下印象最深的则是一出新戏《霸王别姬》。《霸王别姬》是一出悲情戏，讲述了秦汉之际刘邦与霸王项羽在垓下的一场战斗中，刚愎自用的霸王项羽不听谋士建议，最终被汉军包围在垓下。在垓下这生死抉择时刻，盖世英雄项羽与宠姬虞姬演绎了一场惊天动地的爱情绝唱。整个剧目虽然仅仅选取这场战斗中项羽夫妻二人诀别的一个情节，但这本来简短的一段故事却在梅兰芳等京剧大师那出神入化的演技中，达到了极致。

不过，在是否选择这出新戏时，不同方面有不同意见：宫中有人认为这是一出悲情戏，在溥仪大婚时演出不合适。而戏迷溥仪却不管什么悲情不悲情，听说

《霸王别姬》剧照

　　梅兰芳扮虞姬，杨小楼扮项羽。故宫博物院藏。

《霸王别姬》排演得非常精彩，不仅要求演出这出戏，还强调要安排在最后一天作为压轴戏。剧目确定下来后，梅兰芳便开始细心准备，穿戴好一身戏装，亲自出演虞姬，而另一位京剧大师杨小楼出演霸王项羽。两位名家联袂演出，把楚汉相争中的一段爱情传奇戏目演得真切而动人，特别是当演到虞姬准备自尽时，梅兰芳那声情并茂的表演，引得宫中那些太妃和王公大臣的女眷们个个泪如雨下，一片悲戚之情弥漫在整个漱芳斋庭院中。

关于梅兰芳等京剧大师在紫禁城演出《霸王别姬》这出戏的效果，不仅赚取了宫中那些女人的大把眼泪，还引起了逊清遗老们的不满和埋怨。因为他们认为在溥仪的大喜日子里演出悲情戏，是一件极为不吉利的事。为了诠释他们的"预言"，他们还把此后不久溥仪被冯玉祥将军驱逐出宫的事与梅兰芳的演出联系起来。逊清遗老们的荒谬"预言"不可信，但创造了中国京剧中"梅派"的大师梅兰芳，却给后人留下了魅力四射的优秀艺术，这实在是我们的幸运。

◎ 一代名伶演绎珍妃泪

关于清朝末年一代名妃珍妃，实在有太多悲情可以述说。不仅因为她与光绪皇帝的生死恋情是中国人最看重的，而且他们的生命结局也是最能让人铭刻在心的。关于珍妃的文学或影视作品，可谓俯拾即是，早在20世纪30年代就有影视作品演绎珍妃那段凄美而壮烈的人生与爱情悲剧了。当年，由京剧大师张君秋创作并排演的大型京剧《珍妃》，就是当时京剧界的一件盛事。无论如何，珍妃传奇是注定要被流传下去了。

珍妃，姓他他拉氏，名珍珠，是满洲镶红旗人，13岁被选入宫，成为光绪皇帝的妃子。刚入宫时，珍妃并没有引起光绪皇帝注意，反而因其天真烂漫的性格受到慈禧太后的喜欢。青春靓丽、烂漫多情的珍妃在得到光绪皇帝宠爱后，完全被光绪皇帝那因为长年压抑而万分苦闷的情绪所触动，一心希望能以自己的女人之爱使丈夫重新振作起来。特别是，光绪皇帝希望通过变法图强的雄心，更使珍妃义无反顾地全力支持他的这一壮举。当然，光绪皇帝改革还有另外一个目的，那就是打击慈禧太后的顽固势力，从而能真正行使自己作为一国之君的权力。光绪皇帝这一举动，显然是权力欲强烈的慈禧太后所不能容忍的，而珍妃的"背叛"同样使她心中充满怨恨。

早就在寻找机会惩治珍妃的慈禧太后，派人时刻关注珍妃行动。然而，年龄幼小的珍妃自然没有那么多心计，再加上她早年在当时中国极开放的南方广州长大的经历，使她对许多新生事物都怀有十分浓厚的兴趣，有时竟达到一种痴迷的程度，照相就是其最热衷的喜好之一。说到照相，慈禧太后最初是极忌讳又害怕的，她认为照相能摄人魂魄，所以宫中是禁止拍照的。虽说后来慈禧太后比宫中任何人留下的照片都要多，也比任何人都要热衷于照相，但最初她可是个顽固不化的人。而年轻的珍妃早就知道照相的神奇，一经与年轻的光绪

珍妃

　　光绪帝恪顺皇贵妃（1876—1900年），即珍妃，是光绪皇帝最宠爱的后妃。

皇帝提起，两人就倍感兴奋。于是，他们让人在市间买回照相器材，一有空就在皇宫内外畅游拍照，留下许多他们在紫禁城里的青春靓影。

按清宫规制，妃嫔服饰穿戴有严格的约束和定制。如果说保持特色服装而不受制约的，恐怕只有乾隆爷的香妃了。而珍妃生性活泼，思想开放，吃喝玩乐都想弄出些新鲜花样来，她不愿穿着古板、烦琐的宫中定服，反而对男子装束有着一种天生喜好，所以她时常峨冠博带，好似一个温雅、风流的美少年。而光绪皇帝又偏偏喜欢珍妃这种装束，常以游戏来寻乐，不仅双双打扮得青春靓丽，经常畅游在宫中那湖山水色之间，就连光绪皇帝在批阅奏折时，珍妃也是一身男子装束侍墨案旁。更有甚者，珍妃有时还和光绪皇帝换装穿着，当珍妃身穿龙袍、腰缠玉带、头戴金冠、脚蹬朝靴时，果如青春美貌的真龙天子，闹得宫中太监们经常误认她是皇帝。充分感受年轻滋味的光绪皇帝，也不由得与珍妃一起追寻着青春节拍，徜徉在情浓性致的人生妙境中。被爱情滋润的男人，无不对女人百依百顺。光绪皇帝自然也不例外，他对于珍妃的要求，可以说是求无不应。一次，珍妃突发奇想，想用珍珠织一件披肩，虽说这有违宫规，也不合常人所求，但光绪皇帝仍然从内务府取出一大批上等珍珠，命令宫中衣匠为心爱的珍妃制作珍珠披肩。珍妃的这件珍珠披肩堪称稀世珍宝，由近万颗珍珠织成，织工极其讲究，无论是样式、色泽、图案都十分精美别致，与任何一件颜色、花样迥异的服装配穿在一起，都能给人一种别样美感。自然，珍妃穿上这件珍珠披肩更显得清丽高雅，以致宫中人都称慕不已。

既然珍妃有这么多有违宫廷规矩的出格事，慈禧太后自然不能容忍她。于是，慈禧太后开始一次次打击珍妃，后来在光绪皇帝改革失败后，干脆把他们夫妻二人双双囚禁起来，直到1900年八国联军攻陷北京时，准备逃往西安的慈禧太后才命人把珍妃放出来。而这时，慈禧太后已经在心里宣判了珍妃"死刑"，于是一代名妃被太监扔进紫禁城贞顺门内的一口水井中，从而了结了她短暂而凄婉的人生旅程。

珍妃的人生悲剧，早在民国时期就广为人知，且赢得世人普遍同情和赞美。于是，人们便以电影、戏曲等多种文艺形式来再现这一凄美动人的故事。1956年，著名京剧大师张君秋经过多年酝酿，终于完成了京剧《珍妃》的创作，并亲自上台扮演珍妃，一时引起极大轰动。

后来，张君秋在谈到创作《珍妃》一剧时这样说：

> 珍妃井
>
> 珍妃井位于宁寿宫北端的贞顺门内。八国联军攻打京城时，慈禧太后挟光绪皇帝仓皇西逃，临行之前命太监崔玉贵等人将幽禁在景祺阁北小院的珍妃推入贞顺门内井中溺死，此井因而得名"珍妃井"。

我虽生在民国年间，无从"供奉"，自然不能目睹清宫里面的事情。然而，我却结交过不少清代王府的老人，他们依然保持了一些过去宫中的生活习惯。我不仅可以时常观察他们生活中的言谈举止，而且还得到过他们赠送给我的一些宫中服饰用品。如宫中女子穿的旗袍，同传统旗装戏的旗袍还是有出入的，真正的旗袍用的衣料根据不同季节，用的是绫罗绸缎；舞台上的旗袍都

用的是缎子，胸前绣一朵花；而宫中的旗袍不仅胸前绣花，袖口、领襟的镶边也都比舞台上的宽，制作是非常考究的。据王府的一些老人介绍，宫中穿的旗袍很讲究等级，后、妃、嫔以至宫女都有区别。根据实物，以及他们的介绍，我扮演珍妃所穿的旗袍，便尽可能依照了宫中的样式去制作筹备。

不知道《珍妃》是否是张君秋先生的代表作，但它至少是京剧中的一出经典剧目。有机会能在中国传统京剧中感受京剧大师演绎的凄美故事，也许不失为人生一件快事。

◎ 庄士敦与"紫禁城的黄昏"

如果用现在学历标准来衡量中国末代皇帝溥仪的教育程度，恐怕近现代中国人中没有谁能和他相比。因为他的老师无不是当时全国顶尖的学者和专家，诸如陆润庠、陈宝琛、朱益藩、徐坊、梁鼎芬，以及满文教师伊克坦等。当然，我们还不能不提到溥仪的英文教师庄士敦，因为他不仅是对溥仪影响最深的两名教师之一，且后来他写的《紫禁城的黄昏》一书曾经风靡全世界，就连今天的人想对溥仪有所详细了解，也绝对不会错过他这本书。

庄士敦进宫成为溥仪老师的时间，是在1919年3月。当时，虽然末代皇帝溥仪已经成了一名逊帝，但他和他的追随者们依然住在紫禁城后三宫里，不仅享受着民国政府优厚的物质供应，还得到当时政府首脑们一致尊崇，以至于那些遗老们始终在心中还存着一份复辟幻想。为了教育溥仪也保持这种"雄心"，那些遗老教师们常常无意或刻意地去向溥仪进行这方面的思想灌输，而入宫时年仅3岁的溥仪此时已经到了上学年龄，并有自己的好恶标准。当然，这时的他正处在对新生事物最感兴趣的年龄段，也正是逆反心理最严重的时候。所以，当少年溥仪已经听腻了中国传统的孔孟礼教时，来自大洋彼岸的英国苏格兰人庄士敦的出现，无疑一下子就引起了溥仪的好奇之心。关于庄士敦对溥仪的影响，溥仪后来说："陈宝琛是我唯一的灵魂。不过，自从来了庄士敦，我又多了一个灵魂。"

这位早年在爱丁堡大学就读，后又获得英国牛津大学文学硕士学位的庄士敦，早就对古老的东方文化有所涉猎，尤其对中国的悠久历史和灿烂文化仰慕不已。于是，他大学一毕业就迫不及待地通过申请来到心驰神往的中国。从1898年到1919年进入紫禁城前这段时间，庄士敦先后任过港英总督的私人秘书、辅政司和英租界威海卫行政长官等职，目睹了中国那20多年的纷纭历史，也得以广泛涉猎中国精深的儒经、历史、古典诗词和佛家经典。特别值得一提的是，因为庄士敦有很长时间的官场经历，所以他对中国朝廷礼仪和当时北京政府的官话，以及中国广东话都十分谙熟。有了这些条件和基础，在晚清重臣李鸿章的儿子李经迈推荐下，并由当时民国总统徐世昌亲自向英国公使馆进行交涉，庄士敦终于在1919年3月受聘为宣统皇帝溥仪的英文教师，这一教就是11年。

在紫禁城中，庄士敦凭着渊博的知识，尤其是科学技术方面的造诣和丰富多彩的海外见闻，深深地吸引、影响着少年皇帝溥仪。他不仅教授给溥仪一口不算太流畅的英文，还把最讲究礼仪的英国人的绅士风度也传给了溥仪。当然，聪明的庄士敦还针对溥仪在不同年龄段的不同兴趣，讲解了世界上许多先进的科学技术知识，诸如讲解画报上的坦克、飞机和大炮，以及国外相关的现代战争。面对见多识广的英文教师庄士敦，溥仪简直佩服得五体投地，对西洋的一切都充满了好奇和向往，并开始有意识地加以模仿。到后来，溥仪不仅率先在紫禁城小朝廷里剪了长辫子，还穿上笔挺的西装，戴上金丝边眼镜，并学会了诸多让中国清朝遗老们瞠目结舌的新玩意儿。

当然，影响向来都是相互的，何况还是在文化极其悠久深厚的中国呢。所以，当庄士敦的西洋新奇在影响溥仪的同时，他自己也在不知不觉中被中国传统文化和礼教所熏染，以至于他还对清朝那已经过时的口头恩赏表现出了受宠若惊的姿态。如溥仪曾这样描述自己的这位苏格兰"老夫子"：

溥仪和庄士敦等人合影

拍摄于御花园钦安殿前，大象背上的是溥杰与溥仪（右一）、润麟（左二）、庄士敦（左一）。

他和中国师傅们同样地以我的赏赐为荣。他得到了头品顶戴后，专门做了一套清朝袍褂冠带，穿起来站在他的西山樱桃沟别墅门前，在我写的"乐静山斋"四字匾额下面，拍成照片，广赠亲友。内务府在地安门油漆作一号租了一所四合院的住宅，给这位单身汉的师傅住。他把这个小院布置得俨然像一所遗老的住宅。一进门，在门洞里可以看见四个红底黑字"门封"，一边是"毓庆宫行走""赏坐二人肩舆"，另一边是"赐头品顶戴""赏穿带膝貂褂"。

也难怪庄士敦对溥仪的这些赏赐如此看重，因为那在清朝268年历程中实在是特例中的特例了。中国传统文化对庄士敦的影响，还表现在他的思想和灵魂深处，并通过他的言行直接表露了出来。如在复辟这件事情上，虽然今天的绝大多数人和当时的进步人士都已经认识到那是一件极为荒唐的事，但庄士敦却说：

从每种报纸上都可以看得出来，中国人民思念大清，每个人都厌倦了共和。我想暂且不必关心那些军人们的态度，皇帝陛下也不必费那么多时间从报纸上去寻找他们的态度，也暂且不必说，他们拥护复辟和拯救共和的最后目的有什么区别，总而言之，陈太傅的话是对的，皇帝陛下圣德日新是最要紧的。

这里所说的陈太傅，就是溥仪的中文教师陈宝琛。关于陈宝琛，我们不得不在此加以说明，因为这位年仅20岁就被点为翰林的福建学子，是一位在中国晚清和民国政府中有着重要影响的人物，何况溥仪自己也曾直言不讳地称陈宝琛是他"唯一的灵魂"。同治年间的进士陈宝琛，浑身上下充满中国传统知识分子的秉性，那就是正直而谨慎、博学而儒雅，但在与丑恶势力进行斗争受挫后，又往往容易产生消极避世的心态。如在慈禧太后执政时代，陈宝琛以敢于直言上谏而赢得同僚们的钦佩，但同时也遭到慈禧太后的严酷打击，最后被迫归隐山林。不过，在长达20多年归隐生涯中，陈宝琛过得非常潇洒自在，因为他在对中国经、史和诗词等方面进行的潜心研究中，得到了中国传统知识分子毕生追求而难以达到的境界，那种以渊博知识来带动心灵的升华，绝对不是一般人所能理解和领悟的。

归隐20多年后的陈宝琛，在慈禧太后死后又一次被起用。当他跟随溥仪当了"帝师"后，直到溥仪逃往东北，几乎没有离开过溥仪，所以他对溥仪人生的影响简直可以用刻骨铭心来形容。当然，陷入中国深不可测古文化中的陈

宝琛，同样不可避免地跌入了复辟暗流中而不能自拔。溥仪在《我的前半生》中有这样一段文字：

更叫我感兴趣的是他的闲谈。我年岁大些以后，差不多每天早晨，总要听他讲一些有关民国的新闻，像南北不和，督军火并，府院交恶，都是他的话题。说完这些，少不得再用另一种声调，回述一下"同光中兴、康乾盛世"。当然，他特别喜欢说他当年敢于进谏西太后的事。

每当提到给民国做官的那些旧臣，他总是忿忿然的。像徐世昌、赵尔巽这些人，他认为都应该列入《贰臣传》里。在他嘴里，革命、民国、共和，都是一切灾难的根源，和这些字眼有关的人物，都是和盗贼并列的。……他在讲过时局之后，常常如此议论："民国不过几年，早已天怒人怨，国朝200多年深仁厚泽，人心思清，终必无与人归。"

与陈宝琛思想大同小异的洋师傅庄士敦，在拿了月俸银圆1000块后，不仅也支持溥仪搞复辟活动，且在他明白复辟无望时，又积极策划溥仪到英国去留学。只可惜，他不是专门搞政治的那帮清朝遗老和怀有野心的精明日本人的对手，最终只得黯然地离开了紫禁城。不过，在中国政治权力中心待了多年的庄士敦，实在是见识了中国的政治和人际交往的复杂。于是，他也像陈宝琛当年投身学术研究一样远离了政治是非，但他研究的是从"中华民国"成立到1924年11月溥仪出宫这段破碎历史。后来，他把研究成果写成了一本书，叫《紫禁城的黄昏》。关于写这本书的目的，他在扉页上有这样的话：

谨以此书献给溥仪皇帝陛下。最诚挚地希望溥仪皇帝陛下及其在长城内外的人民，经过这个黄昏和长夜之后，正在迎来一个新的更为幸福的时代曙光。

庄士敦的祝愿是美好的，但中国民众真正迎来的"幸福的时代曙光"，应该是太阳重新升起的今天。

◎ 泰戈尔在皇家御花园

在北京故宫的图书馆中现存有这样4张画像和照片，它们分别是泰戈尔画像、泰戈尔与中国末代皇帝溥仪的合影、泰戈尔与中国晚清学者郑孝胥的合影、泰戈尔等12人的合影。从这些画像和照片上的题记与背景中，我们可以得知，这是在1924年的北京故宫，确切点说应该是在紫禁城御花园里的一段历史剪影。泰戈尔，这位世界著名诗人、文学家怎么会来到北京故宫，又怎么会与中国末代皇帝溥仪及中国众多的知名学者有这样的交往呢？

1924年的中国，正是一个战乱年代。然而，已经63岁的印度诗哲泰戈尔突然想起要到中国来看看。泰戈尔的中国情结，似乎可以追溯到1000年以前，因为充满激情的他对于那时佛祖释迦牟尼舍利被传送到东方这个文明古国的传说，有着一种无以名状的探求渴望。何况，自那时起已经1000年了，世界上这两个文明古国一直没有什么往来。为了连接中断了千年的文化传承，中国的著名学者、中国大学演讲协会会长梁启超向泰戈尔发出真诚邀请。收到中国发出的友好讯息，大师终于在这年的4月与随行人员来到了中国，这个他梦寐以求的地方。

对于这位对世界文学有巨大影响的伟大诗人的到来，中国的学术界、文化界，以及北京高等学府的激进学子们都表现出了非同寻常的热情和欢迎。在中国封建王朝的圣地、北京天坛的绿色草坪上，面对中国人民的友好与天坛的美丽，白须飘飘的诗人泰戈尔在年轻靓丽的林徽因的搀扶下，发表了一段充满诗意的即兴演说。诗人泰戈尔的演说赢得赞叹的同时，中国的年轻诗人、著名新月派领袖徐志摩的翻译也同样精妙绝伦，简直可以用珠联璧合来形容。对于泰

戈尔、徐志摩和林徽因3人当时的"合作"情景,后来陈从周在《徐志摩年谱》中用松、竹、梅"岁寒三友图"来描述这段经典时刻:

　　林(徽音)小姐人艳如花,和老诗人(泰戈尔)挟臂而行,加上长袍白面、郊荒岛瘦的徐志摩,有如苍松竹梅的一幅三友图。徐氏在翻译泰戈尔的英语演说时,用了中国语汇中最美的修辞,以硖石(浙江)官话出之,便是一首首的小诗,飞瀑流泉,淙淙可听。

　　诗歌永远是美丽的,而诗人又似乎永远是孤独的。对于泰戈尔潇洒而充满激情的风度,中国年轻人在接受这外在表象的同时,又对他渴望沟通两个文明古国传统文化的愿望和言行,表示了不能理解、拒绝,甚至排斥。这一点,诗人泰戈尔和中国进步、开明的知识分子一样,始终都是无助而孤独的。然而,正在狂热要求破除旧文化和封建传统的中国热血青年们,他们一点儿也不感到孤寂,相反在时刻都处于激情飞扬的时代,他们对于泰戈尔的到来,以及他"复古"的表现,同样表达了异乎寻常的"热情",因为他们终于又找到了可以肆意"开火"的目标。

　　关于中国热血青年和一些学者排斥诗人泰戈尔思想的事,诗人的同行者有这样的描述文字:

　　当我们与北京的学者相会时,中国进步分子突然感到他们与泰戈尔思想有着巨大的一致性。同那时代的但丁与乔叟一样,泰戈尔与胡适两人都决心采用人民的口语作为文学表达的普通工具,以替代掌握在有限学者阶层手里的经典语言。一位激进的中国学者从饭桌的另一端跃起,拥抱泰戈尔,并用充满激情的语调说,现在,他不仅同泰戈尔一道分担共同经历的痛苦,而且也分担传统文化的卫道士亲手制造的苦难。

没有"自知之明"的泰戈尔，却不顾忌自己的言行，依然用他坦诚、睿智和博大胸怀包容着中国热血青年的激进或者说是无知。他深深的同情、亲善的情感，以及反对战争、冲突和盲目崇拜物质进步的十分尖锐的声音，终于很快地消除了反对者的批评，并吸引、感召着热血的年轻人和那些进步、开明的中国知识分子。

诗人泰戈尔在赢得中国民众信任的同时，也使中国末代皇帝溥仪的外籍英文教师庄士敦产生了一个大胆设想，那就是引见泰戈尔入宫与溥仪会面。关于泰戈尔与溥仪的会面过程，庄士敦有比较详细的文字记述：

辜鸿铭将中国人的礼貌作为其民族的特征之一引以为骄傲。但遗憾的是，这种礼貌于1924年在北京的一个学者团体给予来访的一位著名的外国人（也是皇帝的访者之一）的招待会上却完全丧失了。这位著名人物就是印度诗人泰戈尔，他于当年4月应中国文化界知名人士胡适博士和徐志摩（徐志摩为新月派的年轻诗人和领袖，数年后因不幸事件而惨死）的邀请来华访问。

泰戈尔来中之时，正值外国影响在学术界和其他各界产生作用之际，这使他的访问陷入困境；他对年轻中国的呼吁——要珍惜自己民族优美而高尚的文化遗产——受到了一些学者听众的冷遇，甚至受到敌视。我希望泰戈尔在他没有看一眼一向具有礼貌和尊严的中国之前，不应离开北京。于是，我向皇帝谈及泰戈尔，并请求允许他到紫禁城来。我也向皇帝展示了一些泰戈尔的英文和中译本的诗作。皇帝立即答允了我的请求，会见在御花园我的亭阁中进行。

此次会见肯定使皇帝愉快，我想这位诗人也同样感到高兴。跟随皇帝参加这次会见者还有郑孝胥。我感到高兴的是，在皇帝的赞助下把两个伟大国家的第一流诗人联系在一起了，这两个国家过去在文化接触方面有过密切的关系。

诗人泰戈尔与中国末代皇帝溥仪的会见安排在北京紫禁城御花园里，这从

他们那几张合影照片背景中可以辨认得出来，因为照片背景是御花园钦安殿西南部、千秋亭东侧的四神祠。这个名为祠的建筑，其实就是一个没有牌位的亭子，而为什么以祠命名，大抵是因为这里过去曾经供奉过代表着东、西、南、北方位的青龙、白虎、朱雀和玄武四神。在这四神祠前，泰戈尔和溥仪就面向北方站在台阶上，从而留下了中外文化交流的一段佳话。

安排诗人与溥仪这次会面的庄士敦，把地点选在御花园西南部的养心斋，这里原先是雍正皇帝寝宫，而现在已经成了英文帝师庄士敦的临时休息

溥仪和泰戈尔

1924年4月，溥仪与泰戈尔在故宫御花园四神祠前合影。

地。虽然楼上楼下都已摆置了各式西洋家具，仍掩盖不了中国皇帝们留下的古文化韵味，如养心斋左室楹联"心迹只今偏爱淡，诗情到此合添幽"，右室楹联"自是林泉多蕴藉，依然书史得周旋"，这是康熙皇帝的杰作。而楼下"诗人"乾隆皇帝那"休道渊鱼看活泼，消闲书史把菁英"的楹联，使诗人泰戈尔同样产生了浓厚兴趣，他认为联句有一种非常美妙的意境。

伟大诗人泰戈尔的中国之行是美好的，而在紫禁城御花园里的时光更是令他所难忘的。因为不仅他喜欢上了溥仪这个年轻而又有朝气的末代皇帝，而且他那美妙诗句也使溥仪着迷。记得庄士敦在他的文字记述中，曾写过溥仪专注吟诵诗人的这段诗句：

如果所有人都害怕而离开了你，那么，你，一个不幸的人，就敞开心扉，孤军前进！

如果无人在狂风暴雨的茫茫黑夜里高举火把，那么，你，一个不幸的人，让痛苦点燃你心中的明灯，让它成为你唯一的光明。

不过，溥仪这位封建皇帝是否明白诗人诗句中的含义，那就不是我们今天所能明了的了。

解说禁宫之谜

关于故宫，可以提出十万个为什么，不仅每一个谜题都引人入胜，而且每一种解答又都令人感到豁然开朗或者妙趣横生，当然其中也有无穷知识来填充探询者的渴求和兴趣。如果把这些谜题用科学的或者合理的方法予以解答，然后再集合在一起，可以做成一套百科全书，且足以囊括历史、文学、艺术、哲学和宗教等诸多领域。但是，在这里我们没有办法一一去解析清楚，只有就故宫建筑本身谜题试着解说一二，而且只能是解说，因为有的至今还没有确切答案，或者说答案不止一个。

◎ 为什么龙成了故宫里的主角？

传说，故宫里的房间有9999间，每一间建筑构件和里面陈设物品上几乎都有龙的图案。那么，故宫里到底有多少条龙呢？这实在是一个无法计算得清的数字，因为那9999间房屋数字本身就是一个传说，真正的房间数从来就没人计算得清。连房间数都无法算得清，又何以算得清有多少条龙呢？但是，这从某个侧面又说明龙已经成了故宫里的主角。这又是为什么呢？

其实，关于龙的由来实在是太久远了，早在中国最古老文字甲骨文和金文中就有"龙"字，这两种文字中的"龙"字有几十种不同写法，而且都是象形字，也就是说其形酷似传说中的龙。但是，不知从什么时候开始，龙却成了中国古代皇家的专用"动物"和"名词"，且享有至高无上的尊严和不可触犯的威望。粗略考证一下，大概与司马迁那本皇皇巨著《史记》有关。据《史记·天官书》记载，黄帝就是龙的化身，而黄帝是中华民族的共同祖先，所以此后历代帝王无不把自己看作龙的儿子，如《诗纬·含神雾》中就把尧帝说成是庆都和赤龙的儿子，而《史记·高祖本纪》中也把汉高祖刘邦说成是龙的后代。有了这样的起源和标榜，历朝历代帝王们为了显示自己的至尊至贵和皇位正统，也就自然而然地以龙自比了。既然这样，作为明、清两代皇宫的紫禁城，自然也就成了龙的世界。

龙既然是中国人老祖先的化身，自然就被赋予了种种非凡本领，如《说文解字》中把龙描绘成"鳞虫之长"，说它"能幽能明，能细能巨，能短能长，春分而登天，秋分而潜渊"。而在《山海经》

故宫九龙壁

故宫九龙壁位于后宫东路皇极门外，是一座背倚宫墙而建的单面琉璃影壁，为清乾隆三十七年（1772年）改建宁寿宫时烧造，与山西大同九龙壁、北京北海公园九龙壁合称"中国三大九龙壁"。

和《淮南子》等书里更是把龙说成能呼风唤雨，能给人间带来祥瑞与祸福，简直是出神入化，玄之又玄。

关于传说，历来就没有什么确凿根据。如果对其赋予一定的深刻含义，也许就能流传得久远些，否则只能听过就忘罢了。但是，龙成为故宫中的主角绝对不是什么传说，有兴趣的不妨去那里数点一番。

◎ 紫禁城为什么是红墙黄瓦？

红墙黄瓦是紫禁城建筑中两大基本色调构成，为什么偏偏选用这两种色调而不是别的颜色呢？

关于红色，其表示喜庆和吉祥的寓意由来已久。据考古发现，早在约1.8万年前山顶洞人就对红色有着特别的喜爱。于是，就有人推测说因为红色是火的颜色，而火又是山顶洞人驱赶野兽和熏烤食物的"法宝"，所以他们对红色有一种崇拜。如果说山顶洞人喜欢红色的原因只是一种推测的话，那么在几千年前的周朝和汉朝，其宫殿建筑已经相当普遍地使用了红色，这从有关文献记载中可以找到佐证。当然，明、清两代紫禁城围墙使用红色不仅是沿袭前朝成规，也确实给人以肃穆庄重而又富丽堂皇的感觉。

关于紫禁城建筑中普遍使用黄色琉璃瓦，人们愿意从五行学说中寻找根据，因为五行学说在中国可谓是历史悠久、影响深远。在五行中，黄色代表中央方位，而中央属土，土又是黄色，是世间万物的本色，因此历朝历代皇帝们便把黄色奉为最尊贵的颜色，不仅表示自己位居中央的显赫，又有一种以土为基、以民为本的含义，所以紫禁城建筑基本上都使用黄色琉璃瓦做屋顶。这种规制似乎可以追溯到宋朝，而到了明、清两朝则已经明确规定，只有皇家宫殿、帝王陵寝或得到皇帝容许的祭祀坛庙等建筑可使用黄色琉璃瓦，其他建筑物一概不能使用。

不过，在皇家禁宫紫禁城里也有少数建筑采用绿色或黑色的琉璃瓦，但这也似乎与五行学说有关。在五行中，青色是草木的原色，是一种万物丛生、生机勃勃的象征，所以使用绿色琉璃瓦多含有这种寓意。如帝王后妃寝宫，皇子们读书的文华殿（后来，因文华殿被改作皇帝召见翰林学士举行经筵讲学的地方，便改用了黄顶），皇家藏书用的文渊阁，皇子们居住地南三所等，都使用的是绿色或黑色琉璃瓦盖顶。

当然，单从建筑美学角度来看，红墙黄瓦的紫禁城给人以金碧辉煌而又肃穆庄严的感觉，其间点缀以少量绿色，则又不失一种盎然生机之感，确实是美不胜收。

◎ 乾隆选定宝玺为什么是 25 方？

在紫禁城的交泰殿里，存放着象征清朝皇家威权的25方宝玺，这些宝玺质地不同，有金制、玉雕和檀香木制的，其握纽上龙的造型也是形态各异，有交龙、蹲龙和盘龙等。当然，不同质地、造型和文字的宝玺，其作用也各不相同。例如，使用满文"皇帝之宝"的就代表赦免方面的内容，使用"天子之宝"的就是有关祭祀方面的，使用"垂训之宝"的则是关于国家大法方面的，而使用"命德之宝"就是关于奖励忠良贤臣的，使用"皇帝行宝"肯定是有关赏赐馈赠方面的，而表示文化教育方面的就用"钦文之玺"，表示要进行征战杀伐时就使用"讨罪安民之宝"等，总之，皇帝发布每一道诏书、敕谕，都要根据内容不同而使用相应的宝玺。

既然使用宝玺有这么多讲究，当初乾隆皇帝选定25方肯定也有特别的想法，那么他为什么一定要选用25方宝玺而不是26方或者27方呢？

于是，有人根据《周易》中有"天数二十有五"的典故，就胡乱揣测说，古人以天为阳，地为阴，以单数为阳，双数为阴，所以《周易》中也以1、3、5、

7、9几个阳数相加而得到25这个天数，故用25来确定皇家宝玺的数目，以象征自己王朝绵延不绝。其实，当年乾隆皇帝选定25方宝玺的真正用意并非如此。这个谜底可以在他晚年所作《匣衍记》中得到确切解释，他说：

定宝数之时，密用姬周故事，默祷上苍，祈我国家若得仰蒙慈佑，历二十五代以长，使我大清得享二十有五之数。

交泰殿内景

交泰殿始建于明嘉靖年间，清嘉庆二年（1797年）重建，原是皇后千秋节受庆贺礼的地方，清乾隆年间开始用于贮存宝玺。

这里所说的"姬周故事",指的是周平王迁都洛邑后,开创了东周传承25代辉煌业绩,这也是中国历史上历时最长、世数最多的王朝。于是,乾隆皇帝把顺治皇帝作为清朝入关第一帝,还希望其爱新觉罗氏的大清王朝能像东周一样绵延25代而不绝。不过,乾隆皇帝又信心不足地在文章结尾处写道:

夫卜世卜年固在人,而赐世赐年则在天。

单从这一点来看,号称文治武功无人能比的"十全皇帝"乾隆,对实现自己心中愿望也是缺乏信心的。

由乾隆皇帝选定宝玺数字而引出的慨叹,也许不应该属于所有人,但由此是否可以怀想点儿什么呢?这应该不会存有异义吧。

◎ 三大殿名称出自何处?

三大殿,指的是紫禁城南部的太和殿、中和殿和保和殿。这不仅是前朝的中心,也是整个紫禁城的主体。这么一处重要宫殿,其名称自然有一定含义。那么,它们到底有何出处呢?

其实,建成于明永乐十八年(1420年)的三大殿最初叫奉天殿、华盖殿和谨身殿,225年后才改称现在的名字。据说,现在这个具有特殊政治意义的名字,是典出于《易经》中"保合大和乃利贞"这么一句。其中,按照文言文通假解释"大"即是"太",所以"保合大和"也就是"保合太和"的意思。这句话的意思是说,保持宇宙间的和谐关系,就能够使世间万物各得其利,所以,用"太和"与"保和"来为两座宫殿命名,其目的自然是希望国家四方和谐,朝廷上下通泰,以便达到社会的长治久安。

三大殿中前后两殿名称来源于此,而中间中和殿的名称则典出于《礼记》。

据《礼记·中庸》记载：

　　喜怒哀乐之未发，谓之中；发而皆中节，谓之和。中也者，天下之大本也；和也者，天下之达道也。致中和，天地位焉，万物育焉。

　　这段话的意思是说，喜怒哀乐还没有发出时就叫作"中"，如果发出来又恰到好处则叫作"和"，所以，"中"是天下的根本，而"和"则是天下最通达的途径。如果能够保持住中和，天地就能够久安其位，万物也就能够生长顺利。而单从地理方位

三大殿俯瞰图

上来说，中和殿又恰巧位于太和殿与保和殿之间，所以用"中和"来命名这座方殿，不仅恰如其分，也有保持皇朝长治久安的希望。

既然三大殿有如此不同寻常的政治含义，其地位和作用自然也就非比一般。确实，明、清两朝凡是重大庆典活动都必须在这里举行，所以其建筑规模和形制也都是紫禁城中最高的规格。如被称为金銮殿的太和殿，不仅建在高高的三重台基之上，其建筑面积达2377平方米，是中国现存所有单体古建筑中规模最大的，整个殿宇面阔11间，进深5间，殿高35.05米，上部全部采用重檐庑殿式屋顶。太和殿后面是中和殿，这是一处深广均为3间的单檐攒尖式屋顶的正方形宫殿，建筑面积为580平方米。这是举行大典前皇帝接受大臣们参拜的地方，自然也是金碧辉煌、肃穆威严的场所。中和殿后面就是保和殿了，这是一处重檐歇山式屋顶的宫殿，歇山顶是仅次于庑殿顶的一种建筑形制，既宏伟壮观，又灵活秀丽，是古建中的经典。

◎ 东华门、西华门错位为哪般？

中国人习惯于讲求平衡和对称，这在皇家建筑宫苑中体现得尤为明显，而皇家禁宫紫禁城却在一处建筑设计中违反了这一规则，那就是东华门和西华门并没有坐落在紫禁城东西中轴线上。这是为什么呢？

长方形的紫禁城共有南、北、东、西4座城门，南边的叫午门，北边的叫神武门，东西两边的分别叫东华门和西华门。午门与神武门严格布置在紫禁城南北中轴线的两端，从远处或高空望去显得十分对称，而东华门和西华门虽然左右也很对称，但它们却并不在紫禁城东西中轴线上，而是靠近南端午门一侧，这在整个紫禁城中似乎是不规整的。对于这种不对称布局，人们如果不留心的话，也许看不出来，或者看出来也难以明白其中缘由，但如果了解了紫禁城内部结构就会恍然大悟了。

众所周知，紫禁城内分为前朝和后寝两大部分，前朝是皇帝办理朝政的场所，占地广阔，进深也大，主体建筑三大殿四周还有众多廊庑环绕，是一个相对封闭而又独立的建筑空间，只是在太和门与午门之间有一个南部敞口的广场，可供东西方向人员流通。其中，分别通往东、西方向的东华门和西华门都与这个广场有直接联系，所以它就只能往南靠近午门而不能建在东西向中轴线上了。另外，紫禁城的后寝部分是皇帝和后妃们的生活区，不仅需要闲适安静，也是绝对的禁闭之处，所以它的建筑紧凑而相对狭小，且处在幽深之地，属于最隐蔽的一处处所。对于这样一种建筑构想，肯定不能按照常规的设计来规范，如果把东华门、西华门布列在紫禁城东西中轴线上，就等于把紫禁城平均分为两个部分，这不符合紫禁城前朝宽阔后寝窄小的传统建筑理念，影响紫禁城整体布局。另外，这样一来也把繁华的交通要道安排到后寝附近，这显然不符合帝王后妃们需要安静休养的心意。

紫禁城错位的建筑设计，充分体现了中国古代工匠实用的建筑思想，也告诉人们敢于突破思维定式才能有所创新的道理。

◎ 泥砖为何称为金砖？

金砖墁地，是人们形容故宫三大殿地面状况的一贯说法。其实，这里所说的金砖同样是用泥土烧制的，并不含有丝毫的金质成分。那么，泥砖又为何被称为金砖呢？

据说，这种说法有两种依据：一是此砖用料十分讲究，要求质地细腻密实，看上去也要光润如玉，用手轻轻敲击会发出一种铿锵的金石之声，所以叫作"金砖"；二是这种产自苏州的特制砖为皇宫所专用，所以只能从苏州运往北京，故叫"京砖"，因为"京"与"金"读音相近，时间一长就把"京砖"叫成"金砖"了。

其实，无论是泥砖也好还是"金砖"也罢，这种砖确实非比寻常，不仅产自远在千里之外的江南苏州，其制作工艺非常高妙而科学，当然制作过程也是非常复杂的。首先是选料，它要求所用泥土必须质地细腻，黏而不散，粉而不沙，这样才会有很强的可塑性；然后是制作过程，要经过复杂的炼泥、澄浆、制坯、阴干等工序，通俗点儿说就是，把选好的泥土经过人工炼制后，再用细丝密网进行过滤，才能放在特制模子里制成砖坯，然后还只能在阴凉地方风干，绝不可放在太阳下晒干，阴干之后才能烧制。关于烧制过程，明代在苏州主持制砖的工部郎中张向之在《造砖图说》中是这样介绍的：

入窑后要以糠草熏一月，片柴烧一月，棵柴烧一月，松枝柴烧四十天，凡百三十日而窨水出窑。

如此算来，一块砖的造价就高达9钱6厘白银，比当时一石大米的价钱还要高。金砖造好运到北京之后，就是工艺要求极为严格高巧的墁砖了。首先要把金砖砍平磨光，每块尺寸要不差丝毫，这样的工作致使每人每天只能磨平3块。然后就是抄平、铺泥、弹线、试铺，直到严丝合缝、水平如镜为止，这样下来3人一天只能墁好5块砖。等到整个地面全部铺平后，再在上面浸上一层生桐油，待桐油彻底风干后才算完工。这样算下来，一块金砖的价值真的相当于是用金子做成的了。

对于这种工艺，我们应该赞叹先人的无穷智慧；而对于这种奢侈的做法，也许大多数人并不赞成。

◎ 后三宫的作用有哪些？

后三宫，指的是紫禁城里被称作内廷的乾清宫、坤宁宫和交泰殿3处宫

殿，这里是供帝王后妃居住休息的地方。那么，后三宫为什么被称为"乾清""坤宁""交泰"呢？

据《易·泰·彖》上说：

泰，小往大来，吉亨，则是天地交而万物通也，上下交而其志同也。

意思就是说："泰"这一卦，是小的丢了大的就来了，这是非常吉利的。而天与地的交感则使世间万物得到生长，上与下的交感则使人们的志向趋向一致，达到上下通泰。而紫禁城里后三宫中的交泰殿，恰巧就处在乾清宫与坤宁宫的中间，当初之所以借用这一典故来命名，也许是期望达到帝后和睦、君臣一心、国泰民安的目的吧。不过，那些帝王们的愿望是否已经达到，历史早已做出解答，我们无须多费口舌，还是来看看这后三宫在紫禁城中所起的实际作用吧。

坐落在紫禁城南北中轴线上的后三宫，是一个完全封闭的独立空间，从南往北依次为乾清宫、交泰殿和坤宁宫。乾清宫是皇帝寝宫，共有9间，每间分为上下两层，各有楼梯相通，且每间暖阁里放置3张床，一共有27张，皇帝每晚可以随意选择一间就寝，据说是为了防止遭人暗杀。其实，乾清宫只有清朝入关的前两位皇帝居住过，到了雍正皇帝时就搬到养心殿居住了，但乾清宫一直是历代帝王驾崩后必须停放灵柩的地方，否则就不能算作寿终正寝。由此可见，乾清宫在紫禁城诸多宫殿中有着不寻常的地位和作用。

乾清宫的后面就是交泰殿，这是一处3间单檐攒尖顶的方殿，是专门供帝王在节日时接受祝贺或举行后妃们生日庆典的地方。当然，在这里不仅有乾隆时制作的中国古代计时器——铜壶滴漏等珍贵文物，还有皇帝那25方作用各不相同的玉玺，这实在是不可以疏忽的重要场所。

坤宁宫是后三宫中的最后一处宫殿，其作用十分特别，因为其西暖阁是

解说禁宫之谜

坤宁宫内灶台

坤宁宫在明代用作皇后居所时,正面中间开门,有东西暖阁;清代改原明间开门为东次间开门,东侧两间暖阁作为居住的地方,西端四间改造为祭神的场所。东数第三间开门,与门相对的后檐处设锅灶,作杀牲煮肉之用。

祭祀神灵的场所,而东暖阁则是同治皇帝和光绪皇帝分别结婚时的洞房。每逢初一和十五大祭时,皇帝、皇后和王公大臣们都要来此参加祭神仪式,其典礼很是庄严而神圣。

◎ **后宫门槛为什么是活动的?**

在故宫后三宫中游览,细心的游客也许会发现宫殿门槛都是可以移动的,这实在是一件有趣的事。如果要问为什么,那还得从末代皇帝溥仪时期说起。

辛亥革命成功后，3岁登基当皇帝的溥仪便成了一名逊帝。虽然是逊帝，按照"中华民国"政府对清朝皇室的优待条件，这位末代皇帝溥仪及其皇室人员还一直居住在紫禁城后三宫里，且长达10多年之久。所以，在那个不伦不类的混乱年代，尽管紫禁城外的北平城里到处飘扬着红、黄、蓝、白、黑的五色旗，人们却已开始憧憬着真正共和国的民主生活，而在紫禁城后三宫里，那些遗老遗少们依然是顶戴花翎，拖着长长的辫子，竭力保持着清代宫廷生活的各种制度和习俗，简直与"中华民国"判若两个世界。

然而，时代发展毕竟不是人力所能阻挡的，紫禁城里的小朝廷虽然竭力拒绝外界干扰和影响，但巍峨高峻的围墙还是被东南西北风给吹"倒"了。当然，当年的小皇帝溥仪已经不再是懵懂幼童，他开始积极主动地去接受和拥抱缤纷的世界，英文教师庄士敦的影响更是让他刻骨铭心。于是，溥仪毅然放弃金顶黄轿，毅然率先剪掉脑后那留了长达几百年的长辫子，毅然不顾遗老遗少们强烈而顽固的反对，开始使用从西洋传来的现代物品，诸如金丝眼镜、白瓷澡盆、笔挺西装、刀叉并用的西餐和按下快门就能出图像的照相机，以及一根电线通四方的电话，这一切都是溥仪那时十分喜爱和热衷的。特别是那奔驰如飞的自行车，溥仪对它简直是着了迷。他让内务府采购了各种各样的自行车，有英国的、德国的、法国的，还有男式的和女式的，可谓是五花八门、品种繁多。在那段时间里，溥仪整天骑着自行车在皇宫里奔驰，为了出入各处宫殿不用下车，能够自由地来往穿梭，溥仪便下令把大门两侧有台阶的地方统统改造成木制坡道，还把宫门所有门槛一律锯断，并改成了活动门槛。

溥仪当时的行为也许是一时冲动，也许是他追求现代新生活的积极心态，不过这些都已经成为逝水流年的往事。

◎ 西洋小楼何以落户紫禁城？

雕梁画栋、飞檐斗拱，是古老紫禁城里几乎所有建筑的一大特色。之所以说是几乎而不敢加以肯定，是因为在那浩如烟海的宫殿中还有一座别具一格的西洋小楼——宝蕴楼。按说，一向看不上西洋蛮荒的中国皇帝们，何以就能容许他们的"玩意儿"堂皇地落户在紫禁城里呢？

当然，中国皇帝们不会做这种有违祖规的事，但是到了"中华民国"时就不是他们所能左右的了。确实，这座宝蕴楼并非明、清建筑，而是北洋政府时期的产物。1911年辛亥革命成功后，溥仪暂居紫禁城后三宫，前朝所有宫殿则由北洋政府接管，后来因把承德避暑山庄和沈阳故宫里的一些重要文物先后运到北京来收藏，而北京当时又缺少妥善保管的地方，就临时决定在紫禁城原来的咸安宫旧址上建造一处库房，用以存放多达3150箱23万多件文物。于是，在1914年6月2日正式动工、历时一年才竣工的库房，便在红墙黄瓦的紫禁城里出现了。因为要存放的这批文物多是金石玉宝和珍贵秘籍，其价值不可估量，所以就把库房命名为宝蕴楼。

这处一反中国皇宫中传统建筑风格的宝蕴楼，完全是按照西洋建筑式样设计建造的。宝蕴楼共有北、东、西3座单体楼房，北楼是主楼，建筑面积大，外观也十分别致，左右对称的东西两楼是辅助设施，连接主楼与副楼之间的两层外廊，那以白色栏杆和廊柱构成的空透走廊，使整组建筑显得清爽而明快，还给人以一种虚虚实实的感觉。楼房屋顶是高耸的四坡式，没有精巧深邃的飞檐翘壁，没有金光闪亮的黄色琉璃瓦，没有美妙别致的花纹雕刻，更没有中国古建屋顶那流畅的曲线，但它却给古老的故宫增添了一丝别样意韵。

关于故宫，我们知道了太多的旧日传说和深刻历史，对于现代化特别是现代科技似乎有些遗忘了，这应该不是一件值得说出去的事。如此，还是跟上时

代步伐，跟上科技发展的步伐为妙，因为落后挨打的滋味我们已经尝得太多、太深刻。

宝蕴楼

宝蕴楼位于紫禁城西南、武英殿以西，原是古物陈列所的文物库房。

◎ 欹器为什么成为皇家必备之物？

"谦受益，满招损"，是中国人谦虚美德中一句至理名言。据说，这带有一定哲理意味的名言，源于周朝的一种容器——欹器，还和孔子一句话有着不可分割的联系。

相传，有一次孔子带领弟子们到周庙去拜谒参观，看见庙里有一件容器的造型很奇特，就向看守庙宇的人请教说："这是什么器物？"守庙的人回答："这叫右座器。"孔子仔细观察了一会儿说："我听说灌满了水这容器就会自动翻转过去把水倒掉，如果没有水就会倾斜，而只有灌一半的水才正好能垂直正立，是这样的吗？"守庙的人听完孔子的解说很钦佩，就连忙回答说："是的。"于是，孔子让得意弟子子路取来水试了试，果然如他所说。这时，孔子似乎恍然大悟说："唉，哪有满了而不翻倒的呢？"从此，这件叫作右座器的容器便更名为欹器，还被封建统治阶级借其"满则覆，中则正，虚则欹"的特点，警诫自己要牢记"满招损、谦受益，戒盈持满"的道理，以巩固自己的统治。

由于欹器被孔子赋予特别的含义，历代帝王们为了标榜自己的谦虚无不在宫中放置这种容器，清王朝的皇帝们也不例外。如今，人们在北京故宫博物院里看到的那件欹器，是清光绪二十一年（1895年）制造的。这件欹器采用铜质镏金工艺，整体形状像是一个插屏，且底座上还有框架。框架高45.7厘米，宽18.5厘米，在框架上方那横框的正面上錾刻有"光绪御制"4个篆体大字，这无疑告诉人们这是光绪年间的器物。在框架中央就吊挂着一个直径11.7厘米、高15厘米的杯状容器，其两边的乳钉形轴与框架内侧的针状轴相衔接，这种构造就使这个容器能够在框架上沿着一定的方向转动，如果往容器中倒水，完全如孔子当年的试验一样，这种奇特的器物就叫"欹器"。

"欹"，在汉语中解释为倾斜的意思。面对故宫中这个倾斜的器物和其显示的科学原理，我们肯定也应该有所受益吧。

◎ 为什么坤宁宫挂"囍"字宫灯？

坤宁宫，在紫禁城所有宫殿里并不高大宽敞，建筑样式也很普通，但它的特别之处在于东暖阁门前始终挂着一盏"囍"字的大红宫灯。这是为什么呢？

"囍"，当然与结婚有关。是的，坤宁宫东暖阁是清王朝皇帝和皇后结婚时的洞房。据《大清会典》上记载，康熙、同治和光绪三朝皇后都曾在这儿住过，连末代皇帝溥仪当年也是在这儿举行的婚礼。皇家的大婚礼仪，自然不是平民百姓所能比的，首先是皇帝大婚前先要由太后和近亲王公大臣选定皇后，然后再行纳彩礼、大征礼、册立礼、奉迎礼、合卺礼、庆贺礼和赐宴礼等众多繁缛礼仪。在这些礼仪之中，最隆重的当数册立礼和奉迎礼，也就相当于今天中国一些农村依然盛行的送财礼和定亲。在这一天里，举国上下都要披红戴绿，家家张灯结彩，而紫禁城里更是喜气洋洋，不仅午门以内各宫门、殿门、太和殿、乾清宫、坤宁宫等处要张灯结彩，就连御道上也要红毯铺路，各处都是焕然一新。一切准备停当后，迎亲队伍就要从皇宫正门进入紫禁城了。当迎接皇后的凤舆进入午门，经太和门、中左门、后左门到达乾清宫时，所有内大

坤宁宫"囍"字宫灯

臣和侍卫都退了下去，只能由太监和宫女们领着皇后步行到后隔扇，再坐上8人抬孔雀顶轿子来到钟粹宫，举行合卺礼（即今天的结婚典礼仪式），然后再坐上礼轿来到坤宁宫洞房里等候。这时，皇帝才进来坐在宝床左边，而皇后则坐在宝床的右边，并由4名福晋夫人侍候合卺宴，也就是皇帝和皇后同饮交杯酒，然后便是洞房花烛夜了。皇家婚礼奢侈豪华自不必说，仅同治皇帝当年大婚时紫禁城和皇后娘家府邸用的地毯和剪贴的"囍"字就花费白银达9万两之多。

◎ 乌鸦为何栖居黄昏紫禁城？

每当夜幕降临时，紫禁城就会有成群乌鸦盘旋其上，或栖息于宫殿屋檐下。那么，故宫里为什么会有这种奇异现象呢？

据说，乌鸦与大清爱新觉罗氏祖先有着不解的历史渊源。在《满洲实录》里记载了这样一个传说：从前，有3个仙女来到凡间，在东北长白山下一个湖泊里洗澡。这时，一只神鹊将一颗红色果子放在一个叫佛库伦的仙女衣服上。佛库伦见红果颜色异常鲜艳，就将它放入口中，不慎红果滑入肚子里，结果她就怀了身孕而不能同两个姐姐一块儿飞上天。后来，佛库伦生下一个男孩，这孩子不仅相貌特异，而且一出生就会说话，他就是大清皇帝的祖先爱新觉罗·布库里雍顺。"鹊"，今天专指喜鹊，而古人则把乌鸦和喜鹊看作同类，称乌鸦也是"鹊"。而过了许多年之后，布库里雍顺的子孙努尔哈赤遭到明朝军队追杀，在走投无路的紧急情况下，躲进一棵空心的槐树里，当明朝军队追赶到这棵槐树边时，见有许多乌鸦落在树梢上，认为这里根本不可能有人，就向别的方向追赶而去。侥幸活命的努尔哈赤发誓说，自己的子孙后代绝不许杀害乌鸦，并要永久供奉乌鸦，以报答乌鸦的救命之恩。这两个故事，都说明了乌鸦与清王朝有着不解之缘。

另外，也有人说"鸟乐空旷"的理由。也就是说，夜幕降临游人离去时，故宫里不仅有空房万间，而且还住客寥寥，寂静空旷紫禁城便成了乌鸦理想的栖息场所。

◎ 独角兽为何蹲坐乾清宫的宝座前？

在紫禁城乾清宫宝座前，有一只造型奇特、只有一只犄角的木雕怪兽。这是为什么呢？

这种似羊非羊的动物，是中国古代神话中的一种神兽，浑身青色，长着4只脚，但头上却只有一只犄角，名字叫獬豸。据说，这种动物秉性正直，具有超凡的智慧，能够本能地分辨出人世间的是非曲直。而紫禁城乾清宫，是清朝皇帝们存放秘密立储圣旨的地方。早在雍正皇帝以前，皇位继承人一般要采取公开的立储方式，就是皇帝在位时要预先公开地推选太子，而康熙大帝的儿子较多，又曾有过两次废立太子的闹剧，这便导致了一场旷日持久的皇权争夺战。后来，雍正皇帝经过明争暗斗继位当了皇帝，他汲取父亲康熙大帝公开立储的失败教训，改公开册立为秘密立储，也就是皇帝在位时秘密写好继承人的姓名，藏在乾清宫内"正大光明"匾后的建储匣内，待皇帝死后再由王公大臣打开建储匣，宣布"御书"所指定的人来继承皇位。乾隆、嘉庆、道光和咸丰4个皇帝，就是被秘密立储而当上皇帝的。选择皇位继承人，自然是关系到王朝长治久安非常重要的大事，如果皇帝在这个问题上从个人好恶出发，就势必会影响到这个王朝的稳定长久。于是，为了让皇帝时时有所警醒，人们就在乾清宫里特别设置了獬豸这种神像，提醒皇帝要公平、公正地处理这个问题。据说，如果皇帝处理问题不公正的话，獬豸这个家伙还会用犄角去顶皇帝呢。

◎ 故宫里为何摆放许多大缸？

在北京故宫里游览，人们会发现宫殿之间庭院里整齐地摆放着许多大缸。这是什么原因呢？

防火。是的，故宫里的建筑基本上都是木架结构，很容易引起火灾。据史料上记载，明、清两代曾有过几次毁灭性的火灾，如明永乐十九年（1421年），紫禁城刚建成不久就因雷击而发生大火，三大殿几乎全被烧光；明正德九年（1514年）上元佳节时，宫中太监在乾清宫因悬挂宫灯不慎而烧了连着的毡毯，结果把富丽堂皇的乾清宫和坤宁宫都烧掉了；明嘉靖三十六年（1557年）夏天，一场大火将奉天、谨身和华盖三大殿烧毁，火势还蔓延到奉天门、左右顺门、午门外左右廊等处，大火熄灭后仅打扫火场就动用3万人之多，并征用5000辆民间小车作为运载工具；明万历二十五年（1597年），紫禁城三大殿再起火灾，并将乾清宫和坤宁宫也烧着了，仅灾后重建三大殿就耗银930多万两。到了清朝，紫禁城里也发生过许多大大小小的火灾，而且几乎都是人为造成的。据说，都是因为太监监守自盗而故意放的火。

于是，为了防火灭火皇家就在紫禁城庭院里摆放了许多大缸。平时，这些

宁寿宫铜缸

上有"大清乾隆年造"字样。清代中期，故宫内大小铜缸共308口，现仅存108口。

缸内都贮满清水,而到了雪季,太监们就在大缸外套上棉套,上面盖着盖子,有时缸下石座内还要烧上炭火,目的都是防止缸里水结冰而不利于救火应急。当然,故宫里的这些大缸如今再也不是盛水防火的用具了,它们已经成为珍贵的历史文物,供人们在观赏的同时也可怀古幽思一番。

◎ 皇家宫殿里为什么摆放如意?

在紫禁城所有宫殿里,人们稍加留心就会发现,无论是殿堂的宝座旁,还是寝宫的案几上,都摆放有如意。这是什么原因呢?

如意,是皇家一种重要的观赏品和摆设品。如意的制作十分讲究,选料贵重,有金、玉、玛瑙、翡翠、水晶和珊瑚等,制作技术也很讲究,一般要运用平雕、浮雕、镂空、单镶、三镶和多镶等多种手法,无论是凹下去的阴线,还是凸起来的阳线,都要求精雕细琢、不差丝毫。至于如意上面雕刻和镶嵌的花纹图案,有山水人物,如麻姑献寿、刘海戏蟾、张骞浮槎等;有奇禽异兽,如松鹤、双狮戏珠、太平有象等;还有花鸟虫鱼,如万年青、佛手、鸳鸯荷花和鱼龙变化等,可以说是丰富多彩,美不胜收。

如此讲究、金贵的物件,自然不是普通百姓家所有,而是上层社会人们之间相互馈赠的高级礼品。特别是每逢喜庆佳节、皇帝后妃寿辰,或是新的皇帝即位登基,王公大臣们都要向他们敬献如意,有时皇帝也会用如意赏赐给臣下。之所以选择如意作为礼品,除了它本身的金贵外,还有一个名称吉祥的重要原因。如意,往往与称心联系在一起,如此吉祥好听的颂词,谁不愿意接受呢。不仅如此,人们还借"如意"二字进行顺题发挥,在其上雕琢的图案也大都是吉祥的意味。例如,有的在如意头上镶嵌着两个柿子的模型,这是因为"柿"与"事"同音,这样一来就是"事事如意"了;有的则雕琢成灵芝状的如意头,这是因为灵芝一向被认为是长生不老的药物,如此不就可以"长寿如意"了吗？还有的雕刻成五个蝙蝠围绕着一个"寿"字的图案，也是因为"蝠"与"福"谐音，这就是"五福捧寿"的意味了，五福指的是长寿、富贵、康宁、好德和善终，这样的祝福岂不是样样如意了？

◎ 太和殿为什么又叫金銮殿？

北京故宫三大殿中的太和殿，是明、清两朝皇帝坐朝听政的正殿，也是皇家举行重要典礼的地方。作为紫禁城中的政治中心，人们为什么习惯把它称作金銮殿呢？

金銮殿，原是唐大明宫紫宸殿西北处的一个偏殿，并不是正殿。不过，当朝大诗人李白曾有诗记载说：

承恩初入银台门，著书独在金銮殿。

后来，由于旧时戏曲、小说等文艺题材里多将金銮殿指为皇帝办公的正殿，久而久之也就约定俗成了。当然，紫禁城里的太和殿不仅高达26.92米，殿内外装饰彩绘也都向人们展示了这是一个"金"的世界，如太和殿的大门叫金扉，门的群板上雕刻有许多金龙图案；窗户叫金锁窗，窗户边的接榫处也镶刻着精巧花纹，并用镏金铜叶加固；而大殿内更是金碧辉煌，7层台阶高台上那镂空金漆的龙椅宝座和背后屏风，上面全是张牙舞爪的金龙。特别的是，宝座上方那金漆蟠龙吊珠的藻井和宝座周围拥立的6根沥粉蟠龙金柱，都是沥粉贴金和墨彩绘画的双龙图案，处处给人以金碧辉煌、巍峨壮观和皇权威严的感觉。而在太和殿外丹陛上，还陈列着日晷、嘉量、铜鼎、铜龟和铜鹤等，它们都是吉祥的象征。当然，大殿前那对钩爪锯牙、威武勇猛的铜狮子，更是一种至高无上权力和威严的象征。

◎ 皇宫前为何要竖立华表？

站在天安门广场上北望，首先映入眼帘的是矗立在金水桥边一对精美华表。那气势劲拔、高耸天空的汉白玉柱，不仅柱身上雕刻有蟠龙云海，就连柱头上也镂刻着两只别样怪兽。那么，为什么要在宫殿前竖立华表？华表上雕刻的图案又有着怎样的意义呢？

相传，早在尧舜时代就有华表，只是那时华表叫"华表木"或"恒表"，相当于今天道路两旁的指示牌。后来，华表木这种路标作用又有所深化，成了"诽谤木"。不过，那时的诽谤并不是今天所说的造谣诬蔑，而是指议论是非、指责过失，也就是提意见的意思。之所以如此，据说是因为人们容易聚集在交通路口，君主在这里能够广泛而迅速地倾听民声，检查自己在行政方面的得失。于是，竖立在交通要道处的华表木，也就自然地担当起"诽谤木"的任务了。而后来，随着权力过度集中，"诽谤木"渐渐成了摆设，上面刻写的意见也变成了一种云龙纹饰，再后来竟成为皇家宫殿或陵寝前的一种标志。不过，华表的历史功用还没有泯灭殆尽，因为华表柱上那两只蹲兽，就是其寓意之所在。据说，华表柱头上的蹲兽名叫朝天犼，一只朝向宫外，一只朝向宫内。犼头向外的叫"望君归"，意思是呼唤帝王不要耽于游乐，荒废政务；犼头向内的名叫"望君出"，即提醒帝王不要沉迷于宫廷声色，忘记自己治理天下的责任。用意虽好，但封建帝王中遵行者又有几人呢？

◎ 皇家宫殿前为什么要设置狮子？

游览故宫的人们，一不留心就会发现许多宫殿大门前都有一对威赫、雄壮的石狮或铜狮。那么，狮子为什么要"蹲"在大门前呢？

相传，狮子在古代被称为"狻猊"，是一种极为凶猛的动物，不仅能日行数百里，吼声震天动地，还专以虎豹等动物为食。正是因为狮子如此凶猛、威武，所以它被人们视为百兽之王，后来也就成了威震四方、唯我独尊的皇权化身。再后来，人们又将狮子与龙联系在一起，而在民间传说中龙生有九子，可九子不仅都不是龙的模样，还各有所好、各有所能。其中，龙的第八子叫狻猊，长得几乎与狮子一模一样。由于狻猊天生喜爱玩弄烟火，于是它就被人们装饰在各种香炉的盖子上，成了专司烟火的神灵。既然狮子与这个龙八子同名又同貌，再加上中华民族大众对龙那与生俱来的图腾意识，所以狮子受到人们格外喜爱，也就渐渐衍变成皇家宫殿或官府衙门前一种神圣吉

太和门前铜狮

太和门前的一对铜狮铸造于明代，是紫禁城内体量最大，也是中国现存体量最大的一对铜狮，每只铜狮的高度都达到2.36米。

祥的象征物了。

而人们如果稍加留心，还会发现这些"蹲着"的狮子也有许多奥妙之处。如雄狮在左，它的右爪下踏着一只球，俗称"狮子滚绣球"；雌狮居右，它的左爪下却踏着一只小狮子，俗称"太狮少狮"。而这绣球和小狮子，也有一定的寓意，即绣球表示天下一统，小狮子则象征着子嗣昌盛。更为讲究的是，狮子头上雕刻的那许多小疙瘩。据说，一品官员府第门前的狮子，头上有13个疙瘩，俗称"十三太保"，而自一品以下的官员每低一级，狮子头上的疙瘩就要减少一个，到了七品"芝麻官"以下官员府第的门前，则不准再设置狮子。除此之外，其下面石座雕刻花纹也各有寓意。一般来说，石座正面刻的是瓶、盘和3支戟，这幅图案的谐音象征着"平升三级"；石座背面则是"八卦太极图"花纹，隐含着"镇妖治邪"的意思；石座的右面，一般雕刻牡丹与松柏，象征着"富贵长春"；左边是纸墨笔砚等文房四宝图，寓意为"文采风流"。

你看，这"蹲坐"狮子虽然整日无言，但它浑身却透着深刻用意呢。

五百年的文化载体

　　皇家建筑是中国古代建筑中的特例，而故宫无疑是这些特例中的特例，其无论是整体布局、建筑结构，还是单体建筑的样式、工艺等，从任何角度和方位来看都可以说是一种艺术，一种无与伦比的艺术。而这种艺术所透露出的美，给人以无比的震撼，震撼来自其通过建筑形式所展现出的哲学、宗教、艺术、美学、文学和历史等内涵，那绝对不是任何一处建筑所能涵盖的。有人说，中国宫殿建筑在世界上享有盛誉，而北京故宫则是中国宫殿建筑中最杰出的代表。1987年，北京故宫作为中国首批世界遗产被联合国教科文组织列入《世界遗产名录》，就是最好证明。

　　严格遵循中国儒家学说建造而成的故宫，所有建筑都是沿着一条南北走向的中轴线而排列，且非常讲求对称和均衡规则。以这条中轴线排列的所有建筑，大致可以分为五路，即中路、西路、东路、外西路和外东路。处在中轴线上的建筑无疑是故宫所有建筑的重心，这些建筑都坐北朝南，处处体现着皇家那不可侵犯的至尊威严。而中轴线之外的那些建筑，又恰似众星捧月一样烘托着中心建筑，据说此符合中国古老星象学说中"紫微中正"的说法。当然，儒家学说对皇家宫殿建筑群还有"左祖右社，前朝后市"等讲究，所以故宫以乾清宫为界又可以分成前朝和内廷两部分。前朝，是皇帝会见群臣、处理政事、举行重大庆典的地方，所以显得高大宽敞，富丽堂皇；内廷是帝王后妃生活起居的场所，所以其建筑大都比较狭小紧凑，清幽温馨。不过，无论是前朝还是内廷其等级都是十分分明的，这种森严等级制度表现在建筑的规模、形式、位置和宫殿的间数及屋顶的装饰上。为了直观地表达这种建筑的特点和艺术美，

我们以中轴线上的建筑逐一展开，也许能避免在视觉上产生混乱。那么，我们一起从南往北走进紫禁城的中路景点，来品味和享受建筑艺术带来的不仅仅是观感上的美丽吧。

从南到北贯穿在中轴线上的建筑有午门、太和门、太和殿、中和殿、保和殿、乾清宫、交泰殿、坤宁宫、御花园和神武门等主要建筑。当然，在这些建筑中还记录着一些历史典故，下文一并穿插其中，也有助于我们对这些建筑内涵的领悟。

◎ 中路

午门

通高有35.6米，整体建筑由东、西、北3面城台相连，环抱着一个方形广场，平面呈"凹"字形，而东西城台上各有13间庑房，从门楼两侧向南排开，其形状就像展开的雁翅，所以也称"雁翅楼"。在雁翅楼南北两端各有重檐攒尖顶方亭一座。正楼两侧有钟鼓楼亭各3间，何时鸣钟击鼓都有着严格规定，如皇帝祭祀坛庙出午门时就鸣钟，而皇帝祭祀太庙时则击鼓，当皇帝升坐太和殿举行大典时则要钟鼓齐鸣，声势十分宏大而庄重。

中国民间流传有"推出午门斩首"的说法，其实古时朝廷处斩犯人并不在紫禁城午门外，而是历朝历代都在不同的其他地方。如明朝时行刑斩人的地方在西市，而清朝行刑斩人则在菜市口。不过，在午门东侧广场上确实发生过因刑罚而死人的惨事。在大明王朝时，特有一种叫作"廷杖"的刑罚，就是用棍棒责打触怒皇帝威严的大臣。在明朝276年历史中，"廷杖"事件有很多，而打死人的也不在少数，如明正德年间皇帝朱厚照不顾国家危亡要到江南选美女，群臣上书劝谏触怒皇帝尊严,群臣集体遭到"廷杖",有11人当场被活活打死。再有嘉靖皇帝继承兄长皇位后,总想追尊自己已经死去的父亲为皇帝,来表明自己当皇帝的正统,而群臣纷纷表示反对,双方发生激烈争吵,最后惹得皇帝大怒,命令宫廷侍卫把所有反对大臣一律拖到午门外施行"廷杖",使17名大臣被打死,这就是历史上有名的"大礼仪之争"。

当然,午门本来的功用绝不是执行刑罚的地方,它是整个紫禁城的正门,一些重大庆典有时都在午门前广场上举行,就连皇帝在太和殿进行庆典时也必然要从午门正中门洞通行。午门正面看似3

午门

午门是北京故宫的正门,始建于明永乐十八年(1420年),清顺治四年(1647年)重修,清嘉庆六年(1801年)再修。

个门洞,其实在东、西城台里侧还有两个掖门,但这两个掖门只有从午门背面才能看见,所以午门有"明三暗五"的说法。5个门的用途有严格等级限制,当中正门只有皇帝才能通行,而东侧门洞为文武大臣们出入时使用,宗室王公出入则用西侧门洞,平时东西两侧的掖门一般不开,只有皇帝在太和殿举行大典时,文武百官才由两掖门进出。

金水桥

穿过午门进入紫禁城之前,还有一条形似弓背的人工河道,叫内金水河,河上有5座并列的汉白玉石桥,叫内金水桥,天安门前与它相对的人工河则叫外金水河,而其上面的5座石桥叫外金水桥。石桥的望柱和栏板上刻有云龙纹饰,造型优美,玲珑别透,雕刻精细,有一种冰雕玉砌的感觉。内金水河的河水是从紫禁城西北角护城河引进紫禁城里的,曲曲弯弯向南、向东再折向南,或隐或现,或宽或窄,与紫禁城东南角外的护城河相通,全长有2000多米。碧绿河水环绕着红墙黄瓦的紫禁城,显得清丽而妩媚。

太和门

太和门是紫禁城三大殿的正门,也是紫禁城最大的一座宫门,初建成时叫奉天门,后来被改称皇极门。面宽9间,进深4间,建筑面积1300平方米,在其两侧设有昭德门、贞度门两座旁门,明王朝时这里是皇帝处理国政的地方,故有"御门听政"的说法。"御门听政",也就是每天早晨皇帝从后宫出来后,坐在太和门中听那些跪在御道上的群臣面奏事宜。明王朝灭亡后,清朝皇帝们觉得这样听政实在是太辛苦,就废除了在太和门"御门听政"制度。不过,太和门的地位依然很高,顺治皇帝就是在太和门登基,成为清朝入关

第一位皇帝。

  进入太和门，眼前是一个宽敞的封闭式庭院广场，全部用青砖铺砌，宽阔平坦，气势非凡，其面积约2.6万平方米。在广场四角建有4座崇楼，东西两侧对称排列着体仁阁和弘义阁，坐落在正北面高大丹陛之上的就是紫禁城中最巍峨的宫殿太和殿。

太和门

  太和门是故宫外朝宫殿的正门，建成于明永乐十八年（1420年），时称奉天门；清顺治二年（1645年）改名为太和门。

太和殿

  俗称"金銮殿"，是明永乐十八年（1420年）建成的，最初的名字叫奉天殿，清朝顺治年间改称太和殿，是紫禁城三大殿中最富丽堂皇的第一大殿。坐落在呈"工"字形须弥座式3层平台上的太和殿，高26.92米，面宽11间，宽约63米，进深5

间，红墙黄瓦，朱红殿柱，显得高大而气派。在宏伟壮丽的大殿内，有72根楠木巨柱，中间的6根高12.7米，直径达1米，全部沥粉贴金，用金碧辉煌来形容丝毫不差。在大殿正北上方有一宝座，那是皇帝的御座，其装饰更是华丽无比，而又显得威严不可侵犯，所有这一切都是皇家至高无上权力的象征。

太和殿，是明、清两朝皇帝举行登基、大婚、出征等隆重典礼及殿试的地方，其重要性不仅在建筑形式上有明显体现，从其装饰上也不难看出。特别是那庑殿顶式的屋顶，是古代殿阁中最庄严的样式，还有那太和殿下的须弥座，是雕花样式中最尊贵的一种，它对应着佛教中的世界中心"须弥山"。

中和殿

位于太和殿之后，是一座四方殿堂，深广各3间，周围出廊，建筑面积580平方米。屋顶为单檐攒尖式，中央最高处安装着镏金宝顶，仿佛巨大宝珠镶于屋顶之上。中和殿，是皇帝在太和殿举行活动前的休息场所，等到太和殿一切准备停当，皇帝才在内阁大臣和礼部官员拜请之后，出中和殿来到太和殿举行仪式。另外，皇帝在祭祀天地和太庙之前，也要在这里审阅祭文，表示自己对天地和祖先的尊崇之意。

保和殿

位于中和殿之后，是故宫三大殿之一，也是明永乐十八年（1420年）建成的，初名谨身殿，嘉靖时改名为建极殿，清顺治年间才改称保和殿。不过，今天人们看到的这处建筑并不是当时原物，而是乾隆时重新修造的。保和殿面阔9间，进深5间，平面呈长方形，在清乾隆时是科举考试时最高一级殿试的场所。

五百年的文化载体

科举制，是封建朝代开科取士、选拔国家官吏的一种制度。它起源于汉代，在隋唐时期发展较盛，到了明、清两朝时是每3年举行一次大考，而逢到重大庆典时还可以加开恩科考试。当时，科举考试只分文、武两科，文科考八股文，武科考骑射等。文科考试主要分为童试、乡试、会试与殿试4个等级，童试通过者称为秀才，乡试通过者则为举人，举人就可以成为国家在编的官员，享受国家俸禄了。会试，一般在南京夫子庙或北京国子监进行，如果会试通过被称为贡士，这时才能有资格参加最高一级的殿试。殿试，是由皇帝亲自命题，主考大臣进行监考，殿试的地点就在保和殿。考中者

中和殿、保和殿及台基

故宫三大殿是封建皇帝行使权力或者举行盛典时用的宫殿。太和殿是三大殿中最大的宫殿，中和殿最小，建在高约8米的汉白玉台基上，平面布局以太和殿为主体，其后依次为中和殿、保和殿。

分为三甲，一甲共3名，即状元、榜眼和探花，合称"三鼎甲"，赐进士及第，由皇帝颁发皇榜——金殿传胪；二甲则赐进士出身，但不一定是皇帝亲自颁发皇榜；而三甲则赐同进士出身，其等级各有不同。所以，保和殿是天下儒生奋斗的最高理想地——天子堂。

文华殿

在三大殿的右翼，是前朝三大殿的补充。文华殿前有文华门，后有主敬殿，东西向有配殿。东侧还有跨院称传心殿，是"经筵"前祭祀孔子的地方。

明、清两朝皇帝御"经筵"都是在春分、秋分两季。皇帝要撰写御论，阐述自己学习"四书五经"的心得。清朝皇帝"经筵御论"使用满语和汉语并讲一遍，讲到高兴处，皇帝还会指名文臣们进行辩论。精通汉学的康熙皇帝，就经常在文华殿和群臣进行辩论。

武英殿

在三大殿的左翼，也是前朝三大殿的补充。从乾隆年间开始，武英殿设立了宫中修书处，相当于今天的出版社，所以清朝大批图书都是在这里编辑刊印的，世人称之为"殿本书"。整个清王朝时期，在武英殿编刻的图书达1200多种，有满、汉、蒙、藏等多种文字的不同版本。当然，崇祯十七年（1644年）武英殿还成为闯王李自成率领起义军攻入北京后，皇帝登基的地方。

乾清门

乾清门是后三宫的正门，门前有一个狭长广场，东西长约200米，南北宽约50米,它既把前朝与后寝分开,又使两部分建筑在平面上连成一体,其建筑高度的过渡十分自然。

明朝时,皇帝"御门听政"的地方在太和门前,而到了清朝时则选在了乾清门。清王朝时,"御门听政"最勤的是康熙皇帝,他在乾清门做出许多重大决策,如两次反击沙俄侵略的雅克萨之战等。

乾清门"御门听政"处

乾清宫

　　乾清宫是明朝14个皇帝和清朝的顺治、康熙两个皇帝的寝宫，这里不仅是他们居住、处理日常政务的地方，就连皇帝读书学习、批阅奏章、召见官员、接见外国使节及举行内廷典礼和家宴，也都选择在这里进行。所以说，紫禁城是全国的政治中心，而乾清宫则是整个紫禁城的中心。

　　确实，在清朝时乾清宫的地位无与伦比，因为这里还是皇帝死后停放灵柩的地方。清朝规定，不论皇帝死在什么地方，都必须先把他的灵柩运送到乾清宫停放几天，按照规定的仪式祭奠后，才能停放到景山的寿皇殿等处，最后再选定日期正式进行出殡。

　　不过，最值得细述的是乾清宫正殿悬挂的那个"正大光明"巨匾，这4个大字是清朝顺治皇帝的御笔亲书。"正大光明"，是清代皇帝标榜的祖训格言，作为其修身、齐家、治国、平天下的基本准则。同时，匾后还是自雍正皇帝实行秘密立储制度后，用以安放皇位继承人名字的地方。秘密立储，就是皇帝生前不公开预立皇太子，而是秘密写定一式二份的皇位继承人文书，一份放在皇帝身边，一份封存在"建储匣"里放到"正大光明"匾后，等到皇帝驾崩后再取出两份遗诏对照后才宣布皇位继承者的名字，这时大臣们便按照诏书上确定的皇子拥立其登基当皇帝，这也就算完成了国家最高权力的顺利交接。

交泰殿

　　位于乾清宫、坤宁宫两宫之间，含有天地交合、安康美满的意思。交泰殿是明、清两朝皇后过生日举办庆祝活动的地方，也是存放清王朝25方宝玺（皇帝行使权力的印章）的地方。乾隆十一年（1746年），乾隆皇帝选定25方宝玺后，就存放在覆盖着黄绫的宝盒里，然后把它们放在交泰殿固定位置

五百年的文化载体

交泰殿

交泰殿平面为方形，深、广各3间，单檐四角攒尖顶，铜镀金宝顶，黄琉璃瓦，双昂五踩斗拱，四面明间开门，南面次间为槛窗，其余三面次间均为墙。

上，今天人们参观时还能看到摆放在原地的宝盒。

坤宁宫

在明朝时被称作"中宫"，也就是皇后居住的地方，故有"中宫皇后"的说法。面阔9间的坤宁宫，东西有两个暖阁，西暖阁是祭神的场所，每月初一、十五或重大祭祀时，皇帝、皇后都要来此祭神；东暖阁是清朝同治和光绪两位皇帝大婚时的洞房，洞房设有龙凤喜床，床前挂有百子帐，床铺上放有百子被，都是江南精工织绣，上面各绣有神态各异的100个顽童，五彩缤纷，鲜艳夺目。现在洞房内的装修和陈设，就是光绪皇帝大婚时布置的原状。

御花园钦安殿

钦安殿始建于明永乐年间，位于御花园的中央院落内，是坐落在北京中轴子午线上唯一的道观。内供奉玄天上帝，为道教中的北方之神。

御花园

御花园是皇家宫廷的后花园，面积约有1.2万平方米，其布局紧凑，小巧玲珑，园内古柏参天，环境极为幽雅。园内还建有钦安殿、御景亭、浮碧亭、四神祠、万春亭、绛雪轩、延辉阁、千秋亭、养性斋等精美的亭台楼阁和海参石、堆秀山、木化石等景致，其园林氛围十分浓厚。

神武门

神武门是紫禁城的后门，也就是今天故宫北门，是当年皇帝和后妃们巡幸或到京西各御园时进出的大门,也是皇帝挑选秀女的通道。在重檐庑殿顶的城楼上,还设有钟、鼓,是紫禁城报时用的。当年,闯王李自成率领农民起义军攻打北京时,崇祯皇帝在走投无路情况下就是从此逃往煤山后自缢身亡的。

◎ 西六宫

由于外西路和外东路许多建筑还没有完全恢复开放,所以我们从内西路和内东路参观,也许能够获得另一种感觉。内西路有后妃们生活居住的

西六宫鸟瞰

西六宫，还有自雍正皇帝开始居住、办公的养心殿，以及大臣们工作的军机处等建筑。

古有"三宫六院七十二妃嫔"之说，指的是皇帝后妃较多，居住在三宫六院里。三宫指的是中宫、东宫和西宫，而六院是指哪儿，就没有确定地点了。紫禁城里东西六宫就是后妃们居住的地方，东六宫留在后面叙述，而西六宫是指储秀宫、咸福宫、翊坤宫、长春宫、永寿宫和太极殿6座殿宇，位于后三宫西侧，与东侧东六宫对称而建。

储秀宫

储秀宫是慈禧太后进宫之初居住的地方，后来她的儿子同治皇帝就出生在储秀宫后面的丽景轩里。储秀宫装修考究，完全得益于慈禧太后在这里举行的寿诞庆典。光绪十年（1884年），慈禧太后要庆贺她的50岁寿辰，地点就选在储秀宫，于是内务府拨银60多万两，把储秀宫从里到外装修一新，就连附近翊坤宫等处建筑也沾光被修缮一新。

翊坤宫

慈禧太后居住在储秀宫时，每逢各种节日，翊坤宫便成为她接受大臣、后妃朝拜的地方。原先翊坤宫是两进宫院，后来慈禧太后把后殿改成穿堂殿，就连东西耳房也各有一间被改为通道，并与储秀宫一起连成了四进院。现在，这里基本按照宫廷生活的原状进行陈列和摆设，让人们可以一睹那时生活的奢华。

体和殿是翊坤宫的后殿，慈禧太后用膳、喝茶、休息的地方，整个建筑面阔五间，前后都开有门，而中间的那间作为过道，可以穿堂进出。光绪十三年

五百年的文化载体

体和殿

　　清光绪十年（1884年），为庆祝慈禧太后五十大寿，将储秀门和翊坤宫后殿拆除，在其旧址上建体和殿，储秀宫和翊坤宫一殿连成一体，构成一座四进院的格局。

（1887年），慈禧太后还在这里为光绪皇帝主持挑选后妃的仪式，并逼迫光绪皇帝选了她的侄女为皇后，而瑾妃和珍妃姐妹两人也是这次侥幸入选成为妃子的。

咸福宫

　　慈禧太后还是懿贵妃时，便居住于此。虽为后妃居所，但仍有皇帝在此居住。前后两进院落。前院正殿咸福宫，面阔3间，黄琉璃瓦庑殿顶，为行礼升座之处。后院正殿同道堂，面阔5间，黄琉璃瓦歇山顶，为寝宫。日后咸丰皇

帝遗留给同治皇帝、实际掌握在其母慈禧太后手里的那枚象征权力的印章就叫"同道堂"。

长春宫

在同治皇帝亲政时，慈禧太后也曾在这里居住过，并在此举办过她40岁寿诞的庆典，为此长春宫也得到很好的修缮，仅长春宫的佛堂、正殿和体元殿的佛堂等处铺设地毯、床毯、帘幔、坐褥、靠背、桌套、机套等项就有300多件，花费白银达17万多两。如今，长春宫廊庑4面墙壁上还绘有以《红楼梦》为题材的一大组壁画，画中人物栩栩如生，足见当时画师们的高超技艺和深厚功力。不过，在殿堂上方悬挂有乾隆皇帝的御笔亲匾，上写"敬修内则"4个字，不知当年慈禧太后是否注意到。

永寿宫

据说，在光绪年间这里是专门储存皇家御用物品的，相当于今天所说的库房，而今已被辟为故宫文物陈列室了。在宫殿前上方也悬挂有乾隆皇帝的御笔亲匾，写着"令仪淑德"4个字，细细想想曾在这里居住过的顺治皇帝的董鄂妃、雍正皇帝的皇后及嘉庆皇帝的如妃等，倒与那题字含义还算匹配。

太极殿

建于明永乐十八年（1420年），原名叫未央宫，后来因为明世宗的父亲兴献王诞生在这里，就改名为启祥宫。清朝末年时，慈禧太后也曾在这里居住过，如今里面仍保持宫廷生活原状陈列，供人们怀古思今。

五百年的文化载体

太极殿

太极殿面阔5间，黄琉璃瓦歇山顶，前后出廊。

养心殿

　　清朝康熙皇帝驾崩后，儿子雍正皇帝为了给父亲守孝，从明朝历代皇帝居住的乾清宫移居到养心殿里，从此历200多年，清朝皇帝们都一直居住在这里未曾迁移。

　　呈"工"字形的养心殿，完全按前朝后寝的规制设置，中间用穿廊相互连接，前后殿之间来往十分便利。前厅设有宝座、御案等，那是供皇帝批阅奏折所用，其西面一间则是皇帝和军机大臣们商讨军政活动的要地。而东面的那间，后来成了慈禧太后和慈安太后"垂帘听政"的地方，每当皇帝召见臣工时，年幼小皇帝就摆坐在前座，而慈禧太后和慈安太后则坐于后座，前后两座之间

养心殿

养心殿始建于明代嘉靖年间,是一处独立院落,包括主殿养心殿及工字廊、后殿、梅坞等18座建筑,是清朝中后期皇帝实际的居所。

挂有黄色纱帘,这就是历史上有名的"垂帘听政"。在养心殿后殿设有皇帝的5间寝宫,殿内装饰和陈设极为讲究奢华。养心殿虽然是皇帝居住的地方,但自雍正皇帝移居此处后便成了清王朝200年来行使最高权力的地方。

不过,辛亥革命成功后,隆裕皇太后召开最后一次内阁会议也是在这里,并代表宣统皇帝溥仪宣告了清王朝的灭亡。

养心殿的西套间,原为皇帝读书、休息的地方,乾隆十一年(1746年)乾隆皇帝在王珣的《伯远帖》、王羲之的《快雪时晴帖》和王献之的《中秋帖》3件稀世珍宝上做了御批后,便把它们珍藏在这里,因此有"三希堂"之称。

◎ 东六宫

东六宫是指钟粹、景阳、承乾、永和、景仁和延禧六宫，它们也是明、清两代后妃们居住、活动的场所。其中，钟粹宫还是咸丰皇帝的慈安皇后和光绪皇帝的隆裕皇后曾经居住的住所。现在东六宫已被辟为文物陈列馆，以供游人参观，如钟粹宫常年展示玉器类文物，景阳宫展示故宫藏珐琅器，承乾宫展示故宫藏历代青铜器，永和宫设置清宫医药文物展，景仁宫展示清代皇家御用金器和玉器，延禧宫为文物库房。

存在了6个多世纪的紫禁城到底涵盖了怎样的文化和历史，似乎是一个永远无解的命题，或者说它的答案有无数个。其实，这不是推脱之辞，而是又一个命题，在等待我们共同去破解。

珍宝无限

没能见识过"万园之园"圆明园中到底有多少珍宝，只知道它们已经在英法联军那罪恶魔掌中散失、毁灭了。而作为明、清两朝近500年皇家宫苑的紫禁城，其收藏的珍宝也只能用"无限"这个词来表述了。成为故宫博物院的紫禁城，现今辟有古物馆、图书馆和文献馆三大馆室，虽然三大馆并不能涵盖故宫中所有的文物珍宝，但我们只能从这儿逐一数点了。

1925年10月10日，故宫博物院成立之初只简单地筹建了古物馆和图书馆，并笼统地把紫禁城里所有文物珍宝都归列其中，其条理性和科学性都无从谈起，所以国民政府后来调整其组织机构，改设了古物馆、图书馆和文献馆三大馆。在《故宫博物院组织法》中有这样的明确规定："中华民国故宫博物院，直隶于国民政府。院中设秘书处、总务处，负责日常事务；设立古物馆、图书馆、文献馆，合称故宫三大馆，负责有关业务；院长下设副院长、秘书长、总务处长、三大馆馆长和副馆长，均是从全国知名人士、学者专家中选充。"

1929年2月，国民政府任命易培基为故宫博物院院长，3月5日由易培基院长任命各馆、处负责人。

虽然院长具有各项事务的决策权和人事任免权，但院中最高监督机构是理事会，由它裁决院中一切重大事务，包括《故宫博物院组织法》的修订，院长、副院长人选的任免，财政的预算、决算，藏品的收藏、保管和处理，文物的收购，以及专门委员会的设立等，都要经过理事会并受理事会的监督、裁决。当然，故宫博物院理事会成员除了政府和军界要员外，都是社会各界知名人士和学者专家。据有关档案记载，第一届由国民政府任命的理事共有37人，

在绛雪轩招待江庸（前排右五）等人

此照片拍摄于1927年9月，故宫博物院同仁在绛雪轩招待江庸等人。江庸（1878—1960年），字翊云，晚号澹翁，四川璧山（今重庆市璧山区）人，曾任故宫博物院古物馆馆长。

其中有李煜瀛、易培基、黄郛、鹿钟麟、于右任、蔡元培、汪精卫、江翰、薛笃弼、蒋中正、宋子文、冯玉祥、阎锡山、柯邵忞、何应钦、戴传贤、张继、马福祥、胡汉民、赵戴文、班禅额尔德尼、恩克巴图、马衡、沈兼士、俞同奎、陈垣、李宗侗、张学良、胡若愚、熊希龄、张璧、王宠惠等人。

◎ 古物馆

故宫博物院成立之初，只设立两个馆室——古物馆和图书馆。当时古物馆的馆长是易培基，担任他助手的是后来诬陷他致死的副馆长张继。在同一馆室共事不足半年，因为北伐战争等原因导致北京时局动荡不稳，易培基和张继先后离开北京，两人职务分别由庄蕴宽和俞同奎担任。同年10月，古物馆修缮了紫禁城西侧慈宁宫北邻的西三所，并选定它为古物馆馆址。一年后，故宫博物院改组时，庄蕴宽辞去古物馆馆长职务，由江庸接任，副馆长又增添了马衡。这时古物馆开设了建设、编录、流传和事务4个部门，第二年又增加照相室，那是预备影印流传宫藏书画珍品和出版刊物用的。

1928年12月，北伐战争胜利结束，国民政府统一华北，北京自然也在接管之内，所以一直形同虚设的故宫博物院人事任命正式启动，德高望重的李煜瀛被国民政府任命为委员长，而易培基也成了第一任院长，并兼任古物馆馆长一职。故宫博物院走向正规后，易培基着手调整古物馆人员，下设科长、科员、办事员和书记等。科长没有什么好说的，而科员和办事员却分为一、二、三等的不同级别，如一等科员有两人：谭元、易显谟，一等办事员有蔡理庭、

马衡

马衡（1881—1955年），浙江鄞县人，金石学家、考古学家、书法篆刻家。曾任北京大学研究所国学门考古学研究室主任、故宫博物院理事会理事、古物馆副馆长，1934年4月任故宫博物院院长（第二任院长）。

那志良和吴玉璋3人。当时为审查和鉴别宫廷中这些古物，易培基还从社会各界聘请古器物、历史和文献等方面专家学者，成立专门委员会。这些委员都是名噪京师的古物名家，如江庸、沈尹默、吴瀛、俞家骥、容庚、陈汉第、郭葆昌、福开森、邓以蛰、萧瑟、关冕钧、王禔、钢和泰、钱桐等，以及德高望重的丁佛言、廉泉和曾熙，他们都为故宫古物的审查，特别是鉴别做出了贡献。

有人把古物馆比喻为宫廷的珍宝库，这确实不假。因为一个"库"字，就足以说明其到底收藏有多少宫廷珍宝了。有档案记载说，仅从1929年之后3年间收藏入馆的古物珍宝，就多达15000余件，其提物联单分为古字联单、物字联单和馆字联单3种，其中古字号的有5687件、物字号的有4724件、馆字号的有4704件。

试想，要把这么多古物珍宝进行集中、审查、鉴别后再分类保管和收藏，那将是一项怎样繁重、细致而又艰巨的工作。而古物馆人员并没有被困难吓倒，不仅严格按照审查、鉴别、分类登记、整理和移送库房收贮等手续进行工作，还对珍贵古器物进行了传拓。传拓，就是将珍贵古物上的纹饰和文字经过特殊材料处理后得以复制下来，以便研究和流传。这种工艺，要求高、工序多、手艺精，是中国传统工艺中比较特别的一种。为此，古物馆人员花费了大量心血，在故宫文物南迁之前一共传拓了100多种，其中包括散氏盘、嘉量、大鼎、颂鼎和龙母尊等名品。

散氏盘，是一种刻有夔龙纹和饕餮纹的西周青铜器，它与毛公鼎、虢季子白盘合称西周三大青铜器，是价值连城的中华古物之宝。特别是散氏盘，因为其上刻有多达357个字的铭文和秀美书法而闻名于世，那长篇铭文记述了畿内相邻两个国家因为边界纠纷问题，相互之间一直争论不休，最后散国上诉到周王那里请求裁决，周王经过细查后予以公正地裁判，使散国得到了赔偿。这段铭文内容是由晚清著名学者王国维所考证，后来阮元始把此盘定名为"散氏盘"，并以翻砂工艺复制了两件。

散氏盘

散氏盘又称矢人盘，西周晚期青铜器，因铭文中有"散氏"字样而得名。清乾隆年间出土于陕西凤翔（今宝鸡市凤翔区），现藏于台北故宫博物院。

出土于乾隆年间的散氏盘，是周厉王时期的青铜铸器，后来一直被江南的收藏家收藏在扬州。嘉庆十五年（1810年）冬天，官员阿林保在一个偶然机会从盐商手中购得此盘，并作为嘉庆皇帝五十大寿贺礼进献给皇上。嘉庆皇帝得到这件宝物后，十分欣喜，一直藏于深宫再未示人。百余年来，人们始终不知道它的下落，都以为在英法联军火烧圆明园那场大火中毁灭了。1924年3月，已经退位的溥仪命令内务府清查养心殿物品时，在无意中发现此盘，一开始都以为是赝品，后来通过与拓本进行对照考证后，才得知那确实是原物真品。再后来，冯玉祥将军限令溥仪等人离开紫禁城，此盘得以留了下来，并成为故宫博物院中不可多得的古物珍品。此盘后来被蒋介石运往台湾。

当然，像散氏盘这样的珍品古物在故宫中虽不多见，但其他古物也同样是无价珍宝，因为毕竟是先人留给我们的遗产。

◎ 图书馆

图书馆是保存中国古代宫廷图书的地方。图书馆成立之初，内设图书和文献两个部分，当时的馆长是陈垣，副馆长是袁同礼和沈兼士二人，分别掌管着图书和文献两项事务。后来，在王士珍担任故宫管委会委员长时图书馆改设图籍和掌故两个部分，任命傅增湘为馆长，副馆长是袁同礼和许宝蘅。到故宫博物院成立时，又聘请庄蕴宽为图书馆馆长，袁同礼仍为副馆长，后因庄蕴宽难以到任，就改由江瀚任馆长。其间，图书馆致力于图书秘籍和文献的集中整理工作，并聘请全国古籍方面知名的学者专家成立图书专门委员会，裁决图书馆所有学术方面的事务。这些专家主要有陈垣、张允亮、陶湘、朱希祖、卢弼、余嘉锡、洪有丰、赵万里、刘国钧等人。

图书馆里所有藏书，都是来自故宫各宫殿

欢迎江瀚馆长（前排左五）
此照片拍摄于1930年5月16日，图书馆同人欢迎江瀚馆长。江瀚（1857—1935年），字叔澥，福建长汀人。曾任京师图书馆馆长、故宫博物院图书馆馆长、故宫博物院维持会会长。

中的皇家藏书，主要包括皇帝写经、明经厂本、清殿本、内府本、宋朝至明清时的刻本、抄本、地方志、戏本、图样等。其中，珍贵善本图书就达9369种265330册，包括文渊阁的《四库全书》36078册，摘藻堂的《四库全书荟要》11151册，善本书库中的11857册，殿本书库中的25060册，经部书库中的7510册，史部书库中的28261册，子部书库中的16701册，集部书库中的20013册，满文书库中的12843册，杨氏观海堂书库中的15906册，方志书库中的57239册，复本书库中的70830册，杂书库中的6193册。这些图书都来自皇帝、后妃日常生活和处理政务的宫殿里，如昭仁殿、景阳宫、位育斋、毓庆宫、懋勤殿、上书房、斋宫、宁寿宫、南书房、景福宫、弘德殿、钦安殿、摘藻堂、乾清宫、养心殿等地。

来自各宫的众多图书，全部集中在图书馆的办公地寿安宫里。寿安宫，明朝时称为咸安宫，清王朝时乾隆皇帝为了给他母亲做寿把咸安宫装修一新，并改名为寿安宫。这是一处自成格局的单独院落，分为外院、正殿、东院和西院4个部分。外院有东西两庑，各为5间房；正殿又称内院，分为南北两殿和左右两楼，并相互连接相通；东西两院为处理事务的办公地。外院分为善本书库和阅览室。而内院进行改造后，东楼成了经部、史部和志书的书库；西楼成了子部、集部和丛书的书库；北殿为殿本书库和特藏库；南殿的西屋是满文书库，东屋专门用于收藏杨氏观海堂的藏书；北殿北部一个院落里的福宜斋和萱寿堂分别作为经书库和复本库。如此庞大的书库对于皇宫中藏书来说，依然显得捉襟见肘，于是紧邻寿安宫的英华殿也被划归图书馆所有，成了善本库和佛经陈列室。

咸安宫，在明朝时一直是皇后寝宫，到了明熹宗时却被他的奶娘客氏强行占据。这位客氏，虽然在皇宫中只是排不上号的一个下人，但她却完全控制着皇帝，使皇帝一刻也离不开她。据野史中传说，客氏非常精通房中之术，明熹宗对她十分迷恋，就连宫中那众多二八丽娘也不敢与她争宠。而这位客氏凭着

皇帝对她的迷恋，不仅享受宫中绝顶的待遇，还与明朝著名的大太监魏忠贤勾结在一起，把持朝政内廷达数十年之久。据说，这位客氏十分懂得美容驻颜方法，每天早晚两次让那些年少宫女用唾液为她梳头，所以她即便已是人老珠黄年纪依然保持一头乌黑的秀发。

图书馆寿安宫殿本书库

寿安宫始建于明永乐年间，称咸熙宫，是皇太后及太妃、嫔等人的居所。嘉靖四年（1525年）更名咸安宫。清初闲置，康熙皇帝曾两次禁废太子于此，乾隆十六年（1751年）改为寿安宫。

◎ 文献馆

文献馆最初只是图书馆中的文献部，后来又改称掌故部，依然隶属于图书馆，直到1928年10月才从图书馆中分离出来，成为故宫三大馆之一。文献馆成立之初，除了馆长和副馆长外，还设立

了第一、第二科室，第一科室又设保管、陈列和事务3个股，第二科室也设整理、编印和阅览3个股，主要负责宫廷文献类档案和物品的收集、保管、整理、编辑和出版等事务。其实，文献馆所藏文献主要是明、清两朝的宫廷档案，所以它又分为内阁大库档案组、军机处档案组、内务府档案组、宗人府档案组和宫中档案组5个组。

大约1000万余件的明、清文献档案中，清朝档案占绝大多数，且时间跨度长、记载内容全，上至1616年后金天命汗时期，下达末代皇帝溥仪时代共300余年，包括中央和地方政府、皇族内部事务、军事方面及个人事务等，其中50万件以上的全宗档案有4个。这些档案主要以汉文为主，兼有

整理内阁大库档案

1931年1月6日，文献馆开始整理内阁大库档案，以内阁大库为临时办公处。

满文或满汉合璧,以及少数其他民族的文字,其种类有制、诏、诰、敕、题、奏、表、笺、咨、移、札、片、禀、单、图、册等100多种。在这些档案中,属于明朝的极少,一共只有3000余件,且以明朝末年天启和崇祯时期的兵部档案为主,其他档案不知都收藏在何处。

档案的重要性众所周知,而在宣统元年(1909年)却发生了一起大学问家提议焚烧档案的事件,这就是震惊全国的"八千麻袋事件"。当时,为了方便修缮内阁大库,内务府人员奏请把收藏在大库内的实录和圣训等档案搬移到银库和文华殿暂时存放,只留有一小部分在大库内。修缮工作完成后,内阁大学士、管理学部事务的军机大臣张之洞却奏请以大库所藏书籍设立学部图书馆,其余"无用旧档"一律焚毁。按照张之洞的提议,除了实录和圣训送回大库外,其余档案和书籍都由学部参事罗振玉负责处理销毁。著名学者罗振玉面对大库内堆积如山的档案,随手翻检一看,就感觉到这是极为宝贵的史料,于是便向张之洞奏报,请求保留这批档案,后来这批重要文献全部交归学部管理。

1913年,北洋政府教育部在国子监成立历史博物馆,那批虎口脱险的档案便归其管理。后来,历史博物馆因为经费不足的缘故,派人整理这些档案时,只把整齐的档案归拢收存好,其余的全部装入麻袋,数量多达8000余麻袋共15万斤,并当作废纸论斤以4000元价格卖给了纸店。纸店准备把这批"破烂"运往外地销毁造纸时,罗振玉得知消息便以1.2万元买下了这批档案。大学者罗振玉还是一个精明商人,他参阅这些档案后写出大量引起学界关注的文章,并刊印在了《史料丛刊初编》上,之后他自己留下了部分精要档案,把其余部分以1.6万元的价格卖给了李盛铎。后来,罗振玉追随末代皇帝溥仪跑到中国东北建立伪满洲国,他留存的那少部分档案先是被运往旅顺,后又移送到奉天(今沈阳)图书馆。在东北的10余年间,罗振玉根据这些档案先后编印了《大库史料目录》(6编)、《史料丛编》(2集)、《明季史料拾零》(6种)、

《清史料拾零》(26种)和《清太祖实录稿》(3种),取得了丰硕的学术成果。而李盛铎在对他从罗振玉手中买到的这些档案进行一番整理研究后,又以1.8万元的价格卖给了当时中央研究院的历史语言研究所,这时这批档案只剩下12万斤。

1933年,保存在当时中央研究院历史语言研究所的这些档案随故宫文物一起南迁,可后来不知什么原因又被运回来,并在北京先后刊行了甲、乙、丙3集《明清史料》。到了1936年,国民政府派人在这些档案中挑选出100箱运往南京,不久又运往台湾。余下档案,直到1952年才由故宫博物院档案馆接收。不过,其间又几经辗转易手,已经所剩无几了。今天想来,实在是可惜得很。